SEXTA-FEIRA
O RABINO ACORDOU TARDE

SÉRIE POLICIAL

Réquiem caribenho
  Brigitte Aubert

Bellini e a esfinge
Bellini e o demônio
  Tony Bellotto

Bilhete para o cemitério
O ladrão que achava que era Bogart
O ladrão que estudava Espinosa
O ladrão que pintava como Mondrian
Uma longa fila de homens mortos
O pecado dos pais
Punhalada no escuro
  Lawrence Block

O destino bate à sua porta
  James Cain

Causa mortis
Cemitério de indigentes
Contágio criminoso
Corpo de delito
Desumano e degradante
Foco inicial
Lavoura de corpos
Post-mortem
Restos mortais
  Patricia Cornwell

Nó de ratos
Vendetta
  Michael Dibdin

Edições perigosas
Impressões e provas
  John Dunning

Máscaras
  Leonardo Padura Fuentes

Correntezas
Jogo de sombras
Tão pura, tão boa
  Frances Fyfield

Achados e perdidos
Uma janela em Copacabana
Perseguido
O silêncio da chuva
Vento sudoeste
  Luiz Alfredo Garcia-Roza

Um lugar entre os vivos
Neutralidade suspeita
A noite do professor
Transferência mortal
  Jean-Pierre Gattégno

Continental Op
  Dashiell Hammett

O jogo de Ripley
Ripley debaixo d'água
O talentoso Ripley
  Patricia Highsmith

Uma certa justiça
Morte de um perito
Morte no seminário
Pecado original
A torre negra
  P. D. James

Música fúnebre
   Morag Joss

O dia em que o rabino foi embora
Domingo o rabino ficou em casa
Sábado o rabino passou fome
Segunda-feira o rabino viajou
Sexta-feira o rabino acordou tarde
   Harry Kemelman

Apelo às trevas
Um drink antes da guerra
Sagrado
Sobre meninos e lobos – Mystic river
   Dennis Lehane

Morte no Teatro La Fenice
   Donna Leon

Dinheiro sujo
Também se morre assim
   Ross Macdonald

É sempre noite
   Léo Malet

Assassinos sem rosto
Os cães de Riga
A leoa branca
   Henning Mankell

O homem da minha vida
O labirinto grego
Os mares do Sul
O quinteto de Buenos Aires
   Manuel Vázquez Montalbán

O diabo vestia azul
   Walter Mosley

Informações sobre a vítima
Vida pregressa
   Joaquim Nogueira

Aranhas de ouro
A caixa vermelha
Clientes demais
A confraria do medo
Cozinheiros demais
Milionários demais
Mulheres demais
Ser canalha
Serpente
   Rex Stout

Fuja logo e demore para voltar
   Fred Vargas

Casei-me com um morto
A noiva estava de preto
   Cornell Woolrich

HARRY KEMELMAN

SEXTA-FEIRA O RABINO ACORDOU TARDE

Tradução e glossário:
ELIANE FITTIPALDI PEREIRA
e KÁTIA MARIA ORBERG

2ª edição

COMPANHIA DAS LETRAS

Copyright © 1964 by Harry Kemelman
Publicado de acordo com a Scott Meredith Literary Agency, Inc.,
845 Third Avenue, Nova York, N.Y. 10022

Proibida a venda em Portugal

Título original:
Friday the rabbit slept late

Projeto gráfico da capa:
João Baptista da Costa Aguiar

Foto da capa:
Hilton Ribeiro

Preparação:
Márcia Copola

Os personagens e situações desta obra são reais apenas no universo da ficção; não se referem a pessoas e fatos concretos, e sobre eles não emitem opinião.

Dados Internacionais da Catalogação na Publicação (CIP)
(Câmara Brasileira do Livro, SP, Brasil)

Kemelman, Harry, 1908–
 Sexta-feira o rabino acordou tarde / Harry Kemelman; tradução e glossário Eliane Fittipaldi Pereira e Kátia Maria Orberg. São Paulo: Companhia das Letras, 1991.

ISBN 85-7164-159-5

1. Romance norte americano I. Título.

90-2395   CDD-813.5

Índices para catálogo sistemático:
1. Romances : Século 20 : Literatura norte-americana 813.5
2. Século 20 : Romances : Literatura norte-americana 813.5

2004

Todos os direitos desta edição reservados à
EDITORA SCHWARCZ LTDA.
Rua Bandeira Paulista, 702, cj. 32
04532-002 — São Paulo — SP
Telefone: (11) 3707-3500
Fax: (11) 3707-3501
www.companhiadasletras.com.br

A meu pai e minha mãe

1

Eles estavam sentados no interior do templo e aguardavam. Ainda eram apenas nove homens e esperavam pelo décimo, a fim de dar início às orações matinais. O líder da congregação, Jacob Wasserman, um homem já idoso, estava usando o filactério,* e o jovem rabino, David Small, que acabara de chegar, estava colocando o seu. Havia tirado o braço esquerdo da manga do paletó e arregaçara toda a manga da camisa. Colocou a caixinha preta com os trechos das Escrituras no braço, na altura do coração; amarrou a tira presa a ela sete vezes em volta da palma da mão para formar a primeira letra do Nome Divino e, por fim, ao redor do dedo médio, como se fosse um anel de compromisso espiritual com Deus. Isso, juntamente com a faixa que agora prendia à testa, era uma resposta literal à injunção bíblica: "Deverás atá-las [as palavras de Deus] como se fossem um sinal sobre tua mão, e elas deverão ser como uma faixa entre teus olhos".

Os outros, que usavam xales de oração com franjas de seda e solidéus pretos, estavam sentados em pequenos grupos, conversando, folheando distraidamente os livros de oração, comparando de vez em quando a hora de seus relógios com a do relógio redondo pendurado na parede.

(*) No final do volume, o leitor encontrará um pequeno glossário de termos relativos à cultura judaica. (N. E.)

O rabino, agora já preparado para o serviço matinal, caminhava de um lado para outro pela nave central, não de maneira impaciente, mas como um homem que chegou cedo à estação ferroviária. Trechos de conversa chegavam até ele: negócios, família e crianças, planos de férias, as chances do Red Sox, o time local de beisebol. Não era de modo algum o tipo de conversa adequada a homens que estavam esperando para rezar, pensou, e então imediatamente repreendeu-se. Também não era pecado ser excessivamente devoto? Será que o homem também não deveria aproveitar as boas coisas da vida? Os prazeres da família? Do trabalho — e do repouso após o trabalho? Ainda era muito jovem, mal chegara aos trinta, e era introspectivo, de modo que não conseguia deixar de levantar questões para, em seguida, questionar as questões.

O sr. Wasserman havia saído da sala e agora retornava.

— Acabei de telefonar para Abe Reich. Disse que chegaria em dez minutos, mais ou menos.

Ben Schwarz, um homem baixo, gordinho, de meia-idade, levantou-se de repente.

— Para mim chega — resmungou. — Se tenho de ficar esperando aquele filho da puta do Reich para formar o minian, então vou rezar em casa.

Wasserman apressou-se e o deteve no fim da nave.

— É claro que você não vai embora agora, não é, Ben? Seremos apenas nove, mesmo quando Reich chegar.

— Desculpe, Jacob — disse Schwarz secamente. — Tenho compromisso importante e preciso ir embora.

Wasserman estendeu as mãos.

— Você veio rezar o Kadish por seu pai. Que tipo de compromisso é esse que não pode esperar alguns minutos até você prestar suas homenagens?

Aos sessenta e cinco anos, mais ou menos, Wasserman era mais velho que a maioria dos outros membros da congregação e falava com um leve sotaque que se percebia não tanto nas palavras mal pronunciadas, mas principalmente no cuidado especial que tomava para pronunciá-las corretamente. Percebeu que Schwarz estava vacilando.

— Além disso, eu também tenho de rezar o Kadish hoje, Ben.

— Está bem, Jacob, pare de apelar para minhas emoções. Vou esperar. — Ben até sorriu.

Mas Wasserman não havia terminado.

— E por que você está tão zangado com Abe Reich? Ouvi o que disse. Vocês dois costumavam ser tão bons amigos.

Para Schwarz, esse estímulo foi o bastante.

— Vou lhe dizer por quê. A semana passada...

Wasserman levantou a mão.

— Aquele caso com o carro? Já me contaram. Se você acha que ele lhe deve dinheiro, abra um processo e dê o assunto por encerrado.

— Um caso como este não se leva ao tribunal.

— Então resolvam seus problemas de algum outro modo. Mas aqui no templo não deveríamos ter dois membros importantes que não podem nem ficar juntos no mesmo minian. É uma vergonha.

— Olhe, Jacob...

— Alguma vez você já pensou que essa é a função verdadeira de um templo numa comunidade como a nossa? Deveria ser um lugar onde os judeus pudessem resolver suas diferenças.
— Wasserman fez um gesto para que o rabino se aproximasse.
— Eu estava dizendo ao Ben que o templo é um lugar sagrado, e que todos os judeus que aqui vêm deveriam estar em paz uns com os outros. Aqui, deveriam resolver suas diferenças. Talvez a função mais importante do templo seja esta, e não a de ser apenas um lugar para rezar. O que o senhor acha?

O jovem rabino olhou de um para o outro com hesitação. Enrubesceu.

— Acho que não posso concordar, senhor Wasserman — disse. — Na verdade, o templo não é um lugar sagrado. O templo original era, evidentemente; mas uma sinagoga de comunidade como a nossa é apenas um prédio. É um lugar para rezar e estudar, e suponho que seja sagrado no sentido de que qualquer lugar onde um grupo de pessoas se reúne para rezar é sagrado. Mas acertar diferenças não é a função tradicional do templo, e sim do rabino.

Schwarz nada disse. Ele não considerava boa política o jovem rabino contradizer tão abertamente o líder do templo. Wasserman era de fato seu chefe, além de ter idade suficiente para ser seu pai. Mas Jacob não parecia se importar. Seus olhos brilhavam, e ele até parecia satisfeito.

— Então, se dois membros do templo têm uma discussão, o que o senhor sugere, rabino?

O rapaz sorriu levemente.

— Bem, nos velhos tempos, eu teria sugerido um Din Torá.

— O que é isso? — interrompeu Schwarz.

— Uma audiência, um julgamento — respondeu o rabino. — Por falar nisso, esta é uma das principais funções do rabino: presidir um julgamento. Nos velhos tempos, nos guetos da Europa, o rabino era contratado não pela sinagoga, mas pela cidade. E era contratado não para conduzir orações ou supervisionar a sinagoga, mas para presidir julgamentos de casos que lhe eram apresentados e para decidir questões legais.

— Como é que ele tomava as decisões? — perguntou Schwarz, interessado, apesar de tudo.

— Como qualquer juiz, ele ouvia o caso, às vezes sozinho, às vezes com alguns homens sábios do lugar. Fazia perguntas, interrogava testemunhas se necessário, e então, com base no Talmude, dava o veredicto.

— Acho que isso não nos ajudaria muito — disse Schwarz sorrindo. — O problema aqui é um automóvel. Tenho certeza de que o Talmude não lida com casos automobilísticos.

— O Talmude lida com tudo — disse o rabino com firmeza.

— Mas até com carros?

— O Talmude não cita automóveis, é claro, mas lida com coisas tais como danos e responsabilidade. As situações particulares mudam de época para época, mas os princípios gerais permanecem os mesmos.

— Então, Ben — perguntou Wasserman —, você está pronto para submeter seu caso a julgamento?

— Não me aborreceria de modo algum. Não me incomodo em contar minha história a quem quer que seja. Quanto mais, melhor. Gostaria que a congregação inteira soubesse que tipo de pilantra é Abe Reich.

— Estou falando sério, Ben. Tanto você como Abe Reich estão no conselho administrativo. Ambos dedicaram ao templo muitas horas de trabalho. Por que não utilizar o modo tradicional dos judeus para resolver uma discussão?

Schwarz deu de ombros.

— No que me diz respeito...

— E o senhor, rabino? Estaria disposto?

— Se o senhor Reich e o senhor Schwarz estão dispostos, eu farei um Din Torá.

— Vocês nunca vão conseguir que Abe Reich apareça — disse Schwarz.

— Garanto que ele estará presente — disse Wasserman.

Schwarz agora estava interessado, até mesmo ansioso.

— Muito bem, e como é que as coisas vão ser feitas? Quando é que vai acontecer esse... esse Din Torá, e onde?

— Que tal esta noite? No meu escritório?

— Para mim está bem, rabino. Sabe, o que aconteceu foi que Abe Reich...

— Já que vou realmente ouvir o caso — disse o rabino calmamente —, o senhor não acha que deve esperar o senhor Reich chegar para contar a sua história?

— Claro, rabino. Eu não queria...

— Esta noite, senhor Schwarz.

— Estarei lá.

O rabino assentiu com a cabeça e distanciou-se. Schwarz observou a figura que se afastava e então disse:

— Sabe, Jacob, se eu parar para pensar, vou ver que acabei de concordar com uma coisa meio boba.

— Por que boba?

— Por quê? Porque concordei com algo que é, na verdade, um julgamento de fato.

— E então?

— E então, quem é o juiz? — Com um movimento de cabeça, apontou na direção do rabino, melancolicamente, observando o terno desajeitado do rapaz, o cabelo em desalinho, os sapatos empoeirados. — Olhe só para ele: um menino, parece um garoto de faculdade. Praticamente tenho idade para ser seu pai, e será que devo deixar que ele me julgue? Sabe, Jacob, se é isso que um rabino deve ser, quer dizer, um tipo de juiz, então acho que Al Becker e os outros que dizem que deveríamos ter um homem mais velho, mais maduro, talvez estejam certos. Você acha mesmo que Abe Reich vai concordar com tudo isso? — Um pensamento repentino ocorreu-lhe. — Diga, Jacob, se Abe não concordar, quer dizer, se ele não der as caras nesse negócio, como é mesmo o nome?, isso significa que a sentença vai ser dada em meu favor, à sua revelia?

— Lá vem o Reich — disse Wasserman. — Vamos começar agora mesmo. E, quanto a hoje à noite, não se preocupe; ele estará lá.

O escritório do rabino ficava no segundo andar, com vista para o grande estacionamento asfaltado. O sr. Wasserman chegou no momento em que o rabino estacionava o carro, e os dois homens subiram as escadas juntos.

— Não sabia que o senhor pretendia vir — disse o rabino.

— Schwarz começou a hesitar, então eu disse que estaria presente. O senhor se importa?

— De modo algum.

— Diga-me, rabino — continuou Wasserman —, o senhor já fez isso antes?

— Presidir um Din Torá? É claro que não. Sendo um rabino conservador, como poderia? Aliás, mesmo nas congregações ortodoxas aqui dos Estados Unidos, quem é que vai pensar em procurar um rabino para fazer um Din Torá hoje em dia?

— Mas então...

O rabino sorriu.

— Vai dar tudo certo, eu garanto. Não estou completamente alheio ao que se passa na comunidade. Já andei ouvindo alguns boatos. Os dois sempre foram bons amigos, mas agora aconteceu alguma coisa que abalou essa amizade. O meu palpite é que nenhum dos dois está muito contente com essa briga e que estão ambos muito ansiosos para fazer as pazes. Nessas circunstâncias, preciso tratar de encontrar uma base de entendimento entre eles.

— Compreendo — disse Wasserman, concordando com um gesto de cabeça. — Estava começando a ficar um pouco preocupado. Como o senhor disse, os dois eram amigos. E isso durante muito tempo. É bem provável que, quando o problema vier à tona, a gente acabe descobrindo que as esposas é que estão por trás dele. A mulher de Ben, Myra, é uma kochlefel de marca maior. Ela tem uma língua e tanto.

— Eu sei — disse o rabino com tristeza. — E como sei.

— Schwarz é um homem fraco — continuou Wasserman — e naquela casa quem canta de galo é a mulher. Eles eram bons vizinhos, os Schwarz e os Reich, e então Ben Schwarz recebeu algum dinheiro quando o pai morreu alguns anos atrás. Pensando bem, deve estar fazendo uns dois anos exatamente hoje, porque ele veio para rezar o Kadish. Então, eles se mudaram para Grove Point e começaram a freqüentar os Becker e os Pearlstein, essa panelinha. Tenho a impressão de que boa parte do problema é que Myra está tentando se afastar de suas antigas amizades.

— Bem, logo saberemos — disse o rabino. — Deve ser um deles que está chegando agora.

A porta da frente bateu e eles ouviram passos na escada. A porta dos fundos abriu e fechou outra vez. Ben Schwarz entrou e, logo depois, Abe Reich. Era como se cada um deles tivesse ficado esperando para ver se o outro ia aparecer. O rabino fez sinal para que Schwarz se sentasse de um lado da escrivaninha e Reich, do outro.

Reich era um homem alto, bastante atraente, com testa larga e cabelo cinza escuro penteado para trás. Havia um certo ar de dândi em sua figura. Vestia terno preto com lapelas estreitas e bolsos laterais enviesados de acordo com a moda européia. As calças eram estreitas e sem vira. Ele era o gerente de vendas regional de uma grande empresa especializada em sapatos populares e tinha um aspecto de dignidade e determinação profissional. Esforçava-se para esconder o constrangimento que estava sentindo, tentando parecer indiferente.

Schwarz também estava constrangido, mas tentava encarar a história toda como uma piada, uma brincadeira divertida, que seu velho amigo Jake Wasserman inventara e que ele estava preparado para aceitar, já que era um sujeito bacana.

Schwarz e Reich não haviam dito nada desde o momento em que entraram na sala; na verdade, evitavam até olhar um para o outro. Reich pôs-se a falar com Wasserman; assim, Schwarz dirigiu a palavra ao rabino.

— Bom — disse ele com um sorriso forçado —, o que é que vai acontecer agora? O senhor vai vestir sua beca e todos nós vamos nos levantar? Será que Jacob é o escrivão do tribunal ou será que ele é o júri?

O rabino sorriu. Então moveu sua cadeira, o que indicava que estava pronto para começar.

— Acho que vocês dois compreenderam o que é que está envolvido aqui — disse com naturalidade. — Não existem regras formais de procedimento. Normalmente, é costume as duas partes reconhecerem a jurisdição da corte e a disposição de aceitar a decisão do rabino. Neste caso, entretanto, não vou insistir nisso.

— Não me importo — disse Reich. — Estou disposto a acatar sua decisão.

Não querendo ficar para trás, Schwarz disse:

— Evidentemente não tenho nada a temer. Também concordo.

— Ótimo — completou o rabino. — Como o senhor é a parte lesada, senhor Schwarz, sugiro que nos conte o que aconteceu.

— Não há muito o que contar — disse Schwarz. — É muito simples. O Abe aqui pediu emprestado o carro de Myra e, por pura negligência, acabou com ele. Vou ter de pagar por um motor novinho em folha. Em poucas palavras isso foi o que aconteceu.

— Pouquíssimos casos são assim tão simples — disse o rabino. — O senhor poderia nos contar em que circunstâncias ele levou o carro? E também, apenas para deixar as coisas bem claras, o carro é seu ou de sua esposa? O senhor se referiu a ele como sendo o carro de sua esposa, mas depois disse que o senhor é que vai ter de pagar o motor.

Schwarz sorriu.

— É meu carro porque fui eu quem pagou por ele. É o carro dela porque é ela que normalmente dirige. É um Ford conversível, modelo 63. O carro que eu dirijo é um Buick.

— Sessenta e três? — O rabino levantou as sobrancelhas. — Então é um carro praticamente novo. Ainda não está na garantia?

— O senhor está brincando, rabino? — resmungou Schwarz. — Revendedor nenhum se julga responsável se o estrago é causado por negligência do proprietário. A loja Motores Becker, onde comprei o carro, é tão confiável como qualquer outra revendedora, mas Al Becker fez com que me sentisse um perfeito idiota quando sugeri isso a ele.

— Entendo — disse o rabino, e fez sinal para que prosseguisse.

— Bem, temos um grupo de amigos que costuma se reunir: para ir ao teatro, fazer viagens de carro, esse tipo de coisas. Tudo começou com um clube de jardinagem formado por alguns casais mais chegados que eram vizinhos, mas alguns mudaram de bairro. Ainda assim, nós nos encontramos uma vez por mês, mais ou menos. O problema aconteceu durante uma viagem que fizemos a Belknap, em New Hampshire, para esquiar, e usamos dois carros. Os Albert foram com os Reich no sedan deles. Eu levei o Ford e Sarah, Sarah Weinbaum, foi conosco. Ela é viúva. Os Weinbaum faziam parte do grupo e, desde que seu marido faleceu, tentamos incluí-la em todos os nossos programas. Saímos no início da tarde de sexta-feira, é uma viagem de apenas três horas, e conseguimos esquiar um pouco antes de anoitecer. Saímos de novo no sábado, todos menos o Abe aqui. Ele tinha apanhado um resfriado forte e estava espirrando e tossindo muito. Então, no sábado à noite, Sarah recebeu um telefonema dos filhos, ela tem dois filhos, um de dezessete, outro de quinze, que disseram que tinham sofrido um acidente de carro. Eles garantiram que não era nada sério e que as conseqüências foram só estas: Bobby tinha sofrido um arranhão e Myron, o menino mais velho, levara alguns pontos. Ainda assim, Sarah ficou muito nervosa e quis voltar para casa. Bem, nessas circunstâncias, eu não poderia culpá-la. Como ela havia ido conosco, eu sugeri que levasse nosso carro. Mas já era tarde, havia muita neblina e Myra não quis nem ouvir falar em deixar Sarah voltar sozinha. Então o Abe aqui se ofereceu para levá-la de volta.

— O senhor concorda com o que foi dito até agora, senhor Reich? — perguntou o rabino.

— Sim, foi isso mesmo que aconteceu.

— Muito bem, pode prosseguir, senhor Schwarz.

— Quando voltamos para casa domingo à noite, o carro não estava na garagem. Isso não me preocupou, porque era óbvio que Abe não iria deixar o carro em nossa casa para depois andar até a casa dele. Na manhã seguinte, saí com meu próprio carro e minha esposa telefonou para Abe a fim de combinar a entrega do carro. E aí ele disse a ela...

— Um momento, senhor Schwarz. Presumo que o senhor só pode chegar até essa altura da história, com base naquilo que sabe. Quero dizer, daqui para a frente o senhor estaria apenas contando o que a sua esposa lhe disse, e não aquilo que o senhor mesmo presenciou.

— Pensei que o senhor tivesse dito que não haveria qualquer norma legal...

— E não há mesmo, mas, já que queremos primeiro ouvir a história toda, é óbvio que seria melhor deixar o senhor Reich continuar. Quero apenas colocar a história em ordem cronológica.

— Ah, está bem.

— Senhor Reich.

— Aconteceu exatamente como Ben contou. Dei início à viagem com a senhora Weinbaum. Havia neblina e estava escuro, mas estávamos indo num ritmo bom. Então, quando estávamos chegando, o carro começou a falhar. Por sorte, uma radiopatrulha apareceu e o guarda perguntou qual era o problema. Eu lhe disse que não conseguia dar partida, então ele falou que ia providenciar um guincho. Uns cinco minutos depois, chegou o carro-guincho de uma oficina próxima e nos levou até a cidade. Aí já era tarde, acho que passava da meia-noite, e não havia mecânico de plantão. Então chamei um táxi e levei a senhora Weinbaum para casa. E, por incrível que pareça, quando chegamos lá, a casa estava escura e a senhora Weinbaum tinha esquecido a chave.

— Então, como foi que vocês entraram? — perguntou o rabino.

— Ela disse que sempre deixava uma das janelas destrancadas e que seria possível alcançá-la subindo pela varanda. Do jeito que eu estava me sentindo, não seria capaz nem de subir um lance de escadas, e ela, é claro, muito menos. O motorista do táxi era um sujeito jovem, mas disse que tinha uma perna defeituosa. Talvez fosse verdade, talvez não, ou talvez estivesse desconfiando de que quiséssemos envolvê-lo num assalto. Mas ele nos disse que, por volta daquela hora, o guarda-noturno geralmente faria uma pausa na leiteria para um café e um cigarro. A essa altura, a senhora Weinbaum estava quase em pânico, então mandamos o motorista de táxi atrás do guarda, e, no exato momento em que voltavam, quem é que aparece? Os dois meninos. Tinham ido a um cinema no centro! Bem, acho que a senhora Weinbaum ficou tão aliviada ao ver que estavam bem que nem se lembrou de me agradecer, apenas correu para dentro da casa com eles e me deixou lá plantado para dar as explicações ao guarda.

Notando uma crítica implícita, Schwarz disse:

— Sarah devia estar muito abalada, porque normalmente ela é bastante atenciosa.

Reich não fez nenhum comentário e continuou:

— Bem, contei ao guarda o que havia ocorrido. Ele não disse nada, apenas me olhou daquele jeito desconfiado que eles costumam olhar. O senhor pode imaginar como eu estava me sentindo naquele momento. Meu nariz estava congestionado e eu não conseguia respirar, meu corpo doía e acho que estava com febre. Fiquei de cama o domingo inteiro e, quando minha esposa voltou de Belknap, eu estava dormindo e não ouvi ela entrar. Na manhã seguinte, eu ainda estava me sentindo um trapo, por isso resolvi não ir ao escritório. Quando Myra telefonou, Betsy, minha esposa, atendeu. Ela me acordou, eu lhe contei o que havia acontecido e lhe pedi que desse o nome da oficina a Myra. Tudo o que eu sei é que logo em seguida, talvez uns dez minutos depois, o telefone tocou e era Myra insistindo em falar comigo. Então saí da cama e ela me disse que tinha acabado de ligar para a oficina e eles lhe haviam dito que eu tinha acabado com o carro dela, que tinha rodado sem óleo, que o motor estava em frangalhos, que ela me considerava responsável, e assim por diante. Ela foi meio grossa no telefone, e eu não estava me sentindo muito bem, então eu disse que ela podia fazer o que bem entendesse, bati o telefone e voltei para a cama.

O rabino olhou interrogativamente para Schwarz.

— Bem, de acordo com minha esposa, ele disse mais algumas coisas, mas acho que foi mais ou menos isso que aconteceu.

O rabino girou na cadeira e fez correr a porta de vidro da estante de livros que estava atrás dele. Por um momento, vasculhou com os olhos os livros da prateleira e depois retirou um deles. Schwarz sorriu e, ao perceber o olhar de Wasserman, piscou para ele. A boca de Reich contorceu-se para evitar um sorriso. O rabino, entretanto, continuava absorto enquanto folheava o livro. De vez em quando, parava em determinada página e dava uma lida, assentindo com a cabeça. Ocasionalmente, massageava a testa como para estimular a atividade intelectual. Forçando a vista, deu uma olhada em cima da escrivaninha e finalmente achou uma régua, que usou para marcar um trecho do livro. Pouco depois, usou um peso de papel para marcar outro trecho. Então retirou um segundo volume, e aí pareceu mais seguro, pois rapidamente encontrou o texto que estava procurando. Por fim, colocou os dois volumes de lado e olhou com bondade para os dois homens sentados diante dele.

— Há certos aspectos do caso que não estão inteiramente claros para mim. Estou notando, por exemplo, que o senhor, senhor Schwarz, fala de Sarah, enquanto o senhor, senhor Reich, fala da senhora Weinbaum. Será que isso demonstra apenas maior informalidade por parte do senhor Schwarz, ou indica que essa senhora é mais íntima dos Schwarz do que dos Reich?

— Ela fazia parte do grupo. Éramos todos amigos. Se algum de nós desse uma festa ou reunião, ela seria convidada exatamente como nós fizemos nesse caso.

O rabino olhou para Reich, que disse:

— Eu diria que ela era mais íntima deles. Conhecemos os Weinbaum por intermédio de Ben e Myra. Eles eram muito amigos.

— Sim, talvez seja assim mesmo — admitiu Schwarz. — E daí?

— E foi no seu carro que ela viajou até a estação de esqui? — perguntou o rabino.

— Sim, foi assim que acabou acontecendo. O que o senhor está querendo sugerir?

— Estou sugerindo que ela era essencialmente sua convidada, e que o senhor tinha maior responsabilidade em relação a ela que o senhor Reich.

O sr. Wasserman inclinou-se para a frente.

— Sim, acho que é isso — Schwarz admitiu novamente.

— Então não acha que o senhor Reich estava, num certo sentido, prestando um favor ao senhor ao levá-la para casa?

— Ele estava fazendo um favor a si mesmo também. Estava com um resfriado forte e também queria voltar para casa.

— Ele já tinha feito alguma insinuação neste sentido antes de a senhora Weinbaum receber o telefonema?

— Não, mas todos nós sabíamos que ele queria ir para casa.

— Se não houvesse o telefonema, o senhor acha que ele teria pedido o seu carro emprestado?

— Provavelmente não.

— Então poderíamos concluir que, ao levar a senhora Weinbaum para casa, ele estava fazendo um favor ao senhor, por mais conveniente que isso fosse para ele.

— Bem, não vejo que diferença isso faz. E daí?

— Daí que, no primeiro caso, ele estaria na posição de quem pede emprestado, mas, no segundo, ele é na verdade seu agente, e um conjunto diferente de regras pode ser aplicado. Na posição de quem pede emprestado, a responsabilidade de devolver o carro em bom estado caberia por princípio a ele. Para evitar a responsabilidade, ele teria de provar que havia um defeito no carro e também que não houve negligência de sua parte. Além disso, seria responsabilidade dele verificar se o carro estava em boas condições quando ele o pegou. Como agente, por outro lado, ele tem o direito de supor que o carro estava em boas condições e o ônus da prova cabe ao senhor. É o senhor que tem de provar que ele foi muito negligente.

Wasserman sorriu.

— Não vejo muita diferença nisso. Acho que nos dois casos ele foi muito negligente. E posso prová-lo. O mecânico da oficina disse que o carro não tinha uma gota de óleo. Olhe, ele deixou o óleo acabar, e isso é uma negligência e tanto.

— Como poderia saber que o nível do óleo estava baixo? — perguntou Reich.

Até então, os dois homens haviam se dirigido ao rabino, falando um com o outro por meio dele. Mas, naquele momento, Schwarz virou-se e, encarando Reich diretamente, disse:

— Você parou para pôr gasolina, não foi?

Reich também se virou na cadeira.

— Sim, parei para pôr gasolina. Quando entrei no carro, notei que o tanque estava pela metade; então, depois de dirigir por mais ou menos uma hora, parei num posto e pedi que enchessem o tanque.

— Mas você não pediu que dessem uma olhada no óleo — disse Schwarz.

— Não, e não pedi que dessem uma olhada na água do radiador, ou na bateria ou na pressão dos pneus. Estava com uma mulher histérica e nervosa sentada ao meu lado, que mal podia esperar que terminassem de encher o tanque. Por que deveria verificar tudo? Era um carro praticamente novo. Não era um calhambeque.

— E, no entanto, Sarah disse a Myra que ela mencionou o óleo a você.

— Lógico, depois de termos rodado mais uns quinze ou vinte quilômetros. Perguntei-lhe por que e ela disse que você tinha verificado o óleo na ida e que havia colocado alguns litros. Aí eu disse: "Então com certeza não precisamos pôr mais", e isso encerrou o assunto. Ela cochilou e só acordou quando o carro entrou em pane e ela pensou que tivéssemos chegado em casa.

— Bem, eu diria que ao fazer uma viagem longa, é costume verificar o óleo e a água toda vez que paramos — insistiu Schwarz.

— Espere um pouco, senhor Schwarz — disse o rabino. — Não sou mecânico, mas não consigo entender por que um carro novo precisaria de alguns litros de óleo.

— Porque havia um pequeno vazamento na junta do motor, mas não era nada sério. Notei algumas gotas de óleo no chão da garagem e falei com Al Becker sobre isso. Ele disse que daria um jeito, mas que eu poderia continuar a dirigir tranqüilamente até conseguir arrumar um tempinho para levar o carro à oficina.

O rabino olhou para Reich para ver se ele tinha algo a dizer em resposta, então recostou-se em sua cadeira giratória e ponderou. Por fim, endireitou as costas jogando os ombros para trás. Bateu de leve nos livros sobre a escrivaninha.

— Estes são dois dos três volumes do Talmude que tratam de modo geral da questão dos danos. O assunto é amplamente abordado. O primeiro volume trata das causas gerais dos danos, e o capítulo que discute, por exemplo, o caso de um boi que dá uma chifrada em alguém, acaba se estendendo por cerca de quarenta páginas. Desenvolveu-se então um princípio geral que os antigos rabinos costumavam aplicar de maneira ampla em todos os casos. Trata-se da distinção básica que fazem entre tam e muad, isto é, entre o boi dócil e o boi que criou fama de ser um animal terrível por já ter ferido pessoas várias vezes. O dono deste último era considerado muito mais responsável no caso de um acidente do que o primeiro, pois já recebera uma advertência e deveria ter tomado precauções especiais.
— Ele olhou para o sr. Wasserman que corroborou com um aceno de cabeça.

O rabino levantou-se de trás da escrivaninha e começou a andar de um lado para outro. O seu tom de voz adquiriu aquela musicalidade que é característica tradicional dos talmudistas, à medida que ia seguindo o fio de seu raciocínio.

— Agora, neste caso, o senhor sabia que o carro estava vazando óleo. E sou de opinião que, pelo menos enquanto estava sendo dirigido, o carro vazava mais do que apenas algumas gotas, já que o senhor achou necessário colocar dois litros na viagem de ida. Se o senhor Reich estivesse pedindo o carro emprestado, e agora chegamos a este volume que lida com as questões de empréstimos, assim como a lei do agenciamento, se o senhor Reich, por exemplo, tivesse dito que não estava se sentindo bem, que queria ir para casa, e se tivesse pedido o carro emprestado para a viagem, teria sido responsabilidade dele perguntar ao senhor se o carro estava em boas condições ou verificar ele mesmo. E se ele não fizesse isso, mesmo se as circunstâncias fossem exatamente as mesmas, então seria responsável e passível de responder pelos danos causados. Porém, já concordamos que ele não pediu emprestado, mas, na verdade, foi seu agente e, portanto, o senhor é que tinha a responsabilidade de informá-lo de que o carro estava vazando óleo e que deveria ficar de olho para que o óleo não ficasse abaixo do nível de segurança.

— Espere um pouco, rabino — disse Schwarz. — Eu não precisava avisá-lo pessoalmente. O carro tem um dispositivo de alarme embutido: a luz do óleo. Quando alguém dirige um carro, deve observar os intrumentos. Se ele tivesse feito isso, a luz vermelha teria indicado que o nível estava baixando perigosamente.

O rabino fez que sim com a cabeça.

— Esta é uma boa observação. Senhor Reich?

— Para dizer a verdade, a luz acendeu mesmo — disse ele. — Mas, quando isso ocorreu, estávamos no meio da estrada, sem um posto por perto e, antes que eu pudesse encontrar um, estávamos em pane.

— Entendo — disse o rabino.

— Mas, de acordo com o mecânico, ele deve ter sentido cheiro de queimado muito antes disso — insistiu Schwarz.

— Não, se o nariz dele estava entupido por causa de um resfriado forte. E a senhora Weinbaum, como o senhor se lembra, estava dormindo. — O rabino balançou a cabeça. — Não, senhor Schwarz, o senhor Reich fez apenas o que um motorista comum teria feito nas condições existentes na estrada. Portanto, não pode ser considerado negligente e, se não foi negligente, então não é responsável.

A firmeza de seu tom indicava que a audiência estava encerrada. Reich foi o primeiro a se levantar.

— Isto foi uma revelação para mim, rabino — disse em voz baixa.

O rabino aceitou seus agradecimentos.

Reich voltou-se hesitante para Schwarz, esperou que ele fizesse algum gesto de reconciliação, mas ele permaneceu sentado, com os olhos fixos no chão enquanto esfregava as palmas das mãos, envergonhado.

Reich esperou um momento constrangendor e então disse:

— Bem, eu vou indo. — Na porta, ele parou. — Não vi seu carro no estacionamento, Jacob. Quer uma carona?

— É, eu vim andando — disse Wasserman —, mas acho que vou aceitar a carona.

— Eu espero lá embaixo.

Foi apenas quando a porta se fechou que Schwarz levantou a cabeça. Era óbvio que estava magoado.

— Acho que eu tinha uma idéia errada sobre a finalidade desta audiência, rabino. Ou talvez o senhor tivesse uma idéia errada. Eu lhe disse, ou tentei lhe dizer, que não estava querendo mover uma ação contra Abe. Afinal, tenho mais condições de arcar com as despesas do conserto do que ele. Se ele tivesse tomado a iniciativa de fazer algum acordo ou oferta, eu teria recusado, mas teríamos continuado a ser amigos. Ao invés disso, ele foi grosseiro com minha esposa, e um homem tem de apoiar a esposa. Acho que ela soltou os cachorros em cima dele. E agora eu entendo por que ele reagiu desse modo.

— Bem, então...

Schwarz sacudiu a cabeça.

— O senhor não entende, rabino. Eu tinha a esperança de que esta audiência produzisse algum tipo de acordo, que nos aproximasse de algum modo. Em vez disso, o senhor o absolveu completamente, o que significa que eu é que devo estar completamente errado. Mas não acho que esteja totalmente errado. Afinal, o que foi que eu fiz? Alguns amigos meus queriam voltar para casa às pressas e eu emprestei o meu carro. O que há de errado nisso? Tenho a impressão de que o senhor não estava agindo como um juiz imparcial, e sim como advogado dele. Todas as suas perguntas e argumentos foram dirigidas a mim. Eu não tenho prática em assuntos legais para poder detectar alguma falha em sua linha de raciocínio, mas tenho certeza de que, se tivesse um advogado aqui para me representar, ele o faria. De qualquer modo, tenho certeza de que ele teria sido capaz de chegar a algum tipo de acordo.

— Mas conseguimos algo até melhor que isso — disse o rabino.

— O que o senhor quer dizer? O senhor o absolveu de negligência e eu vou ter de desembolsar algumas centenas de dólares.

O rabino sorriu.

— Acho que o senhor não está compreendendo o significado total das provas, senhor Schwarz. É verdade, o senhor Reich foi absolvido de qualquer negligência, mas isso não torna o senhor automaticamente culpado.

— Não estou entendendo.

— Vamos analisar o que temos aqui. O senhor comprou um carro que tinha uma junta vazando. E, quando notou o problema, o senhor notificou o fabricante por intermédio de seu representante, o senhor Becker. É verdade que o defeito era pequeno e que nem o senhor nem o senhor Becker tinham motivos para crer que poderia se tornar mais sério num futuro imediato. A possibilidade de que o problema se agravasse numa viagem mais longa não passou pela cabeça do senhor Becker, senão ele o teria prevenido e, nesse caso, tenho certeza de que o senhor não usaria aquele carro para ir até New Hampshire. Mas o fato é que percorrer uma longa distância em alta velocidade fez com que o vazamento aumentasse, e foi por isso que o senhor teve de colocar mais alguns litros de óleo na viagem de ida. Agora, nessas circunstâncias, o fabricante pode apenas exigir que o senhor tome as precauções normais. Acho que o senhor concorda que o senhor Reich fez apenas o que um motorista cuidadoso faria...

— Então a culpa na verdade é deles, rabino? — O rosto de Schwarz tinha uma expressão animada e sua voz estava excitada. — É isso que o senhor está dizendo?

O sr. Wasserman deu um largo sorriso.

— Exatamente, senhor Schwarz. Minha opinião é que foi culpa do fabricante e que ele deve incluir o prejuízo na garantia.

— Puxa, rabino, isso é fantástico! Tenho certeza de que Becker vai acabar concordando. Afinal, não é dinheiro do bolso dele. Então, isto deixa tudo acertado. Olhe, rabino, se eu disse algo que...

O rabino o interrompeu.

— É perfeitamente compreensível nessas circunstâncias, senhor Schwarz.

Schwarz queria convidar todos para tomar um drinque, mas o rabino desculpou-se.

— Se não se importa, vamos deixar para outro dia. Enquanto estava folheando esses livros, encontrei alguns assuntos que me interessaram. Não tem nada a ver com o seu caso, mas gostaria de examiná-los enquanto ainda estão frescos em minha memória. — Ele trocou apertos de mão com os dois homens e os acompanhou até a porta.

— Bem, o que você acha do rabino agora? — Wasserman não pôde deixar de perguntar enquanto desciam as escadas.

— É um sujeito e tanto — disse Schwarz.

— Um gaon, Ben, um perfeito gaon.

— Eu não sei o que é um gaon, Jacob, mas, se é você que está dizendo, acredito na sua palavra.

— E quanto ao Abe?

— Bem, Jacob, aqui entre nós, tudo aconteceu por causa de Myra. Você sabe como são as mulheres quando se trata de perder alguns trocados.

Da janela de seu escritório, o rabino olhou na direção do estacionamento para ver os três homens conversando em óbvia reconciliação. Sorriu e afastou-se da janela. Os livros em cima da escrivaninha chamaram sua atenção. Ajeitou a lâmpada de leitura, sentou-se atrás da escrivaninha e aproximou os livros.

2

Elspeth Bleech estava deitada de costas e observava o teto inclinar-se lentamente, primeiro para um lado, depois para o outro. Agarrou-se aos lençóis como se estivesse com medo de cair da cama. O despertador a tinha acordado como de costume, mas quando ela se sentou sentiu uma tontura e voltou a deitar a cabeça no travesseiro.

O sol que penetrava obliquamente através das lâminas da persiana parecia prometer um lindo dia. Ela fechou os olhos com força para fazer desaparecer o movimento das paredes e do teto, mas podia perceber o sol numa espécie de névoa vermelha. Ao mesmo tempo, sentia como se a cama estivesse balançando embaixo dela. Embora a manhã estivesse fresca, sua testa estava molhada de suor.

Com grande esforço, sentou-se novamente e, sem se preocupar em calçar os chinelos, disparou para o pequeno banheiro. Depois de algum tempo, começou a se sentir melhor. Voltou ao quarto, sentou-se na beirada da cama e enxugou o rosto pensando se não deveria voltar a se deitar por mais meia hora. Como se fosse uma resposta, ouviu uma batida na porta e as crianças, Angelina e Johnnie, gritaram:

— Elspeth, Elspeth, venha vestir a gente. Queremos ir passear.

— Está certo, Angie — respondeu ela. — Você e Johnnie, voltem para cima e fiquem brincando quietinhos que a Elspeth vai subir num minuto. Agora, lembrem-se, brinquem bem quietinhos. Vocês não vão querer acordar o papai e a mamãe.

Por sorte, eles obedeceram e ela suspirou aliviada. Vestiu o roupão, calçou os chinelos e preparou uma xícara de chá e algumas torradas. A comida fez com que se sentisse melhor.

Ela vinha apresentando sintomas estranhos já fazia algum tempo, mas ultimamente eles tinham piorado. Aquele era o segundo dia seguido que estava sentindo enjôo. Na manhã da véspera, ela imaginou que havia sido o ravióli que a sra. Serafino preparara para o jantar do dia anterior. Talvez tivesse comido mais do que devia. Mas ontem ela havia comido pouco o dia todo. Talvez não tivesse comido o suficiente.

Poderia falar com sua amiga, Celia Saunders. Celia era mais velha e provavelmente conhecia alguma coisa que ela pudesse tomar. Ao mesmo tempo, concluiu que seria imprudência detalhar os sintomas de maneira muito precisa. Bem lá no fundo, existia o medo de que talvez, quem sabe, seu mal-estar fosse conseqüência de algo bem diferente.

As crianças no quarto de cima estavam começando a fazer barulho. Ela não queria que a sra. Serafino a visse até que estivesse totalmente vestida e tivesse colocado um pouco de maquiagem no rosto. Estava mais aflita ainda, com medo de que o sr. Serafino a surpreendesse daquele jeito e voltou depressa para o quarto, a fim de se vestir. Tirando o robe e a camisola, observou-se no espelho de corpo inteiro que havia na porta do armário. Tinha certeza de que não parecia mais gorda. De qualquer modo, decidiu usar a cinta nova, mais firme que a velha e que modelava melhor.

Quando acabou de se vestir, estava se sentindo como de costume. A simples visão de si mesma no espelho, esbelta no uniforme branco, fez com que ficasse mais animada. E se fosse a outra coisa? Não precisava ficar apavorada; ela até poderia utilizá-la em seu favor, mas é claro que precisava ter certeza, e isso significava fazer uma visita ao médico, talvez na próxima quinta, que era seu dia de folga.

*

— Então por que cargas-d'água você não pede ao rabino que escreva a carta para a Companhia Ford? — perguntou Al Becker.

Ele era um homem baixo, atarracado, com um tronco avantajado que se equilibrava nas pernas curtas e grossas. O nariz e o queixo rivalizavam em protuberância e havia uma curva mal-humorada em sua boca sem lábios, da qual pendia um charuto grosso e preto. Quando o tirava do canto da boca, Becker o segurava entre os dedos dobrados da mão direita, de maneira que lembrava uma arma incandescente num punho cerrado. Os olhos eram duas bolas de gude azuis e opacas.

Ben Schwarz tinha ido conversar com ele cheio de boas notícias. Pensou que seu velho amigo ficaria contente em saber que não teria de arcar com a considerável despesa de colocar um motor novo no carro.

Mas Becker não ficou nada satisfeito. É verdade, isso não custaria nada à Motores Becker, mas significava uma série de problemas, talvez uma extensa correspondência para explicar o assunto à companhia.

— Como é que o rabino pode se meter numa coisa dessas? — ele queria saber. — Você é um sujeito sensato, Ben. Agora eu pergunto: será que é essa a função de um rabino num templo?

— Mas você não entende, Al — disse Schwarz. — O importante não era a questão do conserto do carro. Era, é claro, mas...

— Bem, era ou não era?

— Bem, claro que era, mas estou dizendo que não o procurei por essa razão. Por acaso ele ouviu que eu estava zangado com Abe Reich, então sugeriu um Din Torá...

— Um Din o quê?

— Um Din Torá — disse Schwarz com cautela. — É o que acontece quando duas partes envolvidas num conflito ou discussão procuram um rabino e ele ouve o caso e faz um julgamento segundo o Talmude. É uma coisa que faz parte da função do rabino.

— É a primeira vez que ouço falar nisso.

— Bem, tenho de admitir que eu também não conhecia isso. De qualquer modo, concordei, e Reich, eu e Wasserman, como uma espécie de testemunha, acho, fomos todos falar com o rabino. Ele esmiuçou a coisa toda, e então ficou evidente que nem Reich nem eu tínhamos sido negligentes. E, então, meu Deus, se eu não fui negligente e o motorista do carro não foi negligente, então a culpa é do carro e a companhia é responsável.

— Ora, droga, a companhia não vai pagar, a menos que eu o recomende, e já posso até me ver falando com eles sobre um conserto desse tamanho e com base nessa história esfarrapada. — A voz de Becker nunca era suave e, quando estava bravo, berrava.

Schwarz parecia de repente ter perdido o entusiasmo.

— Mas havia um vazamento na junta — também gritou.
— Eu lhe falei sobre isso.

— Claro, algumas gotas por semana. Esse tipo de vazamento não ia fundir o motor.

— Algumas gotas quando estava parado. Mas devia estar jorrando enquanto eu dirigia. Pus dois litros de óleo na ida para New Hampshire. Isso não são só umas gotinhas. Pelo menos que eu saiba.

A porta do escritório de Becker abriu-se e seu sócio, Melvin Bronstein, entrou. Bronstein era um homem jovial de uns quarenta anos, alto e magro, com o cabelo preto ondulado começando a ficar grisalho nas têmporas; tinha olhos escuros e profundos, nariz aquilino e lábios delicados.

— O que está acontecendo? — perguntou. — É uma discussãozinha particular ou qualquer um pode participar? Aposto que é possível ouvir vocês dois a um quarteirão de distância.

— O que está acontecendo é que, no nosso templo, arranjamos um rabino em quem se pode confiar para fazer tudo, menos o que deve fazer — disse Becker.

Bronstein olhou para Schwarz em busca de esclarecimentos. Feliz por ter uma platéia menos esmagadora, Schwarz contou a história toda enquanto Becker remexia em papéis sobre a mesa com fingida indiferença.

Bronstein acenou da porta do escritório e Becker foi até lá, meio relutante. Schwarz afastou-se para não parecer que estava bisbilhotando.

— Ben é um dos nossos bons clientes, Al — sussurrou Bronstein. — Acho que a companhia não iria se opor a esse argumento.

— É? Pois fique sabendo que eu já tinha negócios com a Companhia Ford muito antes de você terminar o ginásio, Mel — disse Becker em voz alta.

Mas Bronstein conhecia o sócio. Sorriu para ele.

— Olhe aqui, Al, se você der as costas ao Ben, só vai poder fazer negócio com a Myra. Ela não é a presidente do Grupo de Voluntárias do templo este ano?

— E o ano passado também — Ben não pôde deixar de acrescentar.

— Ela vai ficar aborrecida conosco, o que não vai ser nada bom para os negócios — disse Bronstein, baixando a voz novamente.

— Bom, o Grupo de Voluntários não costuma comprar carros.

— Mas os maridos de todas as participantes sim.

— Droga, Mel, como eu vou explicar que quero que a companhia ponha um motor novo no carro só porque o rabino do meu templo decidiu que é isso que eles devem fazer?

— Você não precisa falar do rabino. Não precisa nem explicar como as coisas aconteceram. Você pode dizer apenas que a junta começou a vazar enquanto o carro estava sendo usado.

— E se a companhia mandar um investigador?

— Eles já fizeram isso com você, alguma vez, Al?

— Não, mas já fizeram com algumas outras revendedoras.

— Está certo — disse Bronstein rindo. — Se ele vier, você pode apresentá-lo ao seu rabino.

De repente, o estado de espírito de Becker mudou. Deu um risinho gutural e aproximou-se de Schwarz.

— Está certo, Ben, vou escrever para a companhia e ver se eles concordam. Você sabe, eu só estou fazendo isso porque o Mel aqui engoliu a sua história. Ele é o famoso sujeito do coração de ouro, o manteiga derretida da cidade.

— Ah, você só está irritado porque o rabino estava no meio — disse Bronstein. Virou-se para Schwarz. — Al teria concordado desde o começo, e até teria ficado feliz em poder servir um cliente, se você não tivesse mencionado o rabino.

— O que é que você tem contra o rabino, Al? — perguntou Ben.

— O que é que eu tenho contra o rabino? — Becker tirou o charuto da boca. — Eu vou lhe contar o que eu tenho contra o rabino. Ele não é o homem certo para o emprego, é isso que tenho contra ele. Sua função é ser nosso representante, mas será que você o contrataria como vendedor para a sua firma, Ben? Vamos lá, seja sincero.

— É claro que eu o contrataria — disse Schwarz, mas o seu tom de voz não mostrava convicção.

— Bom, se você fosse trouxa o suficiente para contratá-lo, espero que também seria esperto o suficiente para despedi-lo na primeira vez que saísse da linha.

— Quando foi que ele saiu da linha? — perguntou Schwarz.

— Ah, tenha paciência, Ben. E aquela vez do café da manhã de pais e filhos, em que trouxemos Barney Gilligan do Red Sox para falar com os garotos? Ele se levanta para apresentar o jogador e o que é que ele diz? Faz um longo sermão para os garotos mostrando que nossos heróis são intelectuais, e não atletas. Eu tive vontade de me enfiar num buraco.

— Bom...

— E aquela vez em que a sua própria esposa pediu a ele que fosse dar uma palavrinha de encorajamento às garotas do Grupo de Voluntárias que estavam organizando uma grande campanha para comprar o presente de Chanuká que seria oferecido ao templo? Aí ele vai e fala que ter o judaísmo no coração e ter um lar kasher era mais importante para as mulheres judias do que fazer campanha para comprar presentes para o templo.

— Espere um pouco, Al. É evidente que eu não diria nada contra minha própria esposa, mas o que é certo é certo. Aquilo era um almoço e Myra serviu coquetel de camarão, que não é comida kasher, e não se pode culpar o rabino por ter ficado aborrecido.

— E, com todo esse diz-que-diz-que você ainda continua tentando me fazer entrar para o templo — disse Bronstein, dando uma piscada para Schwarz.

— É claro — disse o sócio —, porque, como judeu e como morador de Barnard's Crossing, você deve isso a si mesmo e à comunidade. Quanto ao rabino, ele não vai ficar lá para sempre, você vai ver.

3

O conselho administrativo estava usando uma das salas de aula desocupadas para sua habitual reunião de domingo. Jacob Wasserman, como presidente do templo e do conselho, ocupava a mesa do professor. O resto dos membros, num total de quinze pessoas, espremia-se nas carteiras dos alunos, sem nenhum conforto, com as pernas esticadas para fora. No fundo da sala, alguns estavam sentados nas próprias carteiras, com os pés apoiados nas cadeiras da frente. Com exceção de Wasserman, o conselho era formado por homens mais jovens, metade ainda por volta dos trinta e o resto lá pelos quarenta ou começo dos cinqüenta. Wasserman usava um terno leve de executivo, mas os outros vestiam o traje normal, em Barnard's Crossing, para um domingo quente de verão: calças e camisas esporte, jaquetas ou blusões de golfe.

Pelas janelas abertas, chegava o ronco de um cortador de grama elétrico que Stanley, o zelador, estava usando. Pela porta aberta vinha o barulho estridente da cantoria das crianças no salão perto do hall de entrada. Não havia muita formalidade no encaminhamento da reunião, os membros falavam quando queriam e, muito freqüentemente, como agora, vários ao mesmo tempo.

O presidente bateu na mesa com uma régua.

— Senhores, um de cada vez. Então, o que é que você estava dizendo, Joe?

— O que eu estava *tentando* dizer é que não sei como vamos discutir a pauta com todo esse barulho. E não sei por que não podemos usar a sinagoga pequena para nossas reuniões habituais.

— Não procede — gritou outra voz. — Essa questão não cabe aqui.

— Por que não cabe? — perguntou Joe, agressivo. — Está bem, apresento uma moção para que todas as reuniões sejam realizadas de hoje em diante na sinagoga pequena. Essa é uma proposta nova.

— Senhores, senhores. Enquanto eu for presidente, qualquer pessoa que tenha algo importante para dizer pode fazê-lo a qualquer momento. As nossas reuniões não são tão complicadas que não possamos sair da pauta de vez em quando. O secretário sempre pode organizar as coisas em sua ata. A única razão de não estarmos usando a sinagoga pequena, Joe, é que não há lugar para o secretário escrever. Entretanto, se os membros acham que uma sala de aula como esta não é um lugar adequado para as reuniões, poderíamos pedir ao Stanley para montar uma mesa na sinagoga pequena.

— Isto levanta uma outra questão, Jacob. E quanto ao Stanley? Não acredito que nossos vizinhos cristãos achem correto ele trabalhar no domingo, sob as vistas de todo mundo, ainda mais porque ele é cristão e domingo é seu dia santo.

— E o que é que você acha que eles fazem no domingo? Vá dar um passeio pela rua Vine e verá quase todos cortando a grama, aparando a sebe, ou talvez pintando o barco.

— Ainda assim, Joe levantou uma questão importante aqui — disse Wasserman. — Claro, se Stanley fizesse objeções, com certeza não insistiríamos. Ele precisa trabalhar aqui aos domingos por causa da escola, mas talvez fosse melhor se ele ficasse dentro do prédio. Por outro lado, ninguém lhe disse para trabalhar lá fora. Quanto a isso, ele é seu próprio patrão. Pode distribuir seu trabalho como quiser. Ele está lá fora agora porque quer.

— É, mas não parece correto.

— Bom, é só por mais algumas semanas — disse Wasserman. — No verão, ele tem folga aos domingos. — Ele hesitou e olhou o relógio no fundo da classe. — Isso levanta um assunto que eu gostaria de discutir por um momento. Ainda temos algumas reuniões antes do recesso de verão, mas acho que deveríamos examinar o contrato do rabino.

— O que é que há com ele, Jacob? É válido até as Grandes Festas, não é?

— É isso mesmo. Os contratos com rabinos são sempre firmados assim, de modo que o templo sempre tenha um rabino para celebrar as Grandes Festas. É por isso que é costume examinar o novo contrato nesta época do ano. Então, se a congregação decide que quer fazer uma mudança, ainda há tempo para procurar um novo rabino. E, se o rabino quer mudar, ele tem chance de procurar uma nova congregação. Acho que seria uma boa idéia se votássemos agora mesmo a renovação do contrato de nosso rabino por mais um ano, e lhe enviássemos uma carta nesse sentido.

— Por quê? Ele está procurando outra colocação ou tocou nesse assunto com você?

Wasserman sacudiu a cabeça.

— Não, ele não falou nada. Apenas acho que seria uma boa idéia enviar-lhe uma carta antes que ele o faça.

— Espere um pouco, Jocob, como vamos saber se o rabino quer continuar? Será que não devíamos primeiro receber uma carta dele?

— Acho que ele gosta daqui e acho que está disposto a continuar — disse Wasserman. — Quanto à carta, normalmente é o empregador que faz a notificação. Evidentemente, teríamos de dar-lhe um aumento. Acho que um aumento de quinhentos dólares seria uma boa prova de gratidão.

— Senhor presidente. — Era a voz áspera de Al Becker. O vice-presidente levantou-se da cadeira e inclinou-se para a frente, apoiando o pesado tronco sobre os punhos cerrados na carteira à sua frente. — Senhor presidente, parece que estamos atravessando um período difícil, com um templo novinho em folha e todo o resto, e que quinhentos dólares é uma quantia muito alta.

— É, quinhentos dólares é um bocado de dinheiro.
— Ele só está aqui há um ano.
— Bom, esta é a melhor ocasião para lhe dar isso, não é, logo depois do primeiro ano?
— Temos de lhe dar algum aumento, e quinhentos dólares é apenas um pouco mais que cinco por cento de seu salário.
— Senhores, senhores! — Wasserman bateu com a régua na mesa.
— Proponho um diferimento de uma ou duas semanas — disse Meyer Goldfarb.
— O que é um diferimento?
— Meyer sempre quer deixar as coisas de molho quando se trata de gastar dinheiro.
— Não dói por muito tempo.
— Senhor presidente. — Era Al Becker, novamente. — Apóio a moção de Meyer para deixar o assunto de molho até a próxima semana. Essa tem sido a regra: toda vez que algo envolve uma grande soma de dinheiro, sempre adiamos a decisão por uma semana pelo menos. Ora, eu considero isso um gasto excessivo. Quinhentos dólares é muito dinheiro, e o salário novo, dez mil dólares, é dinheiro à beça. Tudo o que temos aqui hoje é o quórum mínimo. Acho que, num caso importante como este, deveríamos ter um número maior de pessoas para votar. Proponho pedirmos a Lennie que escreva a todos os membros do conselho para que não faltem à reunião da semana que vem a fim de discutir um assunto da maior importância.
— Já há uma moção lançada.
— Bom, é a mesma idéia. Muito bem, a minha observação fica sendo uma emenda à moção.
— Alguma dúvida quanto à emenda? — perguntou Wasserman.
— Um momento, senhor presidente — pediu Meyer Goldfarb. — Essa emenda é relativa à minha moção, então, se eu

aceitá-la, não precisamos discutir mais nada. Eu apenas modifico minha moção, percebe?

— Está certo, então declare mais uma vez a sua moção.

— Proponho que a moção para renovar o contrato do rabino...

— Espere um pouco, Meyer, não havia tal moção.

— Ela foi feita por Jacob.

— Jacob não fez nenhuma proposta. Ele apenas fez uma sugestão. Além disso, ele está na presidência...

— Senhores — disse Wasserman, batendo forte com a régua —, qual é o sentido de todo esse negócio de moção, emenda, emenda à emenda? Eu não fiz uma proposta, fiz? A assembléia está de acordo em adiar qualquer decisão sobre o contrato do rabino até a semana que vem?

— Sim.

— Claro, por que não? O rabino não vai fugir.

— Até mesmo por respeito ao rabino deveria haver um comparecimento maior.

— Muito bem — disse Wasserman. — Então vamos adiar já. Se não há outro assunto — ele esperou um momento —, então esta reunião está suspensa.

4

Na terça-feira o tempo estava agradável e ameno. Elspeth Bleech e sua amiga, Celia Saunders, que tomava conta dos filhos dos Hoskins algumas casas mais adiante, estavam levando as crianças ao parque, um pedaço irregular de grama que ficava alguns quarteirões depois do templo. A pequena procissão era praticamente uma operação de pastoreio. As crianças corriam na frente, mas Elspeth sempre levava o carrinho, porque Johnnie Serafino era ainda muito pequeno. Algumas vezes ele andava com as duas moças, segurando firme com a mão pequenina a lateral ou o cabo cromado do carrinho, e às vezes se sentava e fazia questão de ser empurrado.

Elspeth e Celia andavam uns quinze metros e então paravam para verificar o paradeiro das crianças. Se tinham ficado para trás, chamavam por elas, ou corriam de volta para separá-las ou fazê-las largar alguma coisa que tinham achado na sarjeta ou numa lata de lixo.

Celia estava tentando convencer a amiga a irem juntas até Salem na quinta-feira, seu dia de folga.

— A loja Adelson está fazendo uma liquidação e eu queria dar uma olhada num outro maiô. A gente podia tomar o ônibus da uma hora...

— Eu estava pensando em ir até Lynn — disse Elspeth.

— Por que Lynn?

— Sabe, estou me sentindo meio adoentada ultimamente e pensei em fazer um exame completo com um médico. Talvez ele possa me receitar um tônico, ou qualquer coisa assim.

— Você não precisa de tônico nenhum, El. O que você precisa é de exercício e um pouco de descanso. Siga o meu conselho, venha comigo até Salem para fazer algumas compras e depois podemos pegar um cineminha à tarde. Podemos tomar um lanchinho por lá mesmo e depois ir jogar boliche. Tem uma turma ótima que aparece por lá na quinta à noite. Nós nos divertimos pra valer, só fazendo farra. Não tem brincadeira pesada e ninguém avança o sinal. Nós nos divertimos horrores, só bagunçando.

— Hum, acho que deve ser legal, mas não estou animada, Celia. Ando me sentindo cansada quase todas as tardes e, de manhã, acordo meio tonta.

— Bem, eu sei qual é a razão disto — disse Celia com determinação.

— Sabe mesmo?

— Você não está dormindo o suficiente. É esse o seu problema. Acordada até duas ou três horas da madrugada! É um milagre você ainda estar de pé. E isso seis dias por semana. Não conheço nenhuma outra garota que não tenha folga aos domingos. Os Serafino estão tirando vantagem de você, estão matando você de tanto trabalhar.

— Ah, eu durmo o suficiente. Não preciso ficar acordada até eles voltarem. — Ela deu de ombros. — É que sozinha, naquela casa, só com as crianças, não gosto muito de tirar a roupa e ir para a cama. A maioria das vezes, tiro uma soneca no sofá. E também tiro um cochilo à tarde. Eu até que durmo bastante, Celia.

— Mas aos domingos...

— É, é o único dia que eles têm para visitar os amigos. Não me importo, não. E a senhora Serafino me disse, assim que comecei a trabalhar, que, a qualquer hora que eu quisesse um domingo de folga, ela poderia dar um jeito. Eles são muito bacanas comigo. O senhor Serafino me disse que, se eu quisesse ir até o centro para ir à igreja, ele me levaria de carro, os ônibus são péssimos aos domingos.

Celia parou de andar e olhou para Elspeth.
— Diga uma coisa para mim, ele já andou mexendo com você?
— Mexendo comigo?
— Ele já tentou ser atrevido quando a madame não está por perto?
— Ah, não — disse Elspeth depressa. — De onde você tirou essa idéia?
— Eu não confio nessa gente de boate. E não gosto do jeito que ele olha para as moças.
— Isso é bobagem. Ele mal troca uma palavra comigo.
— Verdade? Bom, deixe eu contar uma coisa pra você. Sabe a Gladys, a menina que trabalhava lá antes de você entrar? Pois é, a senhora Serafino mandou ela embora porque pegou o marido paquerando a garota. E ela nem era bonita como você.

Stanley Doble era um típico habitante de Barnard's Crossing. Originário de certo segmento da sociedade da Cidade Velha, poderia até ser considerado um protótipo. Era um homem encorpado de quarenta anos, com cabelo avermelhado e meio grisalho. A pele, muito bronzeada e meio curtida, mostrava que ele passava a maior parte do tempo ao ar livre. Ele sabia construir barcos. Sabia instalar e consertar o encanamento e a fiação elétrica de uma casa. Sabia cuidar de um jardim, aparando, podando e juntando folhas sem se cansar, sob o sol quente do verão. Sabia consertar um carro, ou o motor de uma lancha balançando em alto-mar. Em certas ocasiões, sobrevivera fazendo uma dessas coisas, além de pescar e pegar lagostas. Nunca teve problema para arranjar algum tipo de trabalho; e em momento algum trabalhou para ganhar muito mais do que precisava, até que veio trabalhar no templo. Tinha esse emprego desde que haviam comprado a velha mansão e feito a reforma para servir simultaneamente de escola, centro comunitário e sinagoga. Fora extremamente útil na época, pois sem ele o prédio teria desmoronado. Ele mantinha a caldeira funcionando, consertava o encanamento e a fiação, arrumava o telhado e passava o verão pintando o prédio, por dentro e por fora. Desde o término da construção do templo novo, o seu trabalho evidentemente mudara. Havia poucos consertos a fazer, mas ele mantinha o prédio limpo e a grama aparada, regulava o sistema de aquecimento no inverno e o ar-condicionado quando fazia calor.

E agora, naquela manhã clara de terça-feira, ele estava limpando o gramado do templo. Já havia juntado vários cestos de podas de jardim e folhas. Apesar de ainda ter de limpar o outro lado, que era do mesmo tamanho ou até maior, ele resolveu parar para almoçar. Aí, depois do almoço, se tivesse vontade, poderia atacar o outro lado ou deixar para o dia seguinte. Não havia mesmo pressa.

Ele guardava uma garrafa de leite e algumas fatias de queijo na geladeira da cozinha. Algumas carnes — na verdade, todas as carnes que não fossem compradas em lojas especiais (que ele chamava de lojas 7WD, pois era assim que lia פשר , o símbolo hebraico que significava kasher) — não deveriam ser colocadas naquela geladeira. Mas com leite e queijo não havia problema, pois não envolviam o abate e eram considerados ritualmente limpos. Ficou imaginando se uma cervejinha não seria melhor. Seu carro, um Ford conversível 1947 em péssimo estado, sem capota e pintado de amarelo claro com a tinta que sobrara de seu último serviço de pintura, estava no estacionamento em frente ao templo. Poderia ir até o Ship's Cabin e ainda estar de volta dentro de uma hora. Não devia satisfações a ninguém, mas a sra. Schwarz tinha dito alguma coisa sobre talvez precisar dele para auxiliar na decoração do vestíbulo para a reunião do Grupo de Voluntárias. Por isso, era melhor ele estar por perto. Além do mais, se acabasse se envolvendo numa daquelas discussões intermináveis do Ship's Cabin (como, por exemplo, se madeira ou compensado era melhor para uma casa à beira-mar, ou se os Celtics ganhariam o campeonato), ninguém poderia garantir quando ele estaria de volta.

Ele se lavou, tirou o leite e o queijo da geladeira e levou-os para o seu cantinho particular no porão, onde havia uma mesa meio capenga, uma cama-de-vento e uma poltrona de vime que ele havia resgatado do depósito de lixo municipal, numa de suas várias expedições por ali — passatempo muito apreciado por alguns grupos da sociedade de Barnard's Crossing. Sentou-se junto à mesa e mastigou os sanduíches que havia feito, bebendo grandes goles de leite diretamente da caixinha enquanto olhava distraidamente pela janelinha da adega e via as pernas dos passantes por entre os arbustos, pernas masculinas enfiadas em calças compridas e pernas femininas envolvidas em meias de seda, delgadas e suaves. Às vezes, inclinava-se para um lado, para melhor apreciar um espetacular par de pernas femininas até que se afastassem da janela do porão. Aí fazia um sinal de aprovação com a cabeça grisalha e suspirava: "Beleza!".

Ele terminou de beber o litro de leite e enxugou a boca com as costas da mão peluda. Levantou-se da cadeira, espreguiçou-se lentamente e depois sentou-se de novo, desta vez na cama-de-vento, e coçou o peito e a cabeça grisalha com os dedos curtos e grossos. Deitou-se, ajeitou a cabeça no travesseiro até formar uma cavidade confortável. Por um momento, ficou olhando para cima, observando os canos e condutores que cortavam o teto como veias e artérias num quadro de anatomia. Depois seus olhos voltaram-se para a parede, onde havia colado uma galeria de "fotos artísticas", fotografias de mulheres em diferentes graus de nudez. Eram todas bem fornidas, atrevidas e convidativas, e os olhos dele passavam de uma para a outra, com um sorriso descontraído de felicidade na boca.

Vindo do lado de fora, bem em frente à sua janela, chegava o som de vozes femininas. Ele se virou na cama para ver quem estava falando e enxergou dois pares de pernas femininas, ambos com meias de seda brancas e, um pouco além, as rodas de um carrinho de bebê. Achou que já sabia de quem eram, pois já as vira passar muitas vezes. Sentiu um prazer especial em poder escutar a conversa, como se as estivesse observando pelo buraco da fechadura.

— ...então, depois de terminar o serviço, você podia tomar o ônibus para Salem e eu podia encontrar com você, e a gente podia comer na estação.

— Estou pensando em ficar em Lynn e ir ao Elysium.

— Mas lá está passando aquele filme que demora a vida toda. Como é que você vai voltar para casa?

— Eu já andei olhando; a sessão termina às onze e meia. Dá tempo de sobra para tomar o último ônibus.

— Você não tem medo de voltar sozinha tão tarde da noite?

— Ah, vem muita gente nesse ônibus, e é só mais algumas quadras do ponto... Angie, volte já aqui!

Ouviu-se a correria de pezinhos infantis e depois as pernas femininas afastaram-se, desaparecendo de vista.

Ele tornou a deitar-se de costas e examinou as fotos da parede. Uma delas era de uma garota morena que estava praticamente nua, a não ser por uma cinta-liga estreita e meias pretas. À medida que se concentrava na foto, o cabelo da moça foi se tornando loiro e as meias brancas. Logo depois, o queixo dele caiu e ele começou a roncar, produzindo um ruído contínuo, ritmado e gutural, como o motor de um barco em alto-mar.

Myra Schwarz e as duas mulheres do Grupo de Voluntárias que estavam decorando o vestíbulo para a reunião mensal deram um passo para trás, inclinando a cabeça para o lado.

— Será que você consegue pôr um pouquinho mais para cima, Stanley? — perguntou Myra. — O que é que vocês acham, meninas?

Stanley, empoleirado numa escada de mão, levantou obedientemente o papel crepon mais alguns centímetros.

— Acho que agora devia ser mais para baixo.

— Talvez você tenha razão. Por favor, abaixe um nadinha, Stanley.

Ele o abaixou para onde estava antes.

— Segure bem aí, Stanley — disse Myra. — Está perfeito, não é meninas?

Elas concordaram com entusiasmo. Haviam entrado para a organização muito depois de Myra; Emmy Adler mal chegara aos trinta e Nancy Drettman, embora mais velha, entrara para o Grupo de Voluntárias muito recentemente. Como eram do comitê de decoração, tinham ido ao templo de calças compridas, dispostas a trabalhar, quando Myra, toda arrumada, apareceu "para ver se tudo estava saindo direito" e acabou assumindo o controle. Elas não tinham um interesse especial por decoração, mas era uma das tarefas destinadas aos membros mais novos. Depois que tivessem demonstrado disposição para o trabalho, serviços mais importantes lhes seriam atribuídos: por exemplo, o comitê de propaganda, cuja tarefa consistia em atormentar os comerciantes locais e os sócios de seus maridos para obter anúncios para o Programa das Atividades; o comitê da amizade, que iria visitar os doentes; e finalmente, depois de ter mostrado que sabiam fazer as coisas, o que normalmente queria dizer que sabiam convencer outras pessoas a fazê-las, veriam seus nomes na chapa de candidatas às eleições do conselho executivo, e então teriam chegado aonde desejavam.

Enquanto isso, iam treinando, dando ordens a Stanley a torto e a direito. Quando chegaram ao templo, quase uma hora antes da sra. Schwarz, foram pedir a ajuda dele, mesmo sabendo que ele preferia ficar lá fora, cuidando do gramado.

— Por que as senhoras não vão na frente e começam o serviço? — sugerira ele. — Estou indo num minuto.

A sra. Schwarz, por outro lado, não queria saber de enrolação. Dissera com firmeza:

— Stanley, preciso de sua ajuda.

— Ainda tenho de juntar as folhas — retrucara ele.

— Isso pode esperar.

— Sim, senhora, já vou já. — Ele pôs de lado o ancinho e foi buscar a escada.

Era um trabalho chato e cansativo; não sentia nenhum prazer em fazê-lo. Também não gostava de trabalhar sob a supervisão de mulheres, mulheres duras e mandonas como a sra.

Schwarz. Mas, logo que acabara de pregar a decoração no lugar, a porta se abriu e o rabino olhou para dentro.

— Ah, Stanley — chamou ele. — Será que posso falar com você um minuto?

Stanley desceu prontamente da escada, fazendo com que o papel crepon afrouxasse. A tachinha soltou-se da parede e ouviu-se um gemido em uníssono das três mulheres. O rabino, notando as três pela primeira vez, fez um gesto de desculpas por ter se intrometido e voltou-se para Stanley:

— Estou esperando alguns livros que vão chegar pelo serviço expresso — disse. — Devem estar aqui dentro de um ou dois dias. São livros raros e bastante valiosos; então, quando chegarem, por favor, coloque-os imediatamente em meu escritório. Não os deixe por aí.

— Claro, rabino. Mas como vou saber que são os tais livros?

— Estão sendo enviados pelo Dropsie College, e você vai ver esse nome na etiqueta. — Ele cumprimentou as mulheres e retirou-se.

Myra Schwarz esperou com paciência de mártir até que Stanley se juntasse a elas novamente.

— Deve ter sido algo muito importante para o rabino chamar você — observou com azedume.

— Ah, eu já estava mesmo descendo para mudar a escada de lugar. Ele me pediu para ficar de olho nuns livros que está esperando.

— Muito importante — disse ela com sarcasmo. — Sua Santidade vai acabar tendo uma surpresinha um dia desses.

— Ah, acho que ele não nos viu aqui quando entrou — disse Emmy Adler.

— Não entendo como não nos viu — comentou a sra. Drettman. Dirigindo-se a Myra, continuou: — Sabe, falando nisso, o meu Morrie é membro do conselho administrativo e ontem mesmo recebeu um telefonema do senhor Becker para não deixar de comparecer a essa reunião especial...

A sra. Schwarz fez um gesto na direção da sra. Adler.

— Isso não deve ser comentado — murmurou.

5

Embora sua folga começasse ao meio-dia, Elspeth raramente conseguia sair da residência dos Serafino antes da uma hora. A sra. Serafino fazia tanto drama para dar o almoço das crianças, gritando da cozinha: "Ah!, El, onde é que você pôs o prato da Angelina, aquele com os três ursinhos?"; ou então: "El, será que você podia esperar um pouquinho antes de tomar o ônibus e pôr o Johnnie no peniquinho?", que Elspeth preferia fazer tudo ela mesma e tomar o ônibus da uma hora ou da uma e meia.

Naquele dia em especial, ela não se importou, já que sua consulta era só às quatro horas. O dia estava quente e úmido, e ela queria se sentir fresca e calma para enfrentar a intimidade da consulta médica. Teria preferido esperar até as três horas antes de sair, mas aí sua patroa poderia começar a fazer perguntas.

Ela estava dando o almoço às crianças quando a sra. Serafino desceu as escadas.

— Ah, você já começou. Não precisava fazer isso. Deixe que eu termino para você poder ir se arrumar.

— Eles já estão quase acabando, senhora Serafino. Por que a senhora não aproveita para tomar o seu café da manhã?

— Está bem, se você não se importa. Estou morta de vontade de tomar uma xícara de café.

A sra. Serafino não era pessoa que recusasse um favor, nem era muito efusiva para agradecer à menina. Achava que podia estragá-la. Quando Elspeth terminou de dar o almoço às crianças, a sra. Serafino ainda estava tomando café e nem se mexeu quando a moça levou-as para cima.

Preparar as crianças para o sono da tarde era algo tão trabalhoso como dar-lhes o almoço. Quando finalmente Elspeth desceu, a sra. Serafino estava no vestíbulo, falando ao telefone. Ela fez uma pausa para tampar o bocal com a mão.

— Puxa, El, as crianças já estão na cama? Eu já ia subir.
— E logo retomou a conversa ao telefone.

Elspeth foi para o seu quarto, que ficava ao lado da cozinha, fechou a porta e empurrou o trinco com firmeza. Atirou-se de bruços na cama e automaticamente ligou o rádio que ficava na mesa-de-cabeceira. Ouviu, muito distraída, a voz animada do locutor: "...acabamos de ouvir Bert Burns, o mais recente sucesso da música regional, cantando 'Cornliquor blues'. E agora a previsão do tempo. Aquela área de baixa pressão que já mencionamos antes está se aproximando, o que significa que vamos ter nebulosidade e névoa ao entardecer e talvez um pouco de chuva. É, todo mundo está sujeito a chuvas e trovoadas, ha-ha. E agora, para a senhora Eisenstadt, da rua West, 24, de Salem, que está comemorando oitenta e três anos, os Happy Hooligans, com seu último disco, 'Trash collection rock'. E feliz aniversário, senhora Eisenstadt!".

Ela quase cochilou durante a música, depois virou-se e ficou olhando para o teto enquanto a segunda música tocava, relutando em se vestir com aquele calor úmido. Por fim, foi se levantando lentamente e tirou o vestido pela cabeça. Forçou o braço para trás, desabotoou o sutiã, abriu o zíper da cinta e baixou-a sem nem mesmo soltar as meias. Atirou a roupa de baixo na última gaveta da cômoda e pendurou o vestido no armário.

Do outro lado da porta, na cozinha, um ruído indicava que o sr. Serafino tinha descido, que estava esquentando café e tirando o suco de laranja da geladeira. Ela olhou para a porta trancada e, sentindo-se mais segura, foi para o banheirinho e regulou a água do chuveiro.

Quando saiu do quarto, meia hora depois, estava usando um vestido de linho amarelo sem mangas, sapatos e luvas brancas, e carregava uma bolsa de plástico branca. O cabelo curto havia sido penteado para trás discretamente e uma faixa elástica branca mantinha-o no lugar. O sr. Serafino havia saído, mas sua mulher estava na cozinha, ainda de roupão e chinelos, e bebericava mais uma xícara de café.

— Você está muito bonita, El — comentou ela. — Alguma coisa especial hoje à noite?

— Não, só um cinema.

— Bem, então divirta-se. Você está levando a sua chave?

A garota abriu a bolsa para mostrar a chave presa ao zíper do porta-níqueis que estava dentro da bolsa. Voltando ao seu quarto, fechou a porta atrás de si, atravessou um pequeno corredor e saiu pela porta dos fundos. Chegou à esquina no momento em que o ônibus se aproximava e sentou-se no fundo, ao lado de uma janela aberta. Enquanto o ônibus dava a partida, ela tirou as luvas e remexeu na bolsa até encontrar uma aliança de ouro, pesada e antiga. Colocou-a no dedo e depois calçou as luvas novamente.

Quando Joe Serafino voltou à cozinha, estava barbeado e vestido.

— A moça já foi? — perguntou.

— Você está falando de Elspeth? Sim, ela saiu há alguns minutos. Por quê?

— Pensei que, se ela estivesse indo para Lynn, eu poderia lhe dar uma carona.

— E desde quando você resolveu ir para Lynn?

— Preciso levar o carro até a oficina. O mecanismo que controla a capota precisa ser consertado. Outro dia ficou emperrado durante uma chuva forte, levantou só até a metade e eu fiquei ensopado.

— Por que é que você esperou até agora para mandar consertar?

— Acho que o tempo tem estado tão bom que eu nem pensei nisso — respondeu calmamente. — Mas acabei de ouvir a previsão do tempo enquanto fazia a barba e parece que há probabilidade de chuvas. E agora me diga, por que você está me dando essa prensa?

— Não é prensa nenhuma. Será que não se pode nem fazer uma pergunta? A que horas você vai voltar para casa? Ou será que também não posso perguntar isso?

— Claro, pode perguntar.

— E então?

— Não sei, talvez já fique em Lynn e coma alguma coisa na boate — parecia zangado quando saiu da cozinha.

Ela ouviu a porta da frente se abrir e bater com força, e depois o barulho da partida do motor. Olhou para a porta do quarto de Elspeth e ficou matutando. Por que será que seu marido, que normalmente agia como se a garota nem existisse, de repente se mostrava tão prestativo? E, falando nisso, por que foi se barbear tão cedo? Ele sempre costumava esperar até o último instante antes de ir para a boate. Sua barba era tão cerrada que, se ele se barbeasse mais cedo, já estaria com o rosto azulado antes do final da noite.

Quanto mais pensava nisso, mais esquisito parecia o negócio todo. Por que, por exemplo, a garota ficou enrolando para sair hoje? Sua folga começava ao meio-dia. Por que ela se ofereceu para dar comida às crianças e depois pô-las na cama? Ninguém lhe pediu nada. Nenhuma outra faria isso no dia de folga. Só foi embora quase às duas e meia. Será que tinha ficado esperando por Joe?

E aquele negócio de travar a porta? Até agora, ela sempre tinha achado isso divertido; toda vez que tinham visitas e a conversa girava em torno de empregadas, como normalmente acontecia, ela mencionava o fato. "Elspeth sempre trava a porta do quarto. Fico imaginando se ela pensa que o meu Joe é capaz de entrar quando ela está deitada ou se vestindo." Ela sempre ria quando dizia isso, como se a idéia de que seu marido estivesse interessado na empregada fosse totalmente absurda. Mas agora estava se perguntando se era mesmo tão absurda. Será que Elspeth travava a porta para escapar dela e não de Joe? Era possível entrar no quarto pela porta dos fundos. Será que de vez em quando Joe não entraria pelos fundos, sabendo que a porta da cozinha estava travada e que não seriam interrompidos pela esposa?

Um outro pensamento ocorreu-lhe. Embora a garota trabalhasse para eles há mais de três meses, ela parecia não ter amigos. Todas as outras moças tinham encontros nos dias de folga. Por que será que ela não tinha? Sua única amiga era aquela cavalona, a Celia, que trabalhava para os Hoskins. Será que a razão de não ter encontros era porque ela andava saçaricando com o seu Joe?

Riu de si própria por ter essas suspeitas bobas. Puxa, ela passava praticamente o tempo todo com Joe. Ia se encontrar com ele todas as noites na boate. Isto é, todas as noites menos quinta-feira. E quinta-feira era o dia de folga de Elspeth.

Várias vezes Melvin Bronstein aproximou-se do telefone e todas as vezes retirou a mão sem tirá-lo do gancho. Já passava das seis e todos os funcionários tinham ido para casa. Al Becker ainda estava lá, mas no escritório dele, e, a julgar pelo livros espalhados sobre a mesa, ainda deveria permanecer um bom tempo por ali.

Agora podia telefonar para Rosalie sem problemas. Durante toda a semana ela não invadia seus pensamentos, mas, às quintas-feiras, quando costumavam se encontrar, a necessidade que sentia de estar com ela tornava-se avassaladora. No decorrer daquele ano, depois de se conhecerem, o relacionamento tinha virado um hábito. Toda quinta-feira à tarde ela telefonava e eles se encontravam em algum restaurante para jantar. Depois iam de carro até os arredores e paravam num motel. Ele sempre a levava para casa por volta da meia-noite, pois a baby-sitter que tomava conta das crianças dela não gostava de ficar até tarde.

Mas ultimamente ocorrera uma mudança. Ele não a vira na última quinta nem na quinta anterior, porque ela andava com um medo bobo de que seu ex-marido tivesse contratado detetives para vigiá-la.

— Nem me telefone, Mel — tinha implorado.

— Mas que mal pode haver em telefonar? Você não acha que eles chegariam ao ponto de grampear seu telefone, acha?

— Não, mas, se conversarmos, posso fraquejar. Aí vai começar tudo de novo.

Ele havia concordado porque ela fora insistente, e porque partilhava um pouco de seu medo. E hoje era quinta-feira outra vez. Com certeza podia telefonar, mesmo que fosse só para perguntar se as coisas não haviam mudado. Se pudesse ao menos falar com ela, tinha certeza de que a necessidade dela, que era tão intensa quanto a dele, acabaria suplantando o seu medo.

Becker entrou na sala, fazendo um esforço enorme para parecer natural, e disse:

— Ah, Mel, quase esqueci; Sally faz questão que eu o convide para jantar lá em casa hoje à noite.

Bronstein riu com seus botões. Desde que Al e Sally o viram com a moça um mês atrás, tinham inventado todos os tipos de estratagemas para convencê-lo a passar as noites de quinta com eles.

— Puxa, Al, vamos deixar para outro dia, está bem? Não estou muito a fim de ficar com outras pessoas hoje.

— Você estava planejando jantar em casa?

— Nã-ão... Debbie está tendo a reunião do clube de bridge, como sempre. Pensei em comer qualquer coisa por aí e depois pegar um cinema.

— Então vamos fazer assim, cara: por que você não aparece mais tarde, e passa algumas horas conosco? Sally acabou de comprar alguns discos novos; coisa fina. Podíamos ouvir música e depois jogar um pouco de sinuca.

— Se eu estiver nas redondezas, pode deixar que eu apareço.

Becker ainda tentou mais uma vez.

— Olhe, tenho uma idéia melhor. Posso ligar para Sally e dizer que vou ficar por aqui, e aí nós dois podemos fazer um programinha: que tal ir jantar em algum lugar, tomar uns drinques, depois pegar um cinema ou jogar boliche?

Bronstein sacudiu a cabeça.

— Deixa pra lá, Al. Acho melhor você ir para casa, jantar e descansar. Está tudo bem comigo. Talvez eu apareça mais tarde.

Ele deu a volta na mesa e passou o braço pelos ombros do homem mais velho.

— Vai pra casa, vai, vai... Pode deixar que eu tranco tudo. — Ele conduziu Becker gentilmente até a porta.

Em seguida, pegou o telefone e discou. Ouviu o telefone tocar do outro lado da linha, inúmeras vezes, sem parar. Depois de alguns minutos, desligou.

Já era tarde, passava das seis horas, quando o médico terminou o exame. Elspeth agradeceu à recepcionista pela dieta mimeografada e pelo folheto sobre gravidez, dobrou-o com cuidado e guardou-os na bolsa. Quando estava quase saindo, perguntou se havia um telefone público no prédio.

— Há um lá embaixo no saguão, mas pode usar este aqui, se quiser.

Elspeth enrubesceu timidamente e sacudiu a cabeça. A recepcionista imaginou entender o motivo e sorriu.

Na cabine telefônica, ela discou um número, rezando para que ele estivesse em casa.

— Sou eu, querido, Elspeth — disse quando ouviu a voz do outro lado. — Preciso ver você hoje. É muito importante. — Ela ouviu por um instante e depois disse: — Mas você não compreende. Preciso lhe dizer uma coisa... Não, não pode ser pelo telefone... Estou em Lynn agora, mas vou voltar para Barnard's Crossing. Podíamos jantar juntos. Pensei em comer no Surfside e depois assistir a um filme no Neptune. — Ela fazia que sim com a cabeça enquanto ele respondia, como se pudesse vê-la. — Eu sei que você não pode ir ao cinema comigo hoje à noite, mas você tem de comer, então por que não podemos jantar juntos? Vou estar no Surfside, lá pelas sete... Bem, faça um esforço e tente ir... Se você não chegar até as sete e meia, é porque não pode ir, mas você vai tentar, não é?

Ela parou numa lanchonete antes de ir para a estação rodoviária. Tomando pequenos goles de café, abriu o folheto sobre gravidez, leu até o fim e depois mais uma vez. Quando se assegurou de que havia compreendido as poucas regras simples, colocou-o atrás da almofada de couro do assento. Era perigoso demais ficar com ele; podia acabar chegando às mãos da sra. Serafino.

6

Às sete e meia, Jacob Wasserman tocou a campainha na casa do rabino. A sra. Small atendeu à porta. Era pequena e agitada, de expressão vivaz, com uma massa de cabelo loiro que parecia desequilibrá-la. Tinha grandes olhos azuis e um rosto franco e aberto, que poderiam parecer ingênuos se não fossem contrabalançados por um queixinho firme e determinado.

— Vamos entrar, senhor Wasserman, vamos entrar. Que bom ver o senhor.

Ao ouvir o nome, o rabino, que estava mergulhado num livro, foi até o hall.

— Que pena, senhor Wasserman. Acabamos de jantar, mas o senhor aceita um chá, não é? Por favor, querida, poderia preparar um chá para nós?

Ele conduziu a visita para a sala de estar, enquanto a esposa foi pôr a água para ferver. O rabino deixou aberto, sobre a mesa ao seu lado, o livro que estava segurando e olhou indagativamente para o homem idoso.

Wasserman de repente notou que o olhar do rabino, embora suave e bondoso, era também penetrante. Tentou esboçar um sorriso.

— Sabe, rabino, logo que o senhor chegou à nossa congregação, sugeriu que deveria participar das reuniões de conselho. Eu fui totalmente a favor. Afinal, se contratamos um rabino para ajudar a dirigir o desenvolvimento de uma congregação, nada melhor do que tê-lo participando das reuniões em que as diversas atividades são planejadas e discutidas. Mas fui voto vencido. E sabe qual foi o argumento deles? Disseram que o rabino é um empregado da congregação. "Digamos que se queira discutir seu salário ou seu contrato. Como seria isso possível, se ele está sentado bem ali?" E, aí, sabe qual foi o resultado? Durante o ano todo o assunto nem chegou a ser mencionado, até a última reunião. Então sugeri que devíamos decidir sobre o contrato do ano que vem, já que só restam algumas reuniões antes de encerrarmos as atividades para o verão.

A sra. Small entrou com uma bandeja. Depois de servi-los, também pegou uma xícara e sentou-se.

— E qual foi a decisão sobre o contrato — perguntou o rabino.

— Não decidimos nada — disse Wasserman. — Tudo foi adiado até a próxima reunião, isto é, até o próximo domingo.

O rabino examinou a xícara, com a testa franzida em concentração. Então, sem levantar os olhos como se estivesse pensando em voz alta, disse:

— Hoje é quinta-feira, faltam três dias para a reunião. Se a aprovação fosse certeza, e a votação apenas uma formalidade, o senhor teria esperado até domingo para me contar. Se a aprovação fosse provável mas não absolutamente certa, o senhor decerto mencionaria o fato quando se encontrasse comigo por acaso, o que ocorreria na sexta-feira à tardezinha para os serviços religiosos. Mas, se tudo indicasse que a votação seria duvidosa ou desfavorável, o senhor não tocaria no assunto na sexta para não estragar o meu Shabat. Assim, a sua vinda hoje só pode significar que o senhor tem motivos para crer que o meu contrato não será renovado. É isso, não é?

Wasserman abanou a cabeça com admiração. Voltou-se então para a esposa do rabino e apontou o dedo indicador para preveni-la.

— Nunca tente enganar seu marido, senhora Small. Ele vai descobrir num instante. — Voltou-se para o rabino. — Não, rabino, não é isso, pelo menos não exatamente. Deixe-me explicar. Temos quarenta e cinco membros no conselho. Imagine só! É um número maior do que o conselho da General Eletric ou da United States Steel. Mas o senhor sabe como é, qualquer pessoa que é um pouquinho importante acaba entrando para o conselho; qualquer um que trabalhe um pouco para o templo, ou que a gente ache que vá trabalhar, acaba fazendo parte do conselho. É uma honra. Sem querer, a gente acaba tendo um conselho formado pelos membros mais ricos da congregação. Outros templos e sinagogas fazem o mesmo. Assim, dos quarenta e cinco, talvez quinze compareçam a todas as reuniões. Talvez mais uns dez apareçam de vez em quando. O resto, a gente nem vê no decorrer do ano. Se apenas os quinze de sempre aparecessem, ganharíamos com grande margem de votos, talvez na proporção de quatro para um. Para a maioria de nós, seria apenas uma formalidade. Teríamos votado a renovação do contrato ali mesmo. Mas não podíamos invalidar a moção de adiar a votação por uma semana. Parecia razoável, e é o que sempre fazemos com todas as decisões importantes. Mas é evidente que a oposição, Al Becker e sua turma, tinha outra coisa em mente. Al Becker não gosta do senhor. Ontem mesmo descobri que eles puseram mãos à obra e telefonaram para os trinta e poucos que não apareceram regularmente. E, pelo que estou vendo, não se limitaram a discutir a questão com eles. Eles exerceram toda a pressão que podiam. Quando fiquei sabendo disso, ontem, por intermédio do Ben Schwarz, comecei eu mesmo a entrar em contato com esse pessoal, mas já era tarde demais; descobri que quase todos já estavam comprometidos com Becker e seus amigos. E é nesse pé que as coisas estão. Se tivermos a reunião habitual com os membros habituais presentes, ganhar não será problema. Mas, se ele conseguir que o conselho todo apareça... — Ele espalmou as mãos, em sinal de derrota.

— Não posso dizer que isso seja uma surpresa completa para mim — disse o rabino amargamente. — As minhas raízes encontram-se no judaísmo tradicional e, quando entrei para o rabinato, foi para me tornar o mesmo tipo de rabino que meu pai foi e que, antes dele, meu avô fora, para levar a vida de um estudioso, não em reclusão, não numa torre de marfim, mas como parte da comunidade judaica, a fim de poder influenciá-la de algum modo. Mas começo a pensar que não existe lugar para mim ou para pessoas como eu numa comunidade judaica americana moderna. Parece que as congregações querem que o rabino seja um tipo de secretário executivo, que organize clubes, faça palestras, promova a integração entre o templo e as igrejas. Talvez isso seja uma coisa boa, talvez eu esteja irremediavelmente fora de moda, mas isso não é para mim. A tendência atual parece enfatizar nossas semelhanças com outras religiões, ao passo que todo o valor de nossa tradição procura enfatizar nossas diferenças. Não somos apenas mais uma seita com peculiaridades secundárias; somos uma nação de sacerdotes que se dedicam a Deus porque Ele nos escolheu.

Wasserman impacientemente fez que sim com a cabeça.

— Mas isso leva tempo, rabino. Essas pessoas que fazem parte de nossa congregação cresceram no período entre as duas guerras mundiais. A maioria delas nunca foi a um cheder ou mesmo à escola dominical. Como o senhor pensa que eram as coisas quando comecei a organizar o templo? Naquela época, havia cinqüenta famílias judias aqui e, no entanto, quando o velho senhor Levy faleceu, reunir um minian para que sua família pudesse rezar o Kadish foi tão difícil como arrancar um dente. Quando demos início ao nosso templo, fui visitar cada uma das famílias judias em Barnard's Crossing. Algumas haviam organizado rodízios de carros para levar as crianças à escola dominical em Lynn; outras tinham um professor que vinha dar aulas de religião aos meninos durante alguns meses para que pudesse fazer o Bar Mitzvá, e ficavam se telefonando para combinar como levariam o professor para a casa do aluno seguinte. Minha idéia era criar primeiro uma escola hebraica e utilizar o mesmo prédio para os serviços religiosos nos dias santos. Alguns achavam que seria muito caro, outros não queriam que seus filhos se sentissem diferentes por freqüentar uma escola especial no período da tarde. Mas, pouco a pouco, eu os convenci. Pus no papel os custos, as estimativas, os preços, os planos e, quando finalmente compramos o prédio, foi maravilhoso. De tardinha e aos domingos, todos vinham para cá; as mulheres de calças compridas, os homens de macacão, todo mundo trabalhando junto, limpando, arrumando, pintando. Não havia panelinhas, nem partidos. Todos estavam interessados e todos trabalhavam juntos. Esse pessoal jovem não sabia muita coisa. A maioria nem sabia rezar em hebraico, mas o espírito estava ali. Lembro-me do nosso primeiro serviço religioso para as Grandes Festas. Pedi emprestados os rolos da Torá da sinagoga de Lynn, assumi o papel de líder e leitor e fiz até mesmo um pequeno sermão. Para o Dia do Perdão, o diretor da escola hebraica me ajudou um pouco, mas fiz quase tudo sozinho. Foi um trabalhão, e de estômago vazio ainda por cima. Não sou mais criança e sei que minha esposa ficou preocupada, mas nunca me senti tão bem na vida. Era um espírito maravilhoso que existia naquele tempo.

— E, aí, o que aconteceu? — perguntou a esposa do rabino.

Wasserman sorriu amargamente.

— Aí nós crescemos. Muitos judeus começaram a se mudar para Barnard's Crossing. Fico satisfeito em pensar que o fato de existir aqui uma escola e um templo teve algo a ver com isso. Quando havia apenas cinqüenta famílias, todos se conheciam, as diferenças de opinião podiam ser resolvidas em conversas particulares. Mas, quando há mais de trezentas famílias, como acontece agora, a coisa é diferente. Agora existem grupos sociais distintos que nem se conhecem. Por exemplo, Becker e sua turma, os Pearlstein e os Korb e os Feingold, aqueles que moram em Grove Point, eles formam um grupinho fechado. Becker não é má pessoa, o senhor sabe. Na verdade, ele é um homem muito bom e todos os outros que citei também, mas o ponto de vista deles é diferente do seu e do meu. De acordo com eles, quanto maior e mais influente for a organização do templo, melhor.

— Mas eles é que estão dando as cartas, portanto têm o direito de decidir o jogo — observou o rabino.

— O templo e a comunidade são mais abrangentes que alguns poucos contribuintes abastados — disse Waserman. — Um templo...

Foi interrompido pela campainha, e o rabino foi atender. Era Stanley.

— O senhor estava tão aflito para pôr a mão nesses livros, rabino — disse —, que achei melhor dar uma paradinha para avisar que eles já chegaram. É uma caixa de madeira grande; levei-a pro seu escritório e abri a tampa para o senhor.

O rabino agradeceu e voltou para a sala de estar. Mal podia esconder sua excitação.

— Meus livros chegaram, Miriam.

— Que bom, David.

— Você se importa se eu der um pulinho até lá para dar uma olhada neles? — Lembrou-se então da visita. — São livros raros que me foram enviados pela biblioteca do Dropsie College para uma pesquisa que estou fazendo sobre Maimônides — explicou.

— Eu já estava de saída — disse Wasserman levantando-se.

— Ah, o senhor não pode ir embora agora, senhor Wasserman. Ainda não acabou de tomar o seu chá. Vou ficar constrangido se sair agora. Insista para que ele fique, Miriam.

Wasserman sorriu com bom humor.

— Estou vendo, rabino, que o senhor está ansioso para ver os livros e não quero prendê-lo aqui. Por que não vai andando e eu fico fazendo companhia à senhora Small?

— O senhor tem certeza de que não se importa? — Mas já estava caminhando na direção da garagem.

Sua passagem foi barrada pela esposa, de queixo erguido.

— Você não vai sair desta casa, David Small — declarou ela —, sem antes vestir o sobretudo.

— Está gostoso lá fora — protestou ele.

— Na hora de voltar para casa, vai estar bem frio.

Resignado, o rabino tirou o sobretudo do armário, mas, em vez de vesti-lo, colocou-o sobre o braço com ar de desafio.

A sra. Small voltou à sala de estar.

— Ele parece criança — desculpou-se.
— Não — disse o sr. Wasserman. — Acho que ele só queria ficar um pouco sozinho.

O Surfside era considerado um restaurante razoável: os preços eram moderados; o serviço não era sofisticado, mas era rápido e eficiente; e, embora a decoração fosse simples, a comida era boa e os frutos do mar excelentes. Mel Bronstein nunca tinha entrado ali, mas, quando se aproximava do lugar, um carro estacionado bem em frente à porta saiu da vaga e ele considerou isso um bom sinal. Lembrou-se de ter ouvido comentários favoráveis ao lugar e manobrou o seu grande Lincoln azul na vaga que acabara de se abrir.

Enquanto caminhava para uma mesa, notou que não havia muitas pessoas no restaurante; pediu um martini. As paredes eram decoradas com redes de pescar e outros objetos que lembravam o mar: um par de remos, um timão em mogno, armadilhas para apanhar lagostas em madeira pintada e, ocupando uma parede inteira, um peixe-espada muito imponente preso a um painel de mogno.

Olhou ao seu redor e, sem se surpreender, viu que não havia ninguém que conhecesse. O Surfside ficava na parte baixa da cidade, na Cidade Velha, e os moradores do bairro dele, Chilton, quase nunca iam lá.

A maioria das mesas era ocupada por casais, mas na sua diagonal havia uma moça que, como ele, estava sozinha. Não era bonita, mas tinha uma aparência jovem e fresca. Pelo modo como ela olhava para o relógio, ele concluiu que estava esperando por alguém. Ela ainda não tinha feito o pedido e, de vez em quando, tomava um gole de água, não porque estivesse com sede, mas porque todo mundo estava comendo.

A garçonete veio perguntar se já queria fazer o pedido, mas ele fez um gesto com o copo para pedir outra dose.

A garota do outro lado parecia cada vez mais perturbada pelo fato de seu companheiro não aparecer. Toda vez que ouvia a porta abrir, ela se virava no banco para olhar. Então, de repente, sua atitude se modificou. Endireitou a postura como se tivesse tomado uma decisão. Retirou as luvas e as enfiou na bolsa como se estivesse pronta para fazer o pedido. Ele notou que ela estava usando uma aliança de casamento. Enquanto ele observava, ela retirou o anel, abriu a bolsa e o deixou cair dentro do porta-níqueis.

Ela levantou os olhos e viu que ele a observava. Enrubesceu e virou-se para o outro lado. Melvin olhou o relógio. Eram quinze para as oito.

Hesitou apenas um momento, ergueu-se e aproximou-se dela, que levantou os olhos, espantada.

— Meu nome é Melvin Bronstein — disse ele — e sou um homem bastante respeitável. Detesto comer sozinho e acho que você também. Não gostaria de jantar comigo?

Ela arregalou os olhos como uma criança. Depois, baixou-os por um momento, tornou a olhar para ele e fez que sim com a cabeça.

— Deixe-me servir-lhe um pouco mais de chá, senhor Wasserman.

Ele inclinou a cabeça em sinal de agradecimento.

— A senhora nem pode imaginar como estou me sentindo infeliz com esse negócio, senhora Small. Afinal, fui eu que selecionei o seu marido; foi minha escolha pessoal.

— Eu sei, senhor Wasserman. David e eu comentamos isso na época. Normalmente, quando uma congregação quer contratar um rabino, os membros pedem que alguns candidatos compareçam a Shabats sucessivos para conduzir os serviços religiosos e conhecer o conselho diretivo ou a comissão encarregada do culto. Mas o senhor foi sozinho ao seminário e assumiu a responsabilidade de escolher David. — Ela olhou bem para ele e imediatamente baixou os olhos para a xícara. — Talvez, se a comissão de culto tivesse agido como um todo, seus membros seriam mais cordiais com ele — disse com suavidade.

— A senhora talvez pense que eu insisti em fazer a seleção sozinho. Pode acreditar, senhora Small, essa responsabilidade não foi escolha minha. Teria preferido deixar a decisão para a comissão de culto ou para o conselho, mas o prédio ficou pronto no início do verão, e o conselho estava determinado a começar o ano novo judaico em setembro já completamente organizado. Quando sugeri que toda a comissão de culto fosse até Nova York, somos apenas três: o senhor Becker, senhor Reich e eu, foi o senhor Becker, veja a senhora, que insistiu para eu ir sozinho. "O que é que o Reich e eu entendemos de rabinos, Jacob?" Foram exatamente essas as suas palavras. "Você entende, então você vai e escolhe. Qualquer um que você escolher vai ser aceito por nós." Talvez ele estivesse ocupado e não pudesse sair da cidade naquele momento, ou talvez estivesse mesmo sendo sincero. No início eu não queria assumir totalmente a responsabilidade. Depois, pensei bem e achei que assim seria melhor. Afinal, Reich e Becker não entendem nada mesmo. Becker não sabe nem rezar em hebraico e Reich não é muito melhor. E eu já tinha aprendido uma lição. No momento de contratar um arquiteto para a construção do templo, escolheram Christian Sorenson. Um arquiteto judeu não servia. Se eu não tivesse protestado, o nome de Christian Sorenson, Christian, imagine só, estaria gravado numa placa de bronze bem na frente do templo.

Na ocasião, o renomado arquiteto eclesiástico Christian Sorenson, um homem excêntrico que usava uma gravata-borboleta de seda preta e um pincenê preso a uma fita preta, que segurava na mão ao gesticular, preparara uma maquete em papelão onde se via um prédio quadrado e alto como uma caixa, com janelas compridas e estreitas alternando-se com colunas decorativas em aço inoxidável. "Passei as duas últimas semanas me familiarizando com os interesses básicos de sua religião e meu projeto tem como objetivo exprimir sua natureza essencial. (Um gaon, pensou Wasserman, que consegue compreender a natureza essencial do judaísmo em duas semanas!) Os senhores vão notar que essas linhas estreitas e compridas dão um sentido de aspiração, já que exigem dos olhos um movimento para cima. A simplicidade do projeto, puro e despojado de qualquer decoração supérflua (Será que ele estava se referindo aos símbolos judaicos tradicionais: a estrela-de-davi, o candelabro de sete velas, as Tábuas da Lei?) é um exemplo da simplicidade prática, se os senhores me permitem dizer, do bom senso básico de sua religião. As colunas de aço sugerem tanto a pureza da religião como sua capacidade de resistir à decadência e à erosão do tempo."

A elevação frontal exibia uma série de portas de aço a partir das quais se estendia, de cada lado, um longo muro de tijolos brancos esmaltados que começava na altura das portas e que formava uma curva suave até a extremidade do diagrama, "com a função de suavizar as linhas da massa central e também estabelecer uma relação com o terreno. Podem notar que o efeito é o mesmo de um par de braços abertos, acolhedores, conclamando as pessoas a vir rezar. Como função prática, esses dois muros, um de cada lado da entrada, vão separar o estacionamento, na frente, do gramado que circunda o resto da construção".

— Pelo menos consegui fazer com que apenas a inicial de seu primeiro nome aparecesse na placa, e, afinal, não é o prédio que forma o caráter da congregação. Mas talvez o caráter do rabino forme. Assim, concordei em ir sozinho até o seminário.

— E por que escolheu o meu David, senhor Wasserman?

Ele não respondeu imediatamente. Percebeu que estava diante uma moça muito astuta e decidida, e que deveria ter cuidado ao responder. Tentou lembrar o que havia de diferente em seu marido. Para início de conversa, ele tinha uma formação sólida no estudo do Talmude. Sem dúvida, as informações que constavam em sua pasta, isto é, que descendia de uma longa tradição de rabinos e que sua esposa era filha de um rabino, também tivera certa influência. Com certeza, alguém que cresceu num lar de rabinos deve adotar um ponto de vista tradicional, conservador. Mas o primeiro encontro fora uma decepção: a aparência do jovem rabino não era imponente; ele parecia um rapaz comum. Entretanto, enquanto conversavam, Wasserman ficou encantado com a amabilidade de David Small, com seu bom senso. Havia alguma coisa em seus gestos e no seu tom de voz que faziam lembrar o patriarca barbudo com o qual ele mesmo aprendera o Talmude quando ainda molecote; a voz do rapaz tinha uma sonoridade suave, persuasiva, um certo ritmo que era quase como um cântico tradicional dos talmudistas.

No entanto, assim que Wasserman decidira a questão, começara a ter dúvidas. Não que ele próprio estivesse descontente, mas suspeitava que o rabino Small provavelmente não era o que a maioria dos membros da congregação tinha em mente. Alguns esperavam um homem alto, austero, com uma voz profunda e ressonante, um homem parecido com um bispo episcopal; o rabino Small não era alto, e sua voz era calma, suave e natural. Outros esperavam uma espécie de universitário descontraído e alegre, com calça de flanela cinza, que sentisse à vontade num campo de golfe ou numa quadra de tênis e que se entrosasse bem no grupo dos jovens casais; o rabino Small era magro e pálido, usava óculos e, apesar de gozar de excelente saúde, obviamente não era um atleta. Outros ainda faziam uma imagem do rabino como um executivo dinâmico, um organizador, um empreendedor que formaria comitês, bajularia ou pressionaria a congregação toda para se envolver em programas de atividades cada vez mais ambiciosos. O rabino Small era meio distraído, precisava constantemente que alguém lhe lembrasse os compromissos assumidos, e não tinha a menor idéia de tempo ou dinheiro. Embora aparentemente fosse aberto às sugestões, também era bem capaz de esquecê-las, especialmente se não sentisse muito interesse por elas logo de início.

Wasserman escolheu as palavras com cuidado.

— Vou lhe dizer, senhora Small. Eu o escolhi em parte porque gostei dele como pessoa. Mas havia mais alguma coisa. Como sabe, naquela época entrevistei vários outros candidatos. Eram todos meninos ótimos, todos com inteligência e mentalidade judia de primeira categoria. Mas o rabino de uma comunidade tem de ser mais do que simplesmente inteligente. Deve ter coragem e transmitir convicção. Com cada um deles sentei-me e conversei um pouco. Discutimos a função do rabino numa comunidade. E todos concordaram comigo. Estávamos, eles e eu, apalpando o terreno, é sempre assim nesse tipo de entrevista, e, assim que achavam que já sabiam qual era a orientação geral do meu judaísmo, eles a repetiam para mim como se fosse o ponto de vista deles, expresso de um modo muito melhor do que eu poderia fazer. Eu disse que eram espertos. Mas o seu marido não parecia interessado em descobrir minhas opiniões. E, quando eu as expus, ele discordou, não de maneira desrespeitosa, mas com tranqüilidade e firmeza. O candidato a um emprego que discorda de seu provável patrão ou é um tolo ou tem profundas convicções, e não havia nada que indicasse que seu marido era um tolo. E agora, senhora Small, eu também gostaria de lhe fazer uma pergunta: por que motivo seu marido candidatou-se ao emprego e o aceitou quando este lhe foi oferecido? Tenho certeza de que o escritório de colocações do seminário deu aos candidatos alguma idéia do nosso tipo de comunidade e, durante a entrevista com seu marido, eu respondi a todas as suas perguntas com honestidade.

— Sua opinião é que ele deveria ter tentado obter uma colocação numa comunidade mais acomodada — disse ela —, uma comunidade mais tradicional em suas práticas e em sua atitude frente ao rabino? — Ela pousou a xícara vazia na mesa. — Conversamos sobre isso, e ele achava que o futuro não está nessas comunidades. Simplesmente seguir a trilha já demarcada, apenas deixar o tempo passar, isso não é da índole do meu David, senhor Wasserman. Ele realmente tem convicções, e pensou que pudesse transmiti-las à sua comunidade. O fato de mandarem um homem como o senhor, sozinho, para escolher o rabino, ao invés da comissão das pessoas de costume, do tipo do senhor Becker, persuadiu-o de que ele tinha chances. Mas, agora, parece que ele estava errado. Eles estão mesmo planejando exonerá-lo?

Wasserman deu de ombros.

— Vinte e um membros admitem que vão votar contra ele. Lamentam, mas comprometeram-se com Al Becker ou com o doutor Pearlstein, ou algum outro qualquer. Vinte dizem que vão votar a favor do rabino. Mas não confio muito em pelo menos quatro deles. Talvez não apareçam. Eles me prometeram, mas pelo seu modo de falar, "Vou ter de viajar sábado, mas, se voltar a tempo, pode contar comigo", posso ter certeza de que não estarão de volta domingo de manhã, e, quando me virem depois, vão me dizer que foi uma pena e que eles realmente tentaram voltar a tempo de participar da reunião.

— Isso dá quarenta e um. E quanto aos outros quatro?

— Querem pensar melhor. Isso quer dizer que já tomaram a decisão de votar contra, mas não querem que eu discuta com eles. O que se pode dizer a alguém que promete pensar melhor? Que não pense?

— Bem, se é isso o que querem...

Wasserman de repente ficou zangado.

— Como é que sabem o que querem? — perguntou. — Quando começaram a chegar aqui e eu tentei dar início a uma congregação, não era nem mesmo uma congregação, era mais um clubinho para o caso de acontecer algo, Deus nos livre, aí poderíamos nos organizar e preparar um minian, um dizia que não tinha tempo disponível, outro, que não estava interessado em religião organizada, e muitos diziam que achavam que não tinham dinheiro suficiente. Mas eu continuei. Se eu tivesse feito um plebiscito e se tivesse agido de acordo com o resultado, acha que teríamos um templo com um cantor e um rabino, e uma escola com professores?

— Mas, pelos seus próprios cálculos, senhor Wasserman, são vinte e cinco, talvez vinte e nove, de um total de quarenta e cinco membros.

Ele sorriu levemente.

— Talvez eu esteja fazendo os cálculos com pessimismo. Talvez aqueles que querem pensar melhor ainda não tenham realmente chegado a uma conclusão. E será que Al Becker, Irving Feingold e o doutor Pearlstein têm tanta certeza assim de que todos aqueles que prometeram vão mesmo comparecer à reunião? As perspectivas não são muito boas, mas sempre existe uma chance. E vou ser franco com a senhora, senhora Small. A culpa é em parte de seu marido. Há muitas pessoas na congregação, e não estou me referindo apenas aos amigos de Becker, que acham que, acima de tudo, o rabino é o seu representante pessoal diante de toda a comunidade. E essas pessoas fazem objeções à atitude geral de seu marido. Eles dizem que é quase como se ele não se importasse. Dizem que é descuidado com seus compromissos, desleixado na aparência, e que seus modos são até mesmo displicentes quando está no púlpito. Suas roupas estão quase sempre amarrotadas. Quando ele se levanta para falar à congregação, ou quando está numa reunião, isso não fica bem.

Ela concordou com a cabeça.

— Eu sei. E talvez algumas dessas pessoas que o criticam achem que a culpada sou eu. Uma esposa deve cuidar do marido. Mas o que posso fazer? Providencio para que suas roupas estejam em ordem quando sai de manhã, mas não posso segui-lo por aí o dia inteiro. Ele é um intelectual. Quando se interessa por um livro, nada mais importa. Se tem vontade de se deitar para ler, ele nem se preocupa em tirar o paletó. Quando está concentrado, fica passando a mão pelo cabelo. E aí o cabelo fica todo despenteado, e parece que ele acabou de acordar. Quando está estudando, faz anotações em fichas e as coloca nos bolsos, e aí eles ficam deformados. Ele é um intelectual, senhor Wasserman. É isso que um rabino é, um intelectual. Eu sei o que o senhor está querendo dizer. Sei que tipo de homem a congregação quer: alguém que se levante durante uma reunião pública para fazer a invocação, que baixe a cabeça como se o Todo-Poderoso estivesse ali bem na frente dele, que feche os olhos para que Seu Brilho não o cegue, e que fale com uma voz baixa e profunda, não a voz que usa quando fala com a esposa, mas uma voz especial, como a de um ator. O meu David não é nenhum ator. E o senhor acha que Deus fica mesmo impressionado com uma voz baixa e profunda, senhor Wasserman?

— Cara senhora Small, não estou discordando da senho-

ra, mas vivemos aqui neste mundo. É isso que o mundo quer hoje em dia de um rabino, então é isso que um rabino deve ser.
— David vai acabar mudando o mundo, senhor Wasserman, antes que o mundo acabe mudando o meu David.

7

Quando Joe Serafino chegou à boate, encontrou uma menina nova na recepção. Foi até o chefe dos garçons, que ficava como gerente em sua ausência.

— Quem é a gatinha nova, Lennie?
— Ah, eu ia lhe contar, Joe. O filhinho da Nellie está doente de novo, então arrumei esta menina para substituí-la.
— Como se chama?
— Stella.

Joe a examinou.

— Ela com certeza consegue rechear aquele uniforme — reconheceu. — Está bem, quando as coisas acalmarem um pouco, fale para ela ir até o escritório.

— Nada de gracinhas, Joe. Nada de cantadas. Ela é uma espécie de prima distante de minha mulher.

— Deixe disso, Lennie. Tenho de anotar seu nome, endereço e identidade, não é? — Joe sorriu. — Você não vai querer que eu traga o livro aqui fora, vai? — E afastou-se para fazer a ronda das mesas do restaurante.

Normalmente, ele passava boa parte da noite circulando entre os fregueses, cumprimentando um, acenando para outro, de vez em quando sentando-se com um dos freqüentadores assíduos para conversar por alguns minutos, depois disso, estalava os dedos para um dos garçons que passava e dizia: "Traga um drinque para essa gente boa, Paul". Mas, nas noites de quinta-feira, o dia de folga das empregadas domésticas, a atmosfera era diferente. Sempre havia algumas mesas vazias e as pessoas ficavam curtindo os drinques, conversavam em voz baixa e pareciam desanimadas. Até o serviço era diferente; os garçons ficavam agrupados perto da porta da cozinha, em vez de correr para cima e para baixo recolhendo os pedidos. Quando Leonard olhava furioso para eles ou estalava o dedo para chamar sua atenção, eles se separavam com má vontade, para logo tornarem a se agrupar assim que ele virava as costas.

Nas noites de quinta, Joe passava a maior parte do tempo no escritório fazendo a contabilidade. Aquela noite, conseguiu acabar mais cedo e estava tentando tirar uma soneca no sofá quando alguém bateu à porta. Ele se levantou e foi se sentar junto à mesa, com os livros de contabilidade abertos à sua frente.

— Entre — disse em tom áspero e impessoal.

Ouviu a maçaneta girar sem resultado e então, sorrindo, levantou-se da cadeira e soltou a trave de segurança. Fez um sinal à moça indicando o sofá.

— Sente-se, menina — disse. — Vou atender você num minuto.

Fechou tranqüilamente a porta, voltou à cadeira giratória junto à mesa e fez uma cara de desgosto para os livros que estavam diante dele. Por um ou dois minutos, deu a impressão de estar muito ocupado, fazendo marcas num papel para em seguida compará-las com as páginas do livro-caixa. Depois girou na cadeira e olhou para a moça, percorrendo lentamente seu corpo com os olhos.

— Qual é o seu nome?
— Stella. Stella Mastrangelo.
— Como se escreve? Deixa pra lá; pode escrever aqui neste pedaço de papel.

Ela se aproximou da mesa e curvou-se para escrever. Era jovem e delicada, com uma suave pele azeitonada e provocantes olhos escuros. A mão dele já estava formigando de vontade de dar um tapinha em suas nádegas, modeladas de forma insinuante dentro do short de cetim preto do uniforme. Mas ele tinha de ir com calma e preferiu dizer, com a mesma voz impessoal:

— Anote o seu endereço e sua identidade. Melhor escrever o seu telefone também, no caso de precisarmos entrar em contato com você numa emergência.

Ela acabou de escrever e endireitou-se, mas não voltou imediatamente ao sofá. Em vez disso, apoiou-se na beirada da mesa, de frente para ele.

— Isso é tudo o que deseja, senhor Serafino? — perguntou.

— Sim. — Ele examinou o papel. — Sabe, talvez possamos usar você de tempos em tempos. Nellie está insinuando que gostaria de ter mais uma noite de folga, para ter mais tempo para o garoto.

— Oh, senhor Serafino, isso seria ótimo.

— É, bom, vamos ver o que podemos fazer. Diga uma coisa: você está de carro?

— Não, eu vim de ônibus.

— Então, como vai voltar para casa?

— O senhor Leonard disse que eu poderia sair um pouco antes da meia-noite. Assim, ainda poderia pegar o último ônibus.

— Você não tem medo de voltar sozinha tão tarde da noite? Essa é uma péssima solução. Vamos fazer assim: eu levo você para casa hoje e você pode fazer um arranjo melhor da próxima vez. Pat, que trabalha no estacionamento, pode arrumar alguma coisa com um dos motoristas de táxi.

— Ah, não posso pedir isso ao senhor, senhor Serafino.

— Por que não?

— Bom, o senhor Leonard disse que...

Ele ergueu a mão.

— Ninguém precisa saber — retrucou, e sua voz parecia natural e persuasiva. — Esta porta aqui leva direto ao estacionamento. Saia quinze para a meia-noite, vá até o ponto de ônibus e fique me esperando lá. Apanho o meu carro e pego você.

— Mas o senhor Leonard...

— Se o Lennie quiser me ver, ele virá até aqui. Vai encontrar a porta fechada e concluir que estou tirando uma soneca. Ele não é bobo de vir me perturbar quando estou dando um cochilo. Certo? Além disso, eu e você precisamos falar de negócios, não é mesmo?

Ela concordou com a cabeça e pestanejou para ele.

— Está certo, garota, vá andando que a gente se vê mais tarde. — Deu-lhe um tapinha para encerrar a conversa, de um jeito meio paternal.

O Ship's Cabin servia sanduíches, rosquinhas e café durante o dia. À noite, oferecia pratos quentes — espaguete e almôndegas, fritada de marisco com batata frita, feijão com salsichas — que eram descritos em cardápios sujos de gordura e manchinhas de mosca, presos na moldura do espelho do bar. Cada prato era numerado e os fregueses habituais, como Stanley, pediam por número, provavelmente para acelerar a operação.

Não se costumava beber muito ali, nem durante o dia nem no começo da noite. Os fregueses que apareciam ao meio-dia normalmente tomavam cerveja para ajudar os sanduíches a descer. Aqueles que chegavam mais tarde tomavam esporadicamente uma dose de uísque antes do jantar. Mas os fregueses de sempre, como Stanley, muitas vezes voltavam ao restaurante lá pelas nove horas. Era aí que o Ship's Cabin ficava animado de verdade.

Depois de sair da casa do rabino, Stanley, guiando o seu calhambeque amarelo, foi até o Ship's Cabin, onde pediu o jantar de sempre, um dos três pratos do dia, e tomou alguns copos de cerveja. Sentou-se junto ao bar mastigando impassivo, com o queixo movendo-se ritmadamente como uma máquina. Olhava para o prato apenas o tempo suficiente para encher o garfo, depois virava a cabeça para ver a televisão que ficava no alto, num dos cantos da sala, e continuava a mastigar. De vez em quando pegava o copo e tomava um longo gole, com os olhos ainda fixos na tela.

Stanley não falou com ninguém; fez apenas uma observação qualquer sobre o tempo com o garçom no momento em que este lhe serviu o prato. Quando o programa acabou, ele tomou o que restava do seu segundo copo de cerveja, enxugou a boca num guardanapo de papel que ficara dobrado durante todo o jantar e cambaleou até o caixa para pagar a conta.

Saiu do bar acenando para o garçom e dirigiu alguns quarteirões até a pensão da Mama Schofield. Não adiantava ficar no bar, não havia nada para fazer nas duas horas seguintes.

A sra. Schofield estava sentada na sala quando ele deu uma olhada para dentro a fim de dizer boa-noite. Lá em cima, no seu quarto, ele tirou os sapatos, a roupa de brim que usava para trabalhar, deitou-se na cama com as mãos cruzadas sob a cabeça e ficou olhando para o teto. Não havia fotografias nas paredes como as que ele tinha no porão do templo; Mama Schofield não permitiria. O único enfeite era um calendário com a fotografia de um menino pequeno e um cachorrinho, que de algum modo deveria despertar sentimentos delicados em relação à Companhia de Carvão de Barnard's Crossing.

Normalmente, ele cochilava por uma hora mais ou menos, mas, nesse dia, estava agitado por algum motivo. Percebeu que estava atravessando uma de suas freqüentes crises de solidão. No seu círculo de amizades, o fato de ser solteiro era considerado prova de que era esperto demais para se deixar apanhar. Ficou imaginando com certa melancolia se tal esperteza não fora longe demais. Que tipo de vida vinha levando? O jantar era uma refeição gordurosa engolida num banquinho de balcão; depois voltava ao quarto mobiliado, com a única perspectiva de ficar esperando pela velha camaradagem meio bêbada do Ship's Cabin. Se fosse casado... — e sua imaginação deslizou para um devaneio sobre os prazeres da vida de casado. Logo começou a cochilar.

Quando acordou, eram quase dez horas. Levantou-se, vestiu a roupa de sair e foi de carro até o Ship's Cabin. O sonho persistia. Ele bebeu mais do que o normal tentando afogá-lo, mas o sonho insistia em reaparecer toda vez que a conversa morria ou que o barulho diminuía momentaneamente.

Por volta da meia-noite, a freguesia começou a escassear e Stanley levantou-se para ir embora. A solidão estava mais aguda que nunca. Lembrou-se de que era quinta-feira e que provavelmente alguma garota deveria saltar do último ônibus no ponto entre as ruas Oak e Vine. Talvez estivesse cansada e apreciasse a oferta de uma carona até em casa.

Elspeth estava sentada no banco de trás do carro. A chuva tinha abrandado um pouco, mas grandes gotas ainda respingavam no asfalto, tornando-o uma poça preta de superfície lisa. Ela se sentia à vontade agora e, para provar isso, dava tragadas lentas e graciosas no cigarro, como se fosse uma atriz. Quando falava, olhava diretamente para a frente e apenas de vez em quando lançava olhares furtivos para o seu companheiro, a fim de ver como estava reagindo.

Ele estava sentado com as costas bem retas, os olhos arregalados e sem piscar, o queixo rígido e os lábios cerrados — de fúria? frustração? desespero? Ela não sabia dizer. Inclinou-se para apagar o cigarro no cinzeiro preso atrás do banco da frente. Com gestos bem marcados, como se quisesse enfatizar cada palavra, amassou o cigarro contra o cinzeiro de metal.

Ela não viu exatamente, mas percebeu que ele estava estendendo a mão. Sentiu-a no pescoço e estava prestes a se virar para sorrir-lhe quando os dedos dele agarraram a gargantilha de prata que estava usando. Tentou reclamar que estava apertando demais, mas ele deu um puxão repentino na corrente grossa, e aí já era tarde demais, tarde demais para protestar, tarde demais para gritar. O grito ficou preso na garganta e ela foi envolvida por uma névoa vermelha. Depois veio a escuridão.

Ele continuava sentado com o braço ainda estendido, a mão presa à gargantilha de prata como alguém que segura um cachorro bravo. Depois de certo tempo, ele relaxou a pressão e, quando ela começou a cair para a frente, segurou-a pelos ombros e voltou a colocá-la sentada. Esperou um pouco. Depois, com cautela, abriu a porta do carro e olhou para fora. Certo de que não havia ninguém por perto, saiu do carro e, curvando-se, segurou-a nos braços e tirou-a do carro. A cabeça dela caiu para trás.

Ele evitou olhar para a moça. Com um movimento do quadril, bateu a porta. Carregou-a até onde o muro era mais baixo, com menos de um metro de altura. Inclinando-se, tentou colocá-la suavemente sobre a grama do outro lado, mas ela era pesada e escorregou de seus braços. Ele estendeu a mão no escuro para tentar fechar os olhos dela contra a chuva, mas foi no cabelo que tocou. Agora, não havia razão alguma para tentar desvirá-la.

8

O despertador na mesinha-de-cabeceira ao lado da cama do rabino Small tocava quinze para as sete. Assim ele tinha tempo para tomar uma ducha, barbear-se e vestir-se para os serviços matutinos no templo às sete e meia.

Estendeu a mão e desligou o alarme, mas, em vez de se levantar, emitiu alguns sons guturais e alegres, virou para o outro lado e continuou a dormir. A esposa o sacudiu.

— Você vai perder os serviços, David.

— Hoje eu vou ficar em casa.

Ela achou que entendia e não insistiu. Além disso, sabia que ele tinha voltado para casa muito tarde na noite anterior, muito depois de ela ter ido para a cama.

Mais tarde, em seu escritório, o rabino Small recitava a prece matinal, enquanto, na cozinha, Miriam preparava o café da manhã. Quando ouviu a voz dele recitando exultante o Shemá: "Ouvi Israel, o Senhor é nosso Deus, o Senhor é Único", pôs a água para ferver. Quando ouviu o sussurar do Amidá, pôs os ovos na água e os deixou cozinhar até que ouviu entoar o Aleinu, quando os retirou da água fervendo.

Ele saiu do escritório alguns minutos depois, baixando a manga esquerda da camisa e abotoando o punho. Como sempre, olhou com desânimo a mesa posta para ele.

— Tudo isso?

— Vai fazer bem a você, querido. Todo mundo diz que o café da manhã é a refeição mais importante do dia.

A sogra dela havia sido extremamente insistente quanto a isso: "Faça com que ele coma, Miriam. Não pergunte o que ele quer; por ele, se tiver um livro debaixo do nariz ou alguma idéia pairando na cabeça, é capaz de mastigar uma casca de pão e ficar satisfeito. Você precisa fazê-lo comer regularmente, uma dieta balanceada com muitas vitaminas".

Miriam já havia tomado o desjejum: torradas, café e um cigarro. Assim, podia ficar rondando perto dele, vendo se tinha terminado o grapefruit, colocando o prato de cereais diante dele com um ar que demonstrava que não ia aceitar um não. Assim que David engolia a última colherada, ela servia os ovos, junto com a torrada já coberta de manteiga. O truque era evitar qualquer demora que pudesse distraí-lo, o que o faria perder o interesse. Só depois que ele começava a comer os ovos e a torrada é que ela se servia de uma outra xícara de café e se permitia sentar-se em frente a ele.

— O senhor Wasserman ainda ficou bastante tempo depois que eu saí? — perguntou.

— Mais ou menos meia hora. Acho que ele pensa que eu deveria cuidar melhor de você, verificar se seus ternos estão todos passados e se você penteou o cabelo.

— Eu é que deveria ser mais cuidadoso com a minha aparência. Estou bem agora? Nenhuma mancha de ovo na gravata? — perguntou ansioso.

— Você está ótimo, David. Mas o problema é que você não consegue ficar assim. — Ela olhou para ele com severidade. — Talvez, se você usasse um prendedor, sua gravata ficasse no lugar.

— A camisa precisa ter um colarinho especial para isso — disse ele. — Eu já experimentei uma vez. Aperta a garganta.

— E será que você não podia usar um pouco daquele negócio que fixa o cabelo?

— Você quer que as mulheres comecem a correr atrás de mim? Será que ia gostar mesmo disso?

— Não venha me dizer que você é tão superior a ponto de não querer atrair as mulheres.

— E você acha que isso resolveria o problema? — perguntou com falso interesse. — Uma camisa com colarinho duro e fixador no cabelo?

— Falando sério, David, é importante. O senhor Wasserman parece pensar que é importante. Você acha que eles vão abrir mão do seu contrato?

Ele fez um sinal afirmativo.

— É bem provável. Tenho certeza de que ele não teria vindo nos visitar ontem se pensasse de outra maneira.

— O que é que vamos fazer?

Ele deu de ombros.

— Avisar ao seminário que estou disponível e pedir que eles encontrem outra congregação para mim.

— E se a mesma coisa tornar a acontecer?

— Nós avisamos de novo — disse, rindo. — Você se lembra de Manny Katz, o rabino Emmanuel Katz, o que era casado com aquela mulher avançadinha? Ele perdeu três empregos, um atrás do outro, por causa dela. Ela costumava usar short em casa durante o verão e, quando iam para a praia, usava biquini, ou seja, exatamente o mesmo que as outras mulheres da mesma idade na congregação usavam. Mas o que era tolerado nas mulheres jovens não era aceito na rebbitzin. E Manny não podia pedir à esposa que mudasse. Por fim, conseguiu emprego junto a uma congregação na Flórida, onde calculo que todo mundo se veste desse jeito. Está lá até hoje.

— Ele teve sorte — disse ela. — E você quer trabalhar numa congregação onde os líderes usam roupas desleixadas, são distraídos e não cumprem os compromissos?

— Não, provavelmente não. Mas, quando ficarmos cansados de perambular, posso sempre arrumar um emprego de professor. Ninguém se importa com o modo como os professores se vestem.

— E por que não fazemos isso já, em vez de esperar até sermos postos para fora de meia dúzia de congregações? Eu gostaria de ser esposa de um professor. Você podia arranjar um emprego em alguma faculdade na área de estudos semíticos, talvez até no próprio seminário. Pense bem, David, eu não teria de me preocupar se a presidente do Grupo de Voluntárias aprova o modo como eu dirijo a casa, ou se a presidente do Hadassah local acha o meu vestido de bom gosto.

O rabino sorriu.

— Só teria de se preocupar com a mulher do reitor. E eu não seria obrigado a participar do café da manhã comunitário.

— E eu não teria de sorrir cada vez que um membro da congregação olhasse na minha direção.

— Você sorri?

— Claro. Até os músculos do rosto começarem a doer. Ah, vamos tentar isso, David.

Ele olhou para ela, surpreso.

— Você não está falando sério. — De repente, ele deixou de sorrir. — Não pense que não estou percebendo o meu fracasso aqui, Miriam. Isso me aborrece muito, não apenas por fracassar em alguma coisa que me propus a fazer, mas por saber que a congregação precisa de mim. Eles ainda não se deram conta disso, mas eu já. Sem mim, ou sem alguém como eu, sabe o que acaba acontecendo com essas congregações? Como instituições religiosas, isto é, como instituições religiosas judaicas, elas acabam minguando. Não estou querendo dizer que elas não sejam ativas. Para falar a verdade, tornam-se verdadeiras colméias de atividades, com dezenas de grupos, clubes e comitês diferentes: grupos sociais, grupos de artes, grupos de estudo, grupos filantrópicos, grupos atléticos, a maioria deles ostensivamente judaicos. O grupo de dança elabora uma dança interpretativa à qual dão o nome de "O espírito pioneiro de Israel"; o coral acrescenta a música "Noite feliz" ao seu repertório para que possam cantá-la em igrejas cristãs durante a Semana da Fraternidade, e a igreja também pode retribuir com o seu principal tenor cantando "Eli, Eli". O rabino conduz os serviços durante as festas com grande decoro e, salvo uma ou outra leitura espontânea, ele e o cantor dominam a cerimônia toda. Nunca se poderia imaginar que este é o lar espiritual de um povo que há três mil anos ou mais se considera uma nação de sacerdotes devotados ao serviço de Deus, e tudo isso porque a energia da congregação e também do rabino está toda canalizada para mostrar que essa igreja judaica não é diferente de qualquer outra igreja da comunidade.

A campainha soou. Miriam abriu a porta para um homem atarracado, com um simpático rosto de irlandês e a cabeça toda branca.

— Rabino David Small?

— Pois não? — O rabino olhou para ele com curiosidade, e depois para o crachá, que indicava que ele era Hugh Lanigan, delegado de polícia de Barnard's Crossing.

— Posso falar com o senhor em particular? — perguntou.

— Claro. — O rabino indicou o seu escritório e pediu à esposa, enquanto fechava a porta, que não fossem interrompidos.

Oferecendo uma cadeira ao visitante, ele se sentou e olhou para o policial com expectativa.

— Seu carro ficou no estacionamento do templo a noite toda, rabino.

— E isso não é permitido?

— Claro. O estacionamento é propriedade privada e, se alguém tem direito a ele, esse alguém é o senhor. Para ser sincero, normalmente não nos preocupamos muito se um carro fica estacionado a noite inteira na rua, a não ser no inverno, quando há uma tempestade de neve, porque aí o carro atrapalha as máquinas que removem a neve.

— E daí?

— Daí que ficamos curiosos para saber por que o senhor o deixou lá em vez de guardá-lo em sua própria garagem.

— O senhor pensou que alguém pudesse roubá-lo? É muito simples. Eu o deixei no templo porque não estava com as chaves e não podia voltar dirigindo para casa. — Ele sorriu, um pouco constrangido. — Acho que não fui muito claro. Sabe, fui ao templo ontem à noite e passei várias horas em meu escritório lá. Tinham chegado uns livros que eu estava ansioso para ver. Depois, quando terminei, bati a porta do escritório e acabei trancando-a. O senhor está entendendo?

Lanigan fez que sim com a cabeça.

— Uma daquelas portas com fechadura de mola.

— Todas as minhas chaves, inclusive a chave do próprio escritório do templo, estavam no chaveiro, que ficou em cima da mesa, do lado de dentro. Eu não podia abrir a porta do escritório para apanhá-las, assim tive de voltar a pé para casa. Será que isso explica o mistério?

Lanigan concordou com a cabeça, pensativamente. Então disse:

— Pelo que sei, vocês, judeus, rezam todos os dias pela manhã. Hoje o senhor não foi ao templo, rabino.

— Realmente. Há alguns membros de minha congregação que não gostam quando o rabino falta a um dos serviços, mas não acredito que fossem dar queixa disso à polícia.

Lanigan deu uma risada curta.

— Ah, ninguém deu queixa. Pelo menos não para mim, enquanto delegado...

— Ora, vamos, senhor Lanigan, é evidente que alguma coisa aconteceu, uma questão policial na qual o meu carro está envolvido... Não, eu é que devo estar envolvido, ou o senhor não perguntaria por que eu não fui às preces da manhã. Se o senhor me contar o que aconteceu, talvez eu possa lhe dizer o que deseja saber, ou pelo menos serei capaz de ajudá-lo de maneira mais inteligente.

— O senhor está certo, rabino. Espero que compreenda que estamos presos ao regulamento. O bom senso me diz que o senhor, como membro do clero, não está envolvido de modo algum, mas como policial...

— Como policial, o senhor não pode usar sua intuição? Era isso que o senhor ia dizer?

— Não está muito longe da verdade! E, no entanto, há bons motivos para isso. Temos o dever de investigar todos os que possam estar envolvidos e, embora eu saiba que um rabino, tanto quanto um padre, dificilmente cometeria o tipo de crime que estamos investigando, somos obrigados a interrogar todo mundo.

— Não me atrevo a sugerir que um padre faria ou deixaria de fazer, delegado, mas tudo aquilo que um homem for capaz de fazer, um rabino também é. Não somos diferentes dos homens comuns. Não somos nem mesmo membros do clero, como o senhor mencionou. Tenho os mesmos deveres e privilégios que todos os outros membros de minha congregação. A única expectativa em relação a mim é que eu seja entendido na Lei Judaica, que deve nos guiar pela vida afora.

— É amável de sua parte colocar as coisas nesse pé, rabino. Vou ser franco com o senhor. Hoje de manhã, o corpo de uma jovem, que tinha uns dezenove ou vinte anos, foi encontrado dentro dos limites do templo, bem atrás da mureta que separa o estacionamento do gramado. É óbvio que a morte ocorreu durante a noite. Vamos ter uma idéia bastante precisa da hora do crime quando o laboratório terminar as análises.

— Morta? Foi acidente?

— Não foi acidente, rabino. Ela foi estrangulada com uma corrente de prata que usava no pescoço, uma dessas gargantilhas grossas com medalhão. Não há nenhuma possibilidade de ter sido acidente.

— Mas, isso é terrível. Foi... foi algum membro de minha congregação? Alguém que eu conheça?

— O senhor conhece alguma Elspeth Bleech? — perguntou o delegado.

O rabino fez que não com a cabeça.

— É um nome pouco comum, Elspeth.

— É uma variação de Elizabeth, claro. É um nome inglês e a moça era da Nova Escócia.

— Da Nova Escócia? Era turista?

Lanigan sorriu.

— Não era turista, rabino, era doméstica. Sabe, durante a revolução, uma boa parte dos cidadãos mais ricos e importantes das colônias, principalmente aqui de Massachusetts, fugiu para o Canadá, a maioria para a Nova Escócia. Eram chamados de legalistas. E, agora, os descendentes estão voltando para trabalhar aqui, fazendo serviços domésticos. Decisão bem ruim, essa que os ancestrais tomaram. A garota trabalhava para os Serafino. O senhor os conhece, rabino?

— Parece um sobrenome italiano — sorriu. — Se existe algum italiano em minha congregação, não estou a par.

Lanigan retribuiu o sorriso.

— São italianos, de fato, e sei que não freqüentam a sua igreja porque freqüentam a minha igreja, a Estrela do Mar.

— O senhor é católico? Isso me surpreende bastante. Sempre pensei que Barnard's Crossing fosse o tipo de cidade onde um católico jamais conseguiria chegar à posição de delegado.

— Algumas famílias católicas vivem aqui desde a revolução. A minha é uma delas. Se o senhor conhecesse a história da cidade, saberia que, na época do puritanismo, esta era uma das poucas comunidades do estado de Massachusetts onde um católico podia viver em paz. A cidade foi fundada por um grupo que não ligava muito para o puritanismo.

— Isso é muito interessante. Preciso examinar esse assunto qualquer dia. — Ele hesitou e depois disse: — A garota... ela foi atacada ou molestada?

Lanigan espalmou as mãos, num gesto de ignorância.

— Aparentemente não, mas o médico-legista talvez descubra alguma coisa. Não havia sinais de luta, nenhum arranhão, nenhuma roupa rasgada. Por outro lado, ela não estava usando um vestido, só uma combinação, com um casaco leve e uma dessas capas de chuva em plástico transparente por cima. Pelo que sabemos até agora, não há sinais de luta. A pobre moça não teve a menor chance. A corrente que ela estava usando é o que chamam por aí de gargantilha, acho. Fica bem justa em volta do pescoço. O assassino só precisou agarrar a corrente por trás e torcê-la.

— Que horror — murmurou o rabino —, que horror. E o senhor acha que isso se passou dentro do terreno do templo?

Lanigan apertou os lábios.

— Não temos certeza de onde aconteceu. Pelo que sabemos, ela pode ter sido assassinada em outro lugar.

— Então por que foi levada para lá? — perguntou o rabino, envergonhado de que sua mente já estivesse desconfiando de alguma trama planejada para desacreditar a comunidade judaica associando-a a um ritual macabro de assassinato.

— Porque, pensando bem, não é um lugar ruim para esse propósito. O senhor talvez pense que, aqui no subúrbio, existem muitos lugares onde é possível jogar um corpo, mas, na verdade, não é bem assim. A maioria dos lugares prováveis quase sempre estão ao alcance da vista de alguém. E os lugares onde não há casas são muitas vezes usados pelos namorados. Não, eu diria que a área do templo seria um dos melhores lugares. É escuro, não há casas por perto, e é improvável encontrar alguém por ali à noite. — Ele fez uma pausa e depois disse: — Por falar nisso, a que horas o senhor esteve lá?

— O senhor quer saber se escutei ou vi alguma coisa?

— Si-m.

O rabino sorriu.

— E o senhor também gostaria de saber o que estive fazendo durante o período crítico. Muito bem. Saí de casa lá pelas sete e meia, oito horas. Não tenho certeza da hora, pois não tenho o hábito de olhar as horas. A maioria das vezes nem uso relógio. Eu estava tomando chá com minha esposa e com o senhor Wasserman, o presidente de nossa congregação, quando Stanley, nosso zelador, apareceu para me dizer que uma caixa de livros que eu estava esperando havia chegado e estava no meu escritório. Pedi licença, entrei no carro e fui para o templo. Saí de casa apenas alguns minutos depois de Stanley, de modo que, se perguntar à minha esposa, ao senhor Wasserman e a Stanley, eles lhe darão uma idéia bem aproximada da hora exata. Estacionei o carro, entrei no templo e fui direto para o meu escritório, que fica no segundo andar. Fiquei lá até depois da meia-noite. Sei disso porque sem querer olhei para o relógio em cima da mesa, vi que era meia-noite e achei que já era hora de voltar para casa. Mas eu estava no meio de um capítulo, então não saí imediatamente. — Uma idéia repentina ocorreu-lhe. — Aconteceu algo que talvez possa ajudá-lo a determinar a hora com maior exatidão: logo antes de eu chegar em casa, caiu uma pancada de chuva repentina e tive de correr o resto do caminho. Imagino que alguém, talvez o departamento de meteorologia, tenha um registro exato das condições do tempo.

— Isso foi à meia-noite e quarenta e cinco. Essa foi a primeira coisa que verificamos porque a garota estava usando uma capa de chuva.

— Entendo. Bem, normalmente levo vinte minutos para vir andando do templo até em casa. Eu sei, porque fazemos isso toda sexta à noite e sábado também. Mas acho que andei mais devagar a noite passada. Estava pensando nos livros que tinha lido.

— Mas, por outro lado, o senhor correu uma parte do percurso.

— Ah, foram só os últimos cem metros, mais ou menos. Vamos dizer uns vinte e cinco minutos, e acho que seria uma aproximação bem exata. Isso quer dizer que saí do templo à meia-noite e vinte.

— O senhor encontrou alguém no caminho?

— Não, apenas o guarda de plantão. Acho que ele me conhecia, porque me disse boa-noite.

— Deve ser o guarda Norman. — Lanigan sorriu. — Ele não precisa conhecer o senhor para lhe dizer boa-noite. Ele bate o ponto à uma hora no relógio da rua Vine, logo depois do templo. Vou ficar sabendo a hora quando me encontrar com ele.

— Quer dizer que ele tem um registro da hora?

— Provavelmente não, mas vai se lembrar. Ele é um bom sujeito. Agora, quando o senhor entrou no templo, com certeza acendeu a luz, não foi?

— Não, ainda não estava escuro.

— Mas o senhor acendeu a luz de seu escritório, é lógico.

— É claro.

— Então qualquer pessoa que passasse por ali veria a luz.

O rabino pensou um pouco. Então sacudiu a cabeça.

— Não, acendi a lâmpada da escrivaninha e não a luz do teto. Abri a janela, é claro, mas baixei as persianas.

— Por quê?

— Para ser franco, não queria ser interrompido. Um membro da congregação podia passar, ver a luz e subir até o escritório para conversar.

— Então, se alguém chegasse perto do templo, não poderia imaginar que havia uma pessoa ali. Não é isso, rabino?

O rabino pensou por um momento e depois assentiu com a cabeça.

O delegado sorriu.

— Isso tem alguma importância para o senhor?

— Bem, talvez ajude a esclarecer a questão da hora. Suponha que a luz pudesse ser vista. Então isso, mais o seu carro no estacionamento, indicaria que alguém ainda estava no prédio e poderia sair a qualquer momento. Nesse caso, é razoável presumir que o corpo foi colocado atrás do muro depois que o senhor saiu. Mas, já que não havia nenhuma luz visível, era de se supor que o carro ainda estava ali porque talvez o senhor não tivesse conseguido dar a partida. Nessas circunstâncias, o corpo poderia ter sido jogado enquanto o senhor ainda se encontrava no andar de cima. Mas a primeira estimativa do médico-legista é que a menina foi assassinada por volta de uma hora. A essa altura do exame, é apenas suposição. Se a luz fosse visível, isso poderia confirmar a estimativa dele, mas, já que a luz não podia ser vista, a garota pode ter sido jogada perto do muro enquanto o senhor ainda estava em seu escritório, e isso pode ter sido a qualquer hora da noite.

— Entendo.

— Agora, pense bem, rabino, o senhor viu ou ouviu alguma coisa diferente: um grito? O som de carro parando no estacionamento?

O rabino sacudiu a cabeça.

— E o senhor não viu ninguém enquanto estava no escritório ou enquanto voltava para casa?

— Apenas o guarda.

— O senhor disse que não conhecia Elspeth Bleech. Seria possível que o senhor a conhecesse, mas não pelo nome? Afinal, ela morava com os Serafino não muito longe do templo.
— É possível.
— Uma garota de dezenove, vinte anos, de um metro e sessenta e cinco, um pouco cheia de corpo, mas sem ser feia. Talvez mais tarde eu consiga obter uma foto para lhe mostrar.

O rabino fez um sinal negativo com a cabeça.
— Eu não a reconheço pela sua descrição. Muitas garotas que talvez eu tenha visto poderiam corresponder a ela. Mas nada me ocorre no momento.
— Bem, vou colocar as coisas do seguinte modo: por acaso o senhor deu carona a alguém nos dois últimos dias que pudesse corresponder a essa descrição?

O rabino sorriu e sacudiu a cabeça.
— Um rabino, assim como um padre ou um pastor, deve ser circunspecto em relação a essas coisas. Assim como eles, eu não estaria inclinado a oferecer carona a uma jovem desconhecida. A congregação poderia interpretar isso mal. Não, não dei carona a ninguém.
— Talvez sua esposa?
— Minha esposa não dirige.

Lanigan levantou-se e estendeu a mão.
— O senhor foi bastante útil, rabino, e agradeço muito.
— Disponha.

Já na porta, Lanigan parou por um momento.
— Espero que o senhor não vá precisar do carro tão cedo. Os meus rapazes estão fazendo uma vistoria geral.

O rabino demonstrou estar surpreso.
— Sabe, a bolsa da garota foi encontrada dentro dele.

9

Hugh Lanigan conhecia Stanley, assim como conhecia todos os moradores da Cidade Velha. Ele o encontrou trabalhando no hall, montando uma mesa comprida onde seriam servidos os bolinhos e o chá que o Grupo de Voluntárias normalmente preparava para o lanche depois do culto de sexta-feira à tarde.

— Estou apenas investigando esse caso, Stanley.

— Claro, Hugh, mas já contei tudo o que sabia ao Eban Jennings.

— Bom, você pode muito bem me contar tudo outra vez. Você foi à casa do rabino ontem à noite para lhe dizer que a caixa de livros chegou. Quando foi que ela chegou?

— Foi entregue pelo serviço expresso Robinson, lá pelas seis da tarde. Talvez um pouco mais tarde. Foi a última entrega.

— E quando é que você foi à casa do rabino?

— Às sete e meia, mais ou menos. Recebi aquela caixa, um engradado de madeira bem grande, e era para o rabino. No começo, não percebi que eram livros, isto é, o rabino me disse que estava esperando uma remessa de livros, mas nem me passou pela cabeça que iam chegar numa caixa de madeira. Mas aí eu notei que o remetente era o Dropsie College. Bem, o rabino tinha dito que os livros vinham do Dropsie College. Achei que era um nome esquisito para uma faculdade e lembrei dele porque a tia Mattie, que você chegou a conhecer, tinha uma doença parecida com esse nome. Ela ficava toda inchada, mal dava pra ver os olhos dela...

— Deixa pra lá, me conte da caixa.

— Ah, sim. Eu vi o nome e me lembrei que era desse lugar que os livros iam chegar. Então percebi que deviam ser os livros. Sabe, é difícil acreditar, Hugh, mas esse rabino, eu sei que ele é um cara legal, ele não sabe nem como usar um martelo. Aí eu pensei: tanto faz o que está aí dentro, vou abrir a caixa para ele mesmo assim. Certo? Pensei que era melhor fazer isso logo. Carreguei a caixa toda, um bruta peso, Hugh, lá para o escritório do rabino. Depois dei um jeito nas coisas por aqui e achei melhor ir avisar que os livros tinham chegado, já que ele estava tão aflito e a casa dele fica mesmo no meu caminho.

— Onde você está morando agora, Stanley?

— Arrumei um quarto lá na Mama Schofield.

— Mas antes você não morava no templo?

— É, no prédio velho. Eu tinha um quartinho no sótão. Uma beleza. Era bem legal morar no emprego, sabe? Mas aí eles não quiseram mais. Passaram a me dar uns trocados a mais para alugar um quarto e estou morando na pensão da Mama Schofield desde essa época.

— E por que é que eles não quiseram mais? — perguntou Lanigan.

— Vou abrir o jogo, Hugh. Descobriram que de vez em quando eu recebia visitas ali. Não eram festas de arromba, você sabe, não é, Hugh? Eu não ia fazer uma coisa dessas, principalmente quando o templo estava sendo usado. Só alguns amigos para um bate-papo e umas cervejinhas. Mas acho que eles começaram a pensar que eu podia querer trazer uma garota, talvez num de seus dias santos, sei lá. — Ele deu uma risada estridente e bateu com a mão na coxa. — Acho que ficaram com medo que, enquanto estivessem rezando lá embaixo, eu pudesse estar traçando uma dona lá em cima, e isso faria as rezas entrarem em curto-circuito antes de chegar ao céu, manja?

— Continue.

— Então me pediram para procurar outro lugar, e foi o que eu fiz. Ninguém ficou aborrecido.

— E aqui, no prédio novo? Você nunca passa a noite aqui?

— Bom, às vezes, no inverno, depois de uma nevasca forte, quando preciso limpar a calçada bem cedo no dia seguinte. Eu descolei uma caminha lá na sala da caldeira.

— Vamos dar uma olhadinha.

— Claro, Hugh.

Stanley indicou o caminho descendo uma pequena escada de ferro e depois ficou de lado para que Lanigan abrisse uma porta contra incêndios, revestida de aço. A sala da caldeira estava na mais perfeita ordem, com exceção do cantinho onde Stanley tinha montado a cama. Lanigan notou que os cobertores estavam amarfanhados.

— Estão assim desde a última nevasca? — perguntou.

— Tiro uma soneca quase todas as tardes — respondeu Stanley com tranqüilidade. Ficou olhando enquanto Lanigan remexia os tocos de cigarro no cinzeiro. — Já lhe disse que nunca trago ninguém aqui.

Lanigan sentou-se na cadeira de vime e percorreu com o olhar a galeria artística de Stanley. O zelador deu um sorriso inocente.

O delegado fez um gesto para que ele se sentasse, e ele obedeceu desabando sobre a cama-de-vento.

— Bem, vamos continuar. Por volta das sete e meia você deu uma passada pela casa do rabino para avisar que os livros tinham chegado. Por que é que não esperou até o dia seguinte? Você achava que o rabino ia sair de casa à noite?

Stanley ficou surpreso com a pergunta.

— Claro, volta e meia o rabino passa boa parte da noite lendo e estudando no escritório.

— Depois, o que foi que você fez?

— Fui para casa.

— Você parou no caminho?

— Parei, sim. Parei no Ship's Cabin para jantar e tomar umas cervejas. Depois fui para a Mama Schofield.

— E ficou lá?
— É, fiquei em casa no começo da noite.
— E depois foi para a cama?
— Bom, dei uma saída para tomar uma cervejinha antes de dormir. Fui até o Ship's Cabin.
— E dessa vez a que horas saiu?
— Lá pela meia-noite. Talvez um pouco depois.
— E voltou direto para casa?
Ele hesitou por um momento e disse:
— Hã-hã.
— Alguém viu você entrar?
— Não, nem poderia. Tenho uma chave só minha.
— Muito bem. A que horas você veio trabalhar hoje?
— Na mesma hora de sempre. Um pouquinho antes das sete.
— E o que foi que fez?
— Tem um culto aqui às sete e meia, na capela. Por isso, acendo as luzes e abro algumas janelas para arejar um pouco a sala. Aí começo a fazer o trabalho de sempre, que, nesta época, é cuidar do jardim. Fiquei juntando as podas de grama quase o tempo todo. Ontem comecei a limpar o lado que dá para a rua Maple. Então hoje comecei onde tinha parado e fui limpando aos poucos, até chegar aos fundos do prédio e depois terminei do outro lado. Foi aí que eu vi a garota. O pessoal já estava saindo do culto e entrando nos carros quando eu vi a moça encostada no muro de tijolos. Fui até lá e vi logo que estava morta. Olhei por cima do muro e o senhor Musinsky, ele é um dos que aparecem todos os dias, ainda não tinha entrado no carro; então chamei por ele. Ele deu uma olhada e voltou depressa para o templo e telefonou para a polícia.
— Você viu o carro do rabino quando chegou hoje de manhã?
— Claro.
— Ficou surpreso?
— Não muito. Achei que ele tinha vindo para as rezas da manhã e que tinha chegado bem cedo. Quando vi que ele não estava na capela, achei que devia estar no escritório.

— E você não subiu para ver?
— Não, pra que fazer isso?
— Está bem. — Lanigan levantou-se e Stanley fez o mesmo. O delegado caminhou na direção do corredor, com Stanley atrás dele. Lanigan virou a cabeça e disse casualmente: — É lógico que você reconheceu a garota, não é?
— Não — Stanley respondeu depressa.
Lanigan virou-se de modo a encará-lo.
— Quer dizer que você nunca a tinha visto antes?
— Você está falando da garota que estava...
— E de que outra garota estamos falando? — perguntou Lanigan com frieza.
— Bom, é que, trabalhando aqui no templo, eu acabo vendo uma porção de gente. É, já tinha visto ela antes por aí. Vi com aqueles dois carcamaninhos que ela toma conta.
— Você a conhecia?
— Acabei de dizer que vi a garota. — Stanley parecia irritado.
— Você chegou a passar uma cantada nela?
— Por que ia fazer isso? — perguntou Stanley.
— Porque você é bem sacana.
— Não cantei a menina.
— Chegou a falar com ela?
Stanley tirou um lenço sujo do bolso do macacão e pôs-se a enxugar a testa.
— Algum problema? Você está com calor?
Stanley explodiu.
— Que droga, Hugh, você está querendo me meter nessa encrenca. Claro que falei com ela. Eu estava por ali e aí apareceu uma menina rebocando duas crianças e uma delas começou a puxar as folhas de uma planta, então é claro que eu fui falar com ela.
— É claro.
— Mas nunca saí com ela nem nada.
— E nunca mostrou a ela aquele chiqueiro que você fez lá no porão?

— Foi só "olá", "que lindo dia, não é?". E ela quase nunca respondia.

— Posso imaginar. Tudo bem. Como é que você sabia que as crianças eram italianas?

— Porque eu vi os dois com o pai, o Serafino, que eu conheço porque uma vez fiz um serviço na casa dele.

— Quando foi isso?

— Quando eu vi o homem? Faz uns dois ou três dias, acho. Ele passou dirigindo o conversível e aí viu a garota com as crianças e perguntou se queriam ir comprar sorvete com o papai. Todo mundo se espremeu no banco da frente: a garota, e depois as crianças brigando para ver quem ia sentar perto da porta, e a garota se espremendo para dar espaço, e o cara meio que bolinando a garota. Pouca-vergonha.

— Pouca-vergonha porque não era você.

— Bom, pelo menos sou um homem livre; não sou casado nem tenho filhos.

10

Aquela foi uma manhã agitada para os Serafino. Apesar de ir sempre cedo para a cama nas noites de quinta-feira, a sra. Serafino nunca se levantava antes das dez na sexta-feira. Mas, naquele dia, fora acordada pelas crianças que, depois de terem batido inutilmente à porta do quarto de Elspeth, tinham invadido o seu quarto exigindo que ela os vestisse.

Furiosa com a moça por ter perdido a hora, a sra. Serafino enfiou um robe e desceu para acordá-la. Bateu à porta e gritou seu nome. Quando a garota não respondeu, ocorreu-lhe que talvez Elspeth não estivesse no quarto, e isso só podia significar que ela não voltara para casa na noite anterior. Para uma empregada que devia dormir no emprego, aquilo era um pecado mortal, passível de dispensa imediata. A sra. Serafino estava prestes a sair e olhar pela janela para confirmar suas suspeitas, quando a campainha soou.

Tinha tanta certeza de que era Elspeth, muito provavelmente com a desculpa esfarrapada de ter perdido a chave, que atravessou o hall correndo e abriu depressa a porta da frente. Era um policial de uniforme. O roupão dela estava entreaberto e, por um momento, ela ficou ali plantada, olhando-o de modo estúpido. O constrangimento do policial, que ficara enrubescido, fez com que ela percebesse de repente que estava decomposta e então cobriu-se rapidamente.

O resto da manhã foi um pesadelo. Outros policiais vieram, com e sem uniforme. O telefone tocava sem parar, sempre assunto de polícia. Disseram-lhe para acordar o marido e pedir a ele que trocasse de roupa a fim de acompanhar um dos guardas e fazer a idenficação formal do corpo.

— Será que eu mesma não poderia identificá-la? — perguntou — Meu marido precisa descansar.

— Como é que alguém consegue dormir no meio desta confusão toda? — disse o policial. E depois acrescentou sem maldade: — Pode acreditar, madame, é melhor que ele venha. Ela não está nada bonita.

Sem saber direito como, ela conseguiu vestir e alimentar as crianças e até preparou alguma coisa para o seu próprio café da manhã. Mas, mesmo enquanto comia, as perguntas não pararam: interrogatórios formais com um guarda sentado do outro lado da mesa e um outro tomando nota; perguntas enquanto mediam e fotografavam o quarto da moça; perguntas abruptas como se quisessem apanhá-la de surpresa.

Depois de certo tempo, eles partiram. As crianças estavam no quintal e ela decidiu deitar-se no sofá para relaxar alguns minutos, quando a campainha tornou a soar. Era Joe.

Ela sondou o rosto do marido com ansiedade.

— Era ela?

— Era ela, sim. Quem mais poderia ser? Você acha que os tiras já não sabiam quem era antes da identificação?

— Mas então por que precisavam de você?

— Porque é a lei, simplesmente por isso. É um procedimento de rotina que deve ser cumprido.

— Eles fizeram alguma pergunta, Joe?

— Os tiras sempre fazem perguntas.

— Como assim? O que foi que perguntaram?

— Se a garota tinha algum inimigo. Qual era o nome do namorado. Quem eram suas amigas. Se ela andava nervosa ultimamente. Quando foi a última vez que a vi.

— E o que foi que você contou?

— O que é que você acha que eu contei? Disse que não sabia de namorado nenhum, que essa tal de Celia que trabalha para os Hoskins é a única amiga dela que conheço, que ela parecia normal e que não notei qualquer sinal de nervosismo.

— E você disse a eles quando foi a última vez que a viu?

— Claro, foi ontem, por volta de uma ou duas horas da tarde. Caramba, por que esse interrogatório? Levo uma prensa dos tiras e, quando chego em casa, levo outra de você. E sabe que ainda não tomei nem uma xícara de café?

— Vou trazer um pouco de café, Joe. Você quer também umas torradas? Ovos? Cereal?

— Não, só café. Estou uma pilha... Meu estômago parece que está cheio de nós.

Ela foi esquentar o café. Sem se virar, perguntou:

— Quando foi que você a viu pela última vez, Joe, foi à uma ou às duas horas?

Ele inclinou a cabeça para trás e olhou para o teto.

— Vejamos, desci e tomei o café, lá por volta do meio-dia, não foi? Então eu vi a moça. Acho que vi — disse com incerteza. — Bom, eu vi quando ela deu o almoço para as crianças e depois preparou-as para o sono da tarde. Então subi para me vestir e, quando voltei, ela já tinha saído.

— E você não a viu depois disso?

— O que você quer dizer? O que é que está insinuando?

— Bom, você queria dar uma carona para ela até Lynn, lembra?

— E daí?

— Daí que eu fiquei pensando. Será que você não se encontrou com ela antes que ela tomasse o ônibus? Ou então será que você não cruzou por acaso com ela em Lynn?

O rosto moreno de Joe adquiriu um tom avermelhado. Levantou-se lentamente da mesa da cozinha.

— Muito bem, vamos lá. Diga de uma vez. O que é que você está insinuando?

Ela ficou um pouco assustada, mas já tinha ido longe demais para parar.

— Pensa que eu não vi o jeito que você olhava para ela? Como é que vou saber se vocês não estavam se encontrando no seu dia de folga? Ou talvez aqui mesmo, quando eu não estava por perto?

— Ah, então é isso? Olho para uma menina e isso quer dizer que já estou dormindo com ela. E, quando fico cheia dela, é só matar. É isso que você está tentando dizer? E imagino que, sendo uma boa cidadã, você vai direto contar isso aos tiras.

— Você sabe que eu não faria isso, Joe. Estou apenas achando que talvez alguém tenha visto vocês juntos e, se for o caso, eu poderia dizer que ela foi fazer uma comprinha para mim, só para proteger você.

— Eu devia quebrar isso na sua cara — disse ele, pegando o açucareiro.

— Ah, é? Bom, não tente bancar o inocente para cima de mim, Joe Serafino — gritou. — Não venha me dizer que você não ia tentar dar uma paquerada numa moça vivendo debaixo do mesmo teto. Vi quando você deu carona para ela e as crianças, como você encostou nela quando a ajudou a sair do carro. E por que você nunca me ajuda a sair do carro? Vi você daqui mesmo, da janela da cozinha. E aquela outra garota, a Gladys? Não venha me dizer que não houve nada entre vocês, com ela andando praticamente nua no quarto dela enquanto você estava sentado aqui na cozinha, e a porta entreaberta. E quantas vezes...

A campainha tocou. Era Hugh Lanigan.

— Senhora Serafino? Gostaria de lhe fazer algumas perguntas.

11

Alice Hoskins, da turma de 57 da faculdade Bryn Mawr, era mãe de duas crianças e encontravam-se obviamente a caminho da terceira. Convidou o delegado a entrar na sala de estar. O chão era coberto por um tapete artesanal estampado bege claro, que ia de parede a parede. A mobília era moderna em estilo dinamarquês, com móveis de formas estranhas em madeira lustrosa e lona preta. Pareciam curvar-se para o lado errado, mas eram surpreendentemente confortáveis. Havia uma mesinha de centro, ou melhor, uma placa de nogueira escura apoiada em quatro pés de vidro. Numa das paredes, um quadro grande em estilo abstrato sugeria vagamente uma cabeça de mulher. Na outra, uma máscara grotesca em ébano, com os traços bem marcados e realçados com tinta branca. Espalhados pela sala, encontravam-se vários cinzeiros em cristal lapidado, a maioria transbordando com restos de cigarro. Era o tipo de sala que só ficava bonita quando estava impecavelmente arrumada, com tudo no seu devido lugar. E, naquele momento, estava na maior bagunça. Pelo chão, havia brinquedos espalhados; em cima de uma cadeira de ferro batido e couro branco, um agasalho vermelho de criança; na lareira, um copo com leite pela metade; no sofá, um jornal já folheado.

A sra. Hoskins, magra e chupada, recurvada com exceção do ventre protuberante, arrastou-se até o sofá, jogou o jornal no chão e sentou-se. Deu um tapinha no lugar ao seu lado para que Laningan se sentasse ali, abriu uma caixinha de cristal que estava sobre a mesa de centro e ofereceu-lhe um cigarro, retirando também um para si própria. Havia um isqueiro de mesa combinando com a caixa, mas, quando ele fez menção de pegá-lo, ela disse:

— Não funciona. — E acendeu-lhe um fósforo. — Celia acabou de sair com as crianças, mas deve voltar logo — comentou.

— Não tem importância — disse ele. E, depois, foi direto ao assunto: — Ela era amiga de Elspeth?

— Celia é amiga de todo mundo, senhor Lanigan. Ela é uma dessas garotas feias que preferem se dar bem com todos. Sabe, uma garota sem graça tem de ter algo a mais. Algumas preferem ser espertas, outras lutam por um causa e outras preferem ser boazinhas e ter espírito esportivo. A Celia é assim. Ela é alegre, muito bem-humorada e adora crianças. E as crianças são loucas por ela. O meu papel aqui é simplesmente dar à luz; daí para a frente, é ela que cuida delas.

— Faz tempo que ela está com a senhora?

— Desde o meu primeiro filho. Ela começou a trabalhar para nós quando eu estava no último mês de gravidez.

— Então ela é bem mais velha que Elspeth?

— Com certeza. Celia deve ter uns vinte e oito ou vinte e nove.

— Ela falava sobre Elspeth?

— Claro. Conversamos sobre tudo. Somos muito amigas, sabe? Isto é, Celia tem muito bom senso, apesar de não ter estudado muito. Acho que abandonou a escola no segundo ano do ginásio, mas é experiente e conhece as pessoas. Ela sentia pena de Elspeth. Celia sempre sente pena das pessoas. Neste caso, acho que com razão, já que Elspeth era de fora e tudo o mais. E a menina *era* tímida. Ela não gostava de sair e se divertir. Celia costuma jogar boliche, dançar e ir à praia no verão e patinar no inverno, mas nunca conseguiu convencer Elspeth a ir junto. Às vezes iam juntas ao cinema, e é claro que se encontravam quase todas as tardes quando estavam com as crianças, mas Celia nunca conseguia levá-la para jogar boliche ou dançar, o senhor sabe, lugares onde ela poderia conhecer rapazes.

— Com certeza vocês conversaram sobre o motivo disso.

— Claro que sim. Celia achava que, em parte, era uma questão de timidez, mesmo. Algumas garotas são assim. E talvez também não tivesse roupa de festa. Acho também que a turma de Celia devia ser muito velha para Elspeth.

Lanigan enfiou a mão no bolso e procurou uma foto da moça com as crianças do casal Serafino.

— A senhora Serafino me deu isto. Era a única foto que tinha da moça. A senhora diria que existe uma boa semelhança?

— Ah, é a garota, sem tirar nem pôr.

— A senhora diria que a expressão dela era exatamente essa, senhora Hoskins? Talvez os jornais publiquem a foto...

— Com as duas crianças?

— Ah, não, teríamos de recortar a foto.

— Acho que a curiosidade pública deve ser satisfeita, mas nunca pensei que a polícia cooperasse tanto com isso — disse com frieza.

Ele riu.

— É justamente o contrário, senhora Hoskins. Esperamos que a imprensa colabore publicando a foto. Isso pode nos ajudar a reconstituir o que ela fez ontem.

— Ah, me desculpe.

— E a senhora diria que a expressão dela era essa mesma?
— insistiu.

Ela olhou a foto mais uma vez.

— Sim, era essa mesma. Ela era uma moça bem bonita. Um pouco encorpada, mas não gorda; o que a gente costumava chamar de robusta. Talvez rechonchuda fosse uma palavra melhor. Eu estava acostumada a vê-la por aí com as crianças, usando pouca ou nenhuma maquiagem e com o cabelo preso. Mas qual é a mulher que se preocupa em parecer bonita quando está cuidando da casa ou das crianças? Uma vez eu a vi toda elegante, de salto alto e vestido de festa, e com o cabelo arrumado, e ela estava uma graça. Foi poucos dias depois que ela começou a trabalhar para os Serafino. Ah, é, estou lembrada: foi em fevereiro, num feriado. Tínhamos comprado uns ingressos para o Baile da Força Pública e do Corpo de Bombeiros. Nós os demos para Celia, é claro...

— É claro — murmurou Lanigan.

— Bem... — Ela hesitou e depois enrubesceu. — Ah, me desculpe — disse.

— Não precisa se desculpar, senhora Hoskins. Todo mundo acaba dando os convites... quase sempre para a empregada.

— Bom — continuou —, o que estou querendo dizer é que era típico da Celia convidar a Elspeth em vez de um dos rapazes da turma. Elspeth veio até aqui porque meu marido ia levá-las de carro até lá.

Ouviu-se um barulho na porta da frente e a sra. Hoskins disse:

— É a Celia com as crianças.

Na verdade, a porta não se abriu: explodiu para dentro e, logo depois, Lanigan viu-se no meio do turbilhão causado pelas crianças, mais a sra. Hoskins e Celia, alta e sem graça. As duas mulheres estavam tentando tirar os agasalhos e bonés das crianças.

— Vou dar o almoço a eles, Celia — disse a sra. Hoskins —, para você poder conversar com este senhor. Ele veio por causa da coitadinha da Elspeth.

— Sou o delegado Lanigan do departamento de polícia de Barnard's Crossing — deu início à conversa quando ficaram a sós na sala.

— Eu sei. Vi o senhor no Baile da Força Pública e do Corpo de Bombeiros, em fevereiro. O senhor abriu o baile junto com sua mulher. Ela é bem bonitona.

— Obrigado.

— E parece esperta também. A gente logo vê que ela tem alguma coisa na cachola.

— Na cachola? Ah, sim, entendo. Você tem razão. Estou vendo que você sabe julgar o caráter das pessoas, Celia. Diga-me: qual era a sua impressão sobre Elspeth?

Celia parou para pensar um pouco antes de responder.
— Bom, muita gente achava que ela era do tipo quieto, meio tímida, mas isso podia ser só a primeira impressão.
— O que você está querendo dizer?
— Ela gostava de ficar afastada; não de um jeito convencido, mas era meio retraída. Tive a impressão no início de que a coitadinha estava se sentindo completamente sozinha e sem amigos, e eu já era veterana no bairro, então achei que era meu dever fazê-la sair da casca. Bom, eu estava com dois ingressos para o Baile da Força Pública que a senhora Hoskins tinha me dado. Então, convidei a Elspeth, ela foi e acabou se divertindo muito. Dançou todas as músicas e, no intervalo, um cara ficou o tempo todo com ela.
— E ela estava feliz?
— Bom, ela não ficou dando risadinhas a noite toda, mas era evidente que estava se divertindo do seu jeito quieto.
— Foi um início promissor.
— E também o fim. Eu a convidei para outras festas e encontros com rapazes, mas ela nunca aceitou. Tenho uma porção de amigos e poderia arranjar companhia para ela todas as quintas à noite, mas ela sempre recusou.
— Você chegou a perguntar por quê?
— Claro que sim, mas ela sempre respondia que não estava com vontade, ou que estava cansada e queria voltar cedo para casa, ou que estava com dor de cabeça.
— Talvez não estivesse se sentindo bem — sugeriu Lanigan.
Celia balançou a cabeça.
— Nada disso. Nenhuma garota desiste de um encontro por causa de uma dor de cabeça. Antes eu achava que ela podia não ter roupa para sair, e era meio tímida, mas aí comecei a pensar que talvez o motivo fosse outro. — Ela baixou a voz. — Um dia, eu estava esperando no quarto dela, nós íamos assistir a um filme juntas. Ela estava acabando de se vestir, e eu estava dando uma olhada nas coisas em cima da cômoda enquanto ela ajeitava o cabelo, e tinha uma caixa enfeitada, como um porta-jóias, com uma porção de alfinetes, contas de colar, grampos

de cabelo, coisas assim. E estava dando uma olhada nas coisas dela, não estava xeretando, entende, só olhando, e vi a aliança dentro da caixa. Então eu disse: "Elsie, você está pensando em se casar um dia desses?". Sabe, falei meio de brincadeira. Bom, ela ficou meio vermelha, fechou a caixa e disse que era da mãe dela.

— Você acha que ela poderia ter se casado em segredo?
— Isso explicaria por que ela não queria sair com outros rapazes, não é?
— Sim, talvez. O que é que a senhora Hoskins achava disso?
— Eu não disse nada a ela. Achei que era um segredo de El. Se eu contasse à senhora Hoskins, ela poderia comentar com alguém e o negócio podia ir parar no ouvido dos Serafino, e aí Elspeth podia perder o emprego. Não que isso fosse tão ruim. Muitas vezes eu disse a ela que devia procurar outro emprego.
— A senhora Serafino não a tratava bem?
— Acho que tratava. É lógico que elas não eram amigas como a senhora Hoskins e eu, mas não se pode mesmo esperar isso. O que me irritava era ela ter de ficar em casa sozinha com as crianças, noite após noite, e o quarto dela era bem no andar de baixo.
— Ela sentia medo?
— Sei que no começo sentia. Mais tarde, acho que se acostumou. Este é um bairro tranqüilo e agradável, e acho que depois passou a se sentir mais segura.
— Entendo. Agora, vamos falar de ontem; você sabia o que ela estava planejando fazer?

Celia balançou lentamente a cabeça.

— Não vi a Elspeth durante toda a semana, desde a última terça-feira, quando saímos para passear com as crianças. — O rosto de Celia iluminou-se. — Ela falou qualquer coisa, que não estava se sentindo bem e que talvez fosse ao médico fazer um exame completo. Então disse que talvez fosse ao cinema. Pensando bem, disse que ia ao Elysium e, quando eu comentei que o filme era muito demorado, respondeu que ainda podia alcançar o último ônibus e que não se importava de andar do ponto de ônibus até em casa àquela hora da noite. E agora acontece justamente aquilo que eu tinha medo que acontecesse e tentei evitar. — Os olhos de Celia encheram-se de lágrimas e ela os enxugou com um lenço.

As crianças tinham voltado e estavam ali olhando espantadas para os dois adultos. Quando Celia começou a chorar, uma delas correu para abraçá-la e a outra começou a dar socos em Lanigan.

Ele levantou a mão para afastar a criança.

— Calma, garoto — disse rindo.

A sra. Hoskins apareceu junto à porta.

— Ele está achando que o senhor é que fez Celia chorar? Não é uma gracinha? Venha aqui, Stephen. Venha com a mamãe.

Passaram-se alguns minutos até que as crianças se acalmassem e fossem levadas mais uma vez para fora da sala.

— Agora, Celia — perguntou Lanigan, quando ficaram novamente a sós —, o que é que você temia e o que foi que você falou para alertá-la?

Celia olhou-o de modo vago e depois lembrou-se.

— Ora, aquele negócio de voltar para casa sozinha tarde da noite. Eu disse que eu não faria isso. Aquele trecho, do ponto de ônibus até aqui, é tão escuro, com todas aquelas árvores.

— Mas não havia nada de especial?

— Bom, acho que isso é uma coisa especial.

Seus olhos tornaram a ficar marejados de lágrimas.

— Ela era jovem e muito inocente. A garota que trabalhava lá antes, a Gladys, não era muito mais velha, mas nunca fiquei muito amiga dela, e olhe que fomos a uma porção de lugares juntas. Ela era do tipo sabichona e tinha resposta para tudo, mas a Elspeth... — Ela deixou a frase no ar e depois disse num impulso: — Diga uma coisa para mim: ela estava normal quando a encontraram? Quer dizer, ela estava, o senhor sabe... machucada? Ouvi dizer que estava nua quando a encontraram.

Ele fez que não com a cabeça.

— Não. Não havia indício de que ela fora atacada sexualmente. E ela estava vestida de modo decente.

— Que bom ouvir isso — disse ela com simplicidade.

— De qualquer modo, vai sair no jornal da tarde. — Lanigan levantou-se. — Você ajudou muito e tenho certeza de que, se você se lembrar de mais alguma coisa, vai entrar em contato conosco.

— Vou sim, pode deixar — disse Celia e, num impulso, estendeu a mão.

Lanigan tomou sua mão e ficou um pouco surpreso ao verificar que tinha um aperto firme como o de um homem. Dirigiu-se para a porta e então parou como se um pensamento súbito tivesse lhe ocorrido.

— A propósito, como é que o senhor Serafino tratava Elspeth? Ele era respeitoso com ela?

Ela o olhou com aprovação, até mesmo com admiração.

— Bem, essa é uma boa pergunta.

— E então?

Ela balançou afirmativamente a cabeça.

— Ele gostava dela. Fingia que nem sabia da sua existência, mal lhe dirigia a palavra, mas estava sempre observando a moça quando pensava que ninguém estava notando. Ele é do tipo que parece despir uma garota com o olhar. Era isso que a Gladys sempre dizia, mas ela achava divertido e dava corda.

— E o que foi que aconteceu com ela?

— Ah, a senhora Serafino ficou com ciúmes e pôs a moça na rua. Na minha opinião, quando uma esposa fica com ciúmes, quase sempre tem razão.

— Acho que então ela deveria ter contratado uma pessoa mais velha que Elspeth.

— E onde é que ela ia encontrar uma pessoa mais velha, que aceitasse um emprego desses, seis dias por semana tomando conta das crianças até duas ou três da manhã?

— Entendo o seu ponto de vista.

— E, depois, o senhor não acha que ele também teve um pouco a ver com essa escolha?

12

O tenente Eban Jennings, do departamento de polícia de Barnard's Crossing, era um homem de traços angulares, já perto dos sessenta anos, com olhos azuis lacrimejantes, que enxugava constantemente com um lenço.

— Esses malditos olhos começam a lacrimejar já na primeira semana de junho, e vão assim até setembro — comentou, quando Hugh Lanigan entrou na sala da delegacia.

— Provavelmente é uma alergia, Eban. Seria bom você fazer uns testes.

— Já fiz isso alguns anos atrás. Descobriram que eu era sensível a uma porção de coisas, mas nada que se acentuasse exatamente nesta época do ano. Acho que talvez eu seja sensível aos veranistas.

— Pode ser, mas eles normalmente só aparecem no final de junho.

— É, mas existe a ansiedade. Conseguiu alguma coisa sobre a garota?

Lanigan atirou sobre a mesa a fotografia que a sra. Serafino lhe dera.

— Vamos mandar para os jornais. Talvez dê algum resultado.

Jennings examinou a foto com cuidado.

— Não era feia. Com certeza, muito mais bonita do que quando a vi esta manhã. Gosto de moças assim, meio rechonchudas. Não me interesso muito pelas magricelas que a gente encontra hoje em dia. Gosto de garotas bem acolchoadas, sabe como é?

— Sei como é, Eban.

— E agora tenho algo aqui para você, Hugh. O relatório do médico-legista chegou. — Entregou um papel ao seu superior. — Dê uma olhada no último parágrafo.

Lanigan assobiou baixinho.

— A garota estava grávida de dois meses.

— É, o que é que você acha disto? Alguém meteu a nossa garotinha numa fria.

— Isso muda um pouco as coisas, não é? As pessoas que a conheciam, a senhora Serafino, sua amiga Celia e a senhora Hoskins, todas concordaram que ela era bem tímida e que não tinha amizade com nenhum rapaz.

Nesse momento, um guarda passou pelo corredor e Hugh o chamou.

— Quero falar com você um minutinho, Bill.

— Sim, senhor. — O guarda William Norman era um jovem de cabelos escuros e uma expressão séria e determinada. Apesar de conhecer Hugh Lanigan a vida inteira e de se tratarem pelo primeiro nome, geralmente ele ficava em posição de sentido e se dirigia ao superior de modo formal.

— Sente-se, Bill.

Norman sentou-se numa das cadeiras, esforçando-se para dar a impressão de que ainda estava em posição de sentido.

— Lamento não ter dispensado você ontem à noite, mas não havia ninguém para substituí-lo. Um homem não devia ter de trabalhar no dia do seu noivado.

— Ah, tudo bem, senhor. Alice foi compreensiva.

— Ela é uma garota maravilhosa e dará uma ótima esposa. E os Ramsay são pessoas excelentes.

— Sim, senhor, obrigado.

— Eu e Bud Ramsay crescemos juntos e me lembro ainda de Peggy usando tranças. Eles são conservadores e meio severos, mas são o que há de melhor. E posso garantir que eles não se importaram com o fato de você ter de cumprir o seu turno habitual, muito pelo contrário.

— Alice me disse que a festa terminou pouco depois que eu saí, então acho que não perdi muita coisa. Tenho a impressão de que os Ramsay não são mesmo de ficar acordados até tarde. — Ele enrubesceu de leve.

Lanigan voltou-se para a mesa a fim de consultar a lista dos plantões.

— Vejamos, você entrou em serviço às onze horas de ontem à noite, não foi?

— Sim, senhor. Saí da casa dos Ramsay às dez e meia para vestir o uniforme. A viatura me apanhou e levou até a praça Elm quando faltavam alguns minutos para as onze.

— E você devia subir a rua Maple até a Vine?

— Sim, senhor.

— E devia bater o ponto na rua Vine, à uma hora da manhã?

— Sim, senhor, foi o que eu fiz. — Ele pôs a mão no bolso superior e tirou um caderninho de anotações. — Bati o ponto à uma e três.

— Aconteceu alguma coisa diferente no trajeto entre as ruas Maple e Vine?

— Não, senhor.

— Nesse trajeto você encontrou alguém?

— Se encontrei alguém?

— Sim, você viu alguém descendo a rua Maple enquanto você subia?

— Não, senhor.

— Você conhece o rabino Small?

— Uma vez me mostraram quem ele é e eu já o vi por aí.

— E você não o viu ontem à noite? Ele disse que encontrou com você no caminho de casa quando voltava do templo. Deve ter sido um pouco depois das onze e meia.

— Não, senhor. Desde o momento em que terminei de verificar as portas no quarteirão da rua Gordon, lá por volta de meia-noite e quinze, até o momento em que bati o ponto, não vi ninguém.

— Que curioso. O rabino diz que viu você e que você lhe deu boa-noite.

— Não, senhor, não foi ontem à noite. Eu o vi voltando tarde do templo umas duas ou três noites atrás e aí falei com ele, mas não na noite passada.

— Muito bem, o que foi que você fez quando chegou ao templo?

— Verifiquei a porta para ver se estava trancada. Havia um carro no estacionamento e usei minha lanterna para vê-lo melhor. Depois, bati o ponto.

— E você notou alguma coisa diferente, ou ouviu algo diferente?

— Não, senhor, só o carro no estacionamento, e isso não era nada assim tão diferente.

— Certo, Bill. Obrigado. — Lanigan o dispensou.

— O rabino disse que tinha visto Bill? — perguntou Jennings depois que Norman saiu.

Lanigan concordou com a cabeça.

— Então estava mentindo. Isso quer dizer o quê, Hugh? Você acha que pode ter sido ele?

Lanigan balançou lentamente a cabeça.

— Um rabino? Não é muito provável.

— Por que não? Ele mentiu quando disse ter visto Bill. Isso significa que ele não estava onde disse que estava, o que significa que poderia ter estado onde não deveria.

— E por que mentiria a respeito de algo que podemos verificar tão facilmente? Não faz sentido. É mais provável que estivesse um pouco confuso. Ele é um intelectual e sua cabeça está quase sempre no mundo dos livros. Você sabe, o presidente do templo estava na casa dele fazendo uma visita quando Stanley apareceu para dizer que uns livros que o rabino estava esperando tinham chegado. E sabe o que ele fez? Saiu correndo para o templo a fim de dar uma olhada neles e ficou estudando em seu escritório até bem depois da meia-noite. Um homem assim pode muito bem ficar um pouco confuso em relação a um encontro casual com um guarda ocorrido alguns dias antes. Ele pode ter juntado as duas noites numa só e pensado que foi ontem à noite. E, na verdade, isso pode ter ocorrido a semana passada.

— Acho que sair deixando uma visita para trás, principalmente quando a visita é o presidente da congregação, é um negócio muito esquisito. Ele diz que ficou estudando a noite toda. Bom, como vamos saber se ele não se encontrou com a garota lá mesmo no escritório? Veja as provas, Hugh. O médico-legista afirmou que a morte da garota ocorreu à uma hora. Pode ser vinte minutos antes ou depois. O rabino admite que estava lá nessa hora.

— Não, vinte para a uma é a hora que ele calcula ter chegado em casa.

— Mas suponha que ele esteja trapaceando um pouco com a hora, uns cinco ou dez minutos. Ninguém o viu. A bolsa da garota estava dentro do carro dele. E mais uma coisa — Jennings levantou o dedo indicador: — hoje ele não foi ao culto que é realizado toda manhã. Por quê? Será que ele não queria estar por perto quando o corpo fosse descoberto?

— Meu Deus, o sujeito é um rabino, um religioso...

— E daí? Ele é um homem, não é? E aquele padre de Salem alguns anos atrás? Padre Damatopoulos, não era? Ele não arrumou problemas com uma moça?

Lanigan parecia enojado.

— Foi um caso totalmente diferente. Em primeiro lugar, ele não estava dando umas voltinhas com a garota. E, em segundo lugar, ele é um padre grego, ortodoxo, e tem permissão para se casar. Aliás, pelo que sei, é isso que se espera deles. O problema é que os parentes dela tentaram forçar o casamento.

— Bom, não me lembro dos detalhes — insistiu Eban com teimosia —, mas lembro que houve algum tipo de escândalo ligado a esse caso.

— O único escândalo foi que uma porção de gente achou que, sendo padre, ele não podia se casar, como os padres da igreja católica. Achavam horrível um padre fazer a corte a uma moça. Mas o fato é que, sendo padre da igreja ortodoxa, ele tinha todo o direito.

— Eu acho que confusão com rabo-de-saia pode acontecer com qualquer sujeito — disse Jennings. — Na minha opinião, essa é a única coisa da qual o rabino não está isento por causa de sua vocação. Nenhum outro crime descrito no código penal, roubo, invasão de domicílio, falsificação, assalto, seria cometido por um padre, pastor ou rabino. A gente diria que eles não ligam muito para dinheiro, ou que têm um controle melhor dos nervos, mas uma mulher pode acontecer na vida de qualquer um, até mesmo de um padre católico. Esse é o meu modo de ver.

— É um bom argumento, Eban.

— E outra coisa: se não foi o rabino, que outro suspeito nós temos?

— Quanto a isso, mal começamos. Mas, mesmo assim, se você quer estudar as possibilidades, há várias. Stanley, por exemplo. Ele tem a chave do templo. Tem uma cama no porão. E a parede acima da cama está coberta de fotos de garotas nuas.

— Ele é um tarado, esse Stanley — concordou Eban.

— E o negócio de carregar a moça e jogá-la onde foi encontrada? Aquela menina não era nada leve e o rabino não é um homem forte. Mas Stanley daria bem conta do recado.

— Hã-hã, mas será que depois ele iria colocar a bolsa da moça no carro do rabino?

— Talvez. Ou talvez estivessem sentados ali para fugir da chuva. O calhambeque que o Stanley dirige não tem capota. E outra coisa: suponha que o homem que assassinou a garota estava tendo um caso com ela há certo tempo, o suficiente para engravidá-la. Agora, entre os dois, o rabino e a garota no escritório, ou Stanley e a garota no porão, qual tem mais chances de ser descoberto? Se o rabino estivesse tendo encontros com a moça, aposto que Stanley descobriria no prazo de uma semana, principalmente porque é ele que faz a limpeza do templo todas as manhãs. Ao passo que, se fosse Stanley, o rabino não descobriria nem em um ano.

— Aí você tem razão. O que foi que Stanley disse quando você o interrogou?

Lanigan deu de ombros.

— Afirma que tomou umas cervejas no Ship's Cabin e depois foi para casa. Está morando na pensão da Mama Schofield, mas diz que ninguém o viu entrar. Pode ter se encontrado com a garota depois de sair do Ship's Cabin, sem ninguém perceber.

— É a mesma história que ele me contou — disse Jennings.
— Por que não o trazemos aqui para fazer umas perguntinhas?

— Porque não temos nenhuma prova contra ele. Você perguntou quem poderia ser se não fosse o rabino, então incluí o Stanley na lista dos suspeitos. Vou lhe dar mais um nome. Que tal Joe Serafino? Podia estar tendo um caso com a garota dentro da própria casa. A senhora Serafino é quem faz as compras e cuida da casa. A garota era apenas babá. Muito bem, isso quer dizer que provavelmente muitas vezes a patroa saía de casa e Joe poderia ficar a sós com a garota. Se a esposa voltasse para casa de surpresa, havia sempre o trinco na porta do quarto da garota. A senhora Serafino não poderia entrar pela cozinha e Joe poderia sair sem fazer barulho pela porta dos fundos. Isso explicaria por que ela não tinha um namorado. É que não precisaria, se já o tinha na própria casa onde morava. E outra coisa: isso explicaria também por que estava vestida daquele modo quando foi encontrada. Ela deve ter voltado para casa, pois tirou o vestido, que foi encontrado pendurado no armário. Suponha que Joe foi ao seu quarto logo depois disso e a convenceu a dar um pequeno passeio. Como estava chovendo e de qualquer modo ela teria de usar uma capa, então nem se preocupou em colocar o vestido novamente. Além disso, se fossem tão íntimos, ele já a teria visto usando muito menos roupa. A senhora Serafino estaria dormindo e não perceberia nada.

— Isso sim pode ter acontecido, Hugh — declarou Eban com entusiasmo. — Poderiam ter ido dar uma volta até o templo quando a chuva engrossou. Seria natural eles se abrigarem no carro do rabino.

— E tem mais: tanto Stanley como Celia, que era amiga íntima de Elspeth, insinuaram que havia alguma ligação entre Serafino e a garota. E tenho a impressão de que a senhora Serafino estava com um pouco de medo de que talvez o marido pudesse estar envolvido no caso. Pena que eu não tenha tido a chance de falar com ele logo cedo de manhã.

— Mas eu falei. Nós o tiramos da cama para identificar o corpo. Estava nervoso, mas não mais do que seria de esperar nessas circunstâncias.

— Que carro ele tem?

— Um Buick conversível.

— Não vi o carro.

— Acho que podemos fazer umas perguntinhas a *ele* — disse Jennings.

Lanigan riu.

— E você vai descobrir que ele estava naquela boate dele desde mais ou menos as oito de quinta à noite até as duas da manhã de sexta. E provavelmente bem à vista de seis ou sete empregados e dezenas de clientes todo esse tempo. O que estou querendo dizer, Eban, é que, se você quer analisar quem pode ter feito isso, o número de suspeitos é ilimitado. E ainda tem mais um: Celia. Parece que ela é a única amiga que Elspeth tinha. Celia é uma moça grande, forte e robusta.

— Você está esquecendo que a garota estava grávida. Celia não podia ter feito isso, por mais forte, grande e robusta que fosse.

— Não foi isso que disse. Você está supondo que a pessoa responsável por sua gravidez é a mesma que a matou. Isso não é necessariamente correto. Suponha que Celia estivesse apaixonada por alguém e que Elspeth começasse a saçaricar com ele. Suponha que esse rapaz fosse o responsável pela gravidez da moça e que Celia descobrisse tudo. Ela me contou que Elspeth disse alguma coisa sobre ir procurar um médico para fazer um exame. Bom, suponha que ela desconfiasse do problema ou até que Elspeth contasse o segredo a ela. Isso seria normal, já que não tinha parentes por aqui. Talvez quisesse desabafar com uma mulher mais velha, e só poderia ser Celia. Ela talvez até contasse quem era o responsável, ignorando que Celia sentisse alguma coisa em relação ao mesmo homem.

— Mas Elspeth não conhecia homem nenhum.
— Isso é o que a Celia diz. A senhora Serafino acha que ela não conhecia homem nenhum, mas mencionou algumas cartas que Elspeth recebia regularmente, com carimbo do Canadá. Também quero chamar a sua atenção para o fato de Celia ter saído ontem à noite e provavelmente ter voltado tarde. A senhora Hoskins estaria dormindo e não saberia a que horas Celia voltou. Digamos que Celia notasse uma luz acesa no quarto de Elspeth. Sabia que a moça tinha ido ao médico, então resolveu dar um pulinho até lá para descobrir o que ele tinha dito. Elspeth tinha acabado de confirmar suas suspeitas e queria conversar sobre o assunto com alguém. Celia convenceu a moça a vestir só uma capa, o seu traje faz sentido se ela estava com uma amiga, e saíram para passear. Estava chovendo forte quando chegaram ao templo, então resolveram entrar no carro do rabino. Foi aí e que Elspeth contou a Celia quem era o homem e Celia, enfurecida, a estrangulou.
— Mais algum suspeito?
Hugh sorriu.
— Já é o suficiente para começar.
— Continuo apostando no rabino — disse Eban.

Imediatamente após Lanigan ter saído, o rabino foi para o templo. Fez isso porque julgou adequado, não porque achasse que uma presença poderia ajudar em alguma coisa. Infelizmente não havia nada que pudesse fazer pela pobre moça. E, quando se tratava de questões policiais, ele era um incompetente. Pensando bem, o que é que poderia fazer no templo que não podia fazer em casa? Mas, já que o templo fora envolvido, ele achava que devia estar lá.

Da janela do seu escritório, ficou observando a polícia, que continuava a tirar medidas, fotografar e revistar. Um grupo de curiosos, composto de algumas mulheres mas na maioria de homens, seguia os policiais pelo estacionamento, aproximando-se deles toda vez que falavam. O rabino ficou intrigado com o número de pessoas que estavam desocupadas àquela hora, mas então notou que a multidão estava em constante mudança. Um homem parou o carro e perguntou o que havia acontecido. Alguém lhe contou o sucedido e ele se juntou ao grupo durante um certo tempo e depois foi embora. A multidão nunca variava muito em tamanho.

Na verdade, havia pouco o que ver, mas o rabino não conseguia se afastar da janela. As persianas estavam abaixadas e as lâminas estavam ajustadas de modo a permitir que ele visse o exterior sem ser observado do estacionamento. Um oficial em uniforme estava montando guarda ao seu carro e, a todos os que se aproximavam demais, dizia que fossem andando. Em seguida, apareceram repórteres e fotógrafos. O rabino ficou imaginando quanto tempo levariam para descobrir que estava em seu escritório e subir para fazer uma entrevista. Não tinha a mínima idéia do que lhes dizer ou se devia mesmo falar com eles. Talvez o melhor fosse encaminhá-los ao sr. Wasserman, que, por sua vez, provavelmente os encaminharia ao advogado que tratava dos assuntos legais do templo. Mas aí será que sua recusa em discutir o caso não seria considerada suspeita?

Quando bateram à porta, era a polícia e não os repórteres. Um homem alto, com olhos lacrimejantes, apresentou-se como tenente Jennings.

— Stanley me disse que o senhor estava aqui — disse.

O rabino fez um gesto para que se sentasse.

— Gostaria de levar o seu carro para uma garagem da polícia. Queremos fazer um vistoria geral e é mais fácil fazer isso lá.

— Claro, tenente.

— O senhor tem um advogado que o represente, rabino?

O rabino fez que não com a cabeça.

— E deveria ter?

— Bom, talvez eu não devesse estar lhe dizendo isso, mas gostamos de fazer as coisas de um jeito amigável. Talvez, se o senhor tivesse uma advogado, ele poderia lhe dizer que o senhor não é obrigado a concordar se não desejar. É claro que, se o senhor não concordasse, seria muito fácil arrumar uma ordem judicial...

— Não há problema algum, tenente. Se o senhor acha que levar o meu carro até a garagem do centro pode ajudar a resolver esse caso chocante, vá em frente.

— Se o senhor tiver as chaves à mão...

— Claro. — O rabino tirou-as do chaveiro que ainda estava sobre a mesa. — Esta é a chave do motor e do porta-luvas, e esta é a do porta-malas.

— Vou lhe dar um recibo do carro.

— Não é preciso.

Da janela, o rabino observou o tenente entrar no carro e afastar-se, e ficou contente em ver que boa parte da multidão também tinha ido embora.

Várias vezes, no decorrer do dia, o rabino tentou telefonar para a esposa, mas a linha sempre estava ocupada. Telefonou para o escritório do sr. Wasserman, mas lá disseram que ele havia saído e que provavelmente não voltaria.

Abriu um dos livros sobre a mesa a fim de folheá-la. Pouco depois, fez uma notação numa ficha. Verificou o trecho de um outro livro e fez outra anotação. Em pouco tempo, estava completamente absorto em sua pesquisa.

O telefone tocou. Era Miriam.

— Tentei ligar três ou quatro vezes, mas estava ocupado — disse ele.

— Tirei o fone do gancho — ela explicou. — Os telefonemas começaram logo depois que você saiu, todo mundo perguntando se já sabíamos da notícia e se dispondo a ajudar em alguma coisa. Uma das pessoas até chegou a me dizer que você tinha sido preso. Foi aí que tirei o fone do gancho, mas depois o aparelho começou a fazer um chiado esquisito e fiquei pensando se não seria uma chamada importante. Ninguém ligou para você?

— Nem uma vez. — Deu uma risadinha. — Acho que ninguém quer admitir que conhece o Inimigo Público Número Um de Barnard's Crossing.

— Por favor, pare com isso! Não é hora de brincadeiras. — Ela fez uma pausa. — O que é que vamos fazer, David?

— Fazer? Ora, o que é que podemos fazer?

— Estava pensando, com tudo o que está acontecendo... Bom, a senhora Wasserman ligou e nos convidou para passar uns dias na casa deles...

— Mas isso é bobagem, Miriam. Hoje é dia de Shabat e quero celebrá-lo na minha própria casa e na minha própria mesa. Não se preocupe, vai dar tudo certo. Vou chegar na hora do jantar, e depois iremos ao culto como sempre.

— E o que é que você está fazendo agora?

— Estou preparando o trabalho sobre Maimônides.

— E você precisa fazer isso agora?

Ele ficou surpreso com a rispidez de sua voz.

— E o que mais posso fazer? — perguntou com simplicidade.

13

Havia quatro ou cinco vezes mais gente no culto da noite que o normal, para constrangimento das senhoras do Grupo de Voluntárias, que haviam preparado chá com bolo para um lanche no vestíbulo, logo em seguida.

Considerando o motivo do inesperado comparecimento em massa, o rabino não estava nada satisfeito. Sentou-se na plataforma ao lado da Arca Santa e tomou a firme decisão de não fazer referência alguma à tragédia. Fingindo estudar o livro de orações, lançava olhares taciturnos, com a cabeça baixa, a cada um dos membros que nunca antes participara do culto de sexta-feira à noite, sorrindo apenas quando entrava um dos poucos assíduos, como para demonstrar que sabia que ele tinha vindo para rezar, e não por simples curiosidade.

Sendo Myra a presidente do Grupo de Voluntárias, os Schwarz pertenciam ao grupo dos assíduos, mas geralmente se sentavam bem no fundo, na sexta ou sétima fileira. Nessa noite, porém, embora Ben estivesse em seu lugar de sempre, Myra havia passado para a segunda fila, onde se encontrava a esposa do rabino. Sentou-se ao seu lado e, inclinando-se, deu-lhe um tapinha na mão e murmurou algo em seu ouvido. Miriam retesou-se — depois conseguiu esboçar um sorriso.

O rabino percebeu o pequeno episódio e ficou comovido com tanta consideração por parte da presidente do Grupo de Voluntárias, principalmente por ser inesperada. Mas, pensando melhor, começou a perceber com clareza o significado daquele gesto. Aquele era um gesto tranqüilizador, a consideração que se oferece à esposa de alguém que está sob suspeita. Isso lhe forneceu uma outra explicação para tamanha audiência. Embora alguns pudessem ter vindo na esperança de ouvi-lo falar sobre o crime, outros queriam ver se ele revelaria algum sinal de culpa. Permanecer em silêncio e não mencionar o caso poderia transmitir uma impressão errada e dar a entender que ele estava com medo de falar.

Ele não mencionou o assunto durante o sermão, mas depois, quase no final do culto, disse:

— Antes que as pessoas de luto na congregação se levantem para rezar o Kadish, gostaria de lembrar-lhes o verdadeiro sentido dessa oração. — A congregação endireitou-se nos assentos e inclinou-se para a frente. Agora ele estava chegando ao ponto crucial. — Acredita-se — continuou o rabino — que recitar o Kadish é uma obrigação que a pessoa de luto deve ao ente querido que se foi. Se vocês lerem a oração, ou sua tradução na página ao lado, perceberão que ela não contém nenhuma referência à morte, nenhuma sugestão de apelo pela alma dos mortos. Em vez disso, é uma afirmação da crença em Deus, e em Seu poder e glória. Qual é, então, o significado desta prece? Por que é especialmente destinada àqueles que estão de luto? E por que é dita em voz alta, quando a maior parte de nossas orações é sussurrada? Talvez nossa própria maneira de exprimi-la ofereça uma chave para o seu significado. Não se trata de uma prece para os mortos, mas para os vivos. É uma declaração explícita, por parte de quem acabou de sofrer a perda de um ente querido, de que ainda tem fé em Deus. Contudo, nossos fiéis insistem em pensar no Kadish como uma obrigação que devem aos mortos e, como em nossa tradição o costume tem força de lei, eu vou recitar o Kadish, com as pessoas de luto, por alguém que não era membro desta congregação, nem mesmo de nossa fé, alguém sobre quem pouco sabemos, mas cuja vida, por meio de trágico acidente, acabou envolvendo esta congregação...

O rabino e a esposa pouco falaram enquanto caminhavam de volta para casa. Finalmente, ele quebrou o silêncio:

— Reparei que a senhora Schwarz se deu ao trabalho de ir prestar solidariedade a você.

— É uma alma caridosa, David, e sua intenção foi boa. — E, depois: — Oh, David, isto pode se tornar uma situação constrangedora.

— Também estou começando a achar — disse ele.

Quando estavam chegando em casa, ouviram o telefone tocar lá dentro.

14

O fervor religioso não durou até o culto da manhã de sábado; apenas os vinte ou vinte e poucos de sempre apareceram. Quando o rabino voltou para casa, encontrou Lanigan esperando por ele.

— Eu não queria perturbar o seu Shabat — desculpou-se —, mas nós também não queremos interromper nossas investigações. Nós, policiais, não temos folga.

— Não tem problema. Em nossa religião, as emergências sempre vêm antes do ritual.

— Quase terminamos a vistoria do seu carro. Vou pedir a um dos rapazes que o traga de volta amanhã. Ou então, se o senhor por acaso estiver no centro, pode ir buscá-lo pessoalmente.

— Ótimo.

— Gostaria de conferir com o senhor o que encontramos. — Retirou de sua pasta vários saquinhos plásticos, todos marcados com tinta preta. — Vejamos: o primeiro contém coisas encontradas embaixo do banco da frente.

Ele esvaziou o conteúdo sobre a escrivaninha. Consistia em alguns trocados, um recibo de conserto do carro feito havia alguns meses, uma embalagem de chocolate, um pequeno calendário com a equivalência das datas judaicas, e uma fivela de cabelos.

O rabino lançou um olhar distraído para as coisas.

— Essas coisas são nossas. Pelo menos, reconheço a fivela de minha esposa. Mas pode perguntar a ela, se quiser ter certeza.

— Já temos — disse Lanigan.

— Não posso jurar pela embalagem ou pelo dinheiro, mas eu comi aquele chocolate. É kasher. Esse calendário é do tipo que várias instituições e empresas distribuem na época do ano novo judaico. Devo receber dúzias deles todo ano. — Abriu a gaveta da escrivaninha. — Aqui tem outro.

— Muito bem — disse Lenigan, colocando de volta o conteúdo no saco plástico e esvaziando outro sobre a escrivaninha. — Este é o conteúdo do saco de lixo que fica embaixo do painel.

Havia vários lenços de papel amassados, sujos de batom, um palito de sorvete com cobertura de chocolate e um maço de cigarros vazio, também amassado.

— Parece que está tudo certo — disse o rabino.

— Este aqui parece o batom de sua esposa?

O rabino sorriu.

— Por que não pergunta a ela?

— Já perguntamos — disse Lenigan —, é dela mesmo.

Em seguida, ele apresentou o conteúdo do outro saquinho, que era do porta-luvas. Havia uma caixa de lenços de papel amassada, um batom, vários mapas, um livro de orações, um lápis, uma caneta esferográfica de plástico, meia dúzia de fichas para anotações, uma lanterna de duas pilhas e um maço de cigarros amarrotado.

— Parece que está tudo certo — disse o rabino. — Acho que tenho certeza até quanto ao batom, pois me lembro que, quando minha mulher o comprou, comentei que valeria o resgate de um rei se todas essas pedrinhas fossem verdadeiras. Acho que custou um dólar ou um dólar e meio, mas veja como é incrustado de pedras brilhantes.

— São vendidos aos montes, portanto o senhor não tem como saber se este em particular é o de sua esposa.

— Não, mas de fato seria uma grande coincidência se não fosse dela.

— Coincidências acontecem, rabino. A garota assassinada usava o mesmo batom. E ainda assim não seria uma coincidência tão grande, pois creio que é um artigo muito popular e uma cor bastante procurada pelas loiras.

— Então ela era loira?

— Era loira, sim. A lanterna não apresenta impressões digitais, rabino.

O rabino pensou por um momento.

— A última vez que me lembro de tê-la usado foi quando examinei o carro numa noite de chuva. Enxuguei-a em seguida, é óbvio.

— Tudo o que resta agora é o conteúdo dos cinzeiros. O que fica atrás tinha um cigarro manchado de batom. Havia dez tocos no cinzeiro da frente, todos com a mesma marca e as mesmas manchas de batom. São de sua esposa, presumo. O senhor não fuma.

— Se fumasse, não creio que meu cigarro ficaria manchado de batom.

— Então isso é tudo. Vamos ficar com essas coisas por algum tempo.

— O tempo que quiser. Como vai indo a investigação?

— Bem, já sabemos muito mais do que ontem, quando nos vimos. O médico-legista não encontrou indícios de que ela tenha sido sexualmente atacada, mas fez uma descoberta interessante: a garota estava grávida.

— Será que era casada?

— Nem isso sabemos ao certo. Não encontramos nenhuma certidão de casamento entre as coisas que estavam no quarto dela, mas na bolsa, aquela que achamos em seu carro, havia uma aliança de casamento. A senhora Serafino pensava que ela era solteira, mas, se por acaso a garota tivesse se casado em segredo, nunca contaria aos patrões, porque isso poderia lhe custar o emprego.

— Então isso explicaria o fato de guardar o anel na bolsa, em vez de levá-lo no dedo — sugeriu o rabino. — Ela o usaria enquanto estivesse com o marido e depois o tiraria antes de voltar para casa.

— É uma possibilidade.

— O senhor tem alguma idéia de como a bolsa da garota foi parar no meu carro?

— Pode ter sido colocada lá de propósito pelo assassino para levantar suspeitas contra o senhor. Conhece alguém que quisesse fazer isso, rabino?

O rabino sacudiu a cabeça, negativamente.

— Há muitas pessoas na congregação que não simpatizam comigo, mas ninguém que me deteste tanto a ponto de querer me ver envolvido nesse tipo de coisa. E eu não conheço ninguém mais por aqui, a não ser os membros de minha congregação.

— Não parece muito provável, não é mesmo? Mas, se ninguém pôs a bolsa ali, isso só pode significar que a garota esteve dentro do seu carro em algum momento. Então por algum motivo, talvez o assassino tenha visto a luz em seu escritório, ela foi transferida para o lugar onde a encontramos.

— É possível.

Lanigan deu um sorriso forçado.

— Ainda há uma outra teoria, rabino, que somos obrigados a considerar porque se encaixa nos fatos que conhecemos.

— Acho que eu sei do que se trata. É que, quando Stanley veio dizer que meus livros tinham chegado, eu usei isso como desculpa para sair de casa a fim de me encontrar com essa garota. Vínhamos tendo um caso e nosso ponto de encontro era o meu escritório. Esperei por ela até me cansar ou então percebi que ela não iria aparecer, mas ela chegou no exato momento em que a porta do escritório se fechou atrás de mim. Então nos sentamos em meu carro e lá ela disse que estava grávida e que esperava que eu me divorciasse de minha esposa e me casasse com ela para dar um nome ao seu filho. Por isso, eu a estrangulei e carreguei seu corpo até o gramado do outro lado do muro. Então, com a maior frieza, voltei a pé para casa.

— Pode parecer tolice, rabino, mas é perfeitamente possível, considerando-se a hora e o local. Se me pedissem para fazer uma aposta, eu arriscaria na razão de um para um milhão. Mas, se o senhor me dissesse que está planejando fazer uma longa viagem, eu o aconselharia a não fazê-la.

— Compreendo — disse o rabino.

Lanigan abriu a porta para sair, mas se deteve.

— Ah, mais uma coisa, rabino. O vigia Norman não se lembra de ter encontrado o senhor ou qualquer outra pessoa naquela noite.

Ele não pôde deixar de sorrir com a expressão de espanto que surgiu no rosto do rabino.

15

A fotografia de Elspeth Bleech apareceu nos jornais de sábado e, às seis daquela mesma tarde, Hugh Lanigan começou a colher resultados. Mas não ficou muito surpreso com as informações recebidas. A garota saíra da casa dos Serafino no início da tarde e passara o dia todo fora. Com certeza, muitas pessoas a tinham visto. Algumas poderiam ligar imediatamente, mas outras iriam pensar duas vezes antes de se envolver com a polícia.

A primeira chamada foi de um médico em Lynn que acreditava ter examinado a jovem em questão quinta-feira à tarde, sob o nome de sra. Elizabeth Brown. Dera-lhe um endereço e um número de telefone. A rua era a dos Serafino, mas o número da casa estava invertido. O telefone era dos Hoskins.

O médico declarou que a examinara, que ela gozava de excelente saúde e que estava nos primeiros meses de gravidez. Se parecia preocupada ou nervosa? Não mais do que muitas outras pacientes nas mesmas circunstâncias. Muitas ficavam encantadas quando descobriam estar grávidas, mas também havia várias que achavam a notícia inquietante, mesmo que fossem legalmente casadas. Se mencionou seus planos para o resto do dia? Com certeza, não. Talvez tivesse falado com sua secretária, mas esta já tinha ido embora para casa. Se a polícia achava que era importante, ele poderia entrar em contato com ela e perguntar. Era importante, sim, e ele disse que ligaria.

Quase em seguida houve outro chamado, dessa vez da secretária, que vira a fotografia da moça no jornal e tinha certeza de que ela estivera no consultório quinta-feira à tarde. Não, ela não tinha notado nada de extraordinário. Não, a garota não tinha mencionado quais eram seus planos para a tarde ou a noite. Ah, sim, um pouco antes de sair, ela perguntou onde podia dar um telefonema. A secretária ofereceu-lhe o telefone do consultório, mas ela preferiu a privacidade de uma cabine telefônica.

Então seguiu-se uma enxurrada de telefonemas de pessoas que estavam certas de tê-la visto em lojas em Lynn, onde de fato poderia ter estado, ou em cidades próximas, onde era menos provável. Um frentista de posto de gasolina ligou para dizer que ela estava na garupa de uma motocicleta que havia parado para pedir informações. Houve até mesmo uma chamada de um sujeito que trabalhava num parque de diversões em New Hampshire que jurou que ela havia estado lá por volta de três horas para pedir emprego em uma das filiais.

Lanigan permaneceu em seu escritório até as sete e depois foi para casa jantar, deixando ordens expressas para que qualquer telefonema relativo a Elspeth Bleech fosse transferido para sua casa. Felizmente, não houve nenhum, e ele pôde jantar em paz. Porém, mal acabara de comer, a campainha tocou; ele abriu a porta para a sra. Agnes Gresham, que era proprietária e gerente do restaurante Surfside.

A sra. Gresham era uma vistosa mulher de sessenta anos com cabelos brancos muito bem penteados. Apresentava-se com a dignidade apropriada a uma das principais mulheres de negócios da cidade.

— Liguei para a delegacia e lá me disseram que você estava em casa, Hugh. — Seu tom de voz continha um leve toque de reprovação.

— Pode entrar, Aggie. Aceita uma xícara de café?

— Eu vim a negócios — disse ela.

— Não há nenhuma lei que nos proíba de estar à vontade enquanto falamos de negócios. Posso preparar-lhe um drinque?

— Dessa vez, ela recusou com mais delicadeza e sentou-se na

cadeira que ele lhe oferecia. — Muito bem, Aggie, meus negócios ou seus negócios?

— Seus negócios, Hugh Lanigan. Aquela garota cuja foto apareceu no jornal... ela esteve jantando no meu restaurante quinta-feira à noite.

— A que horas, mais ou menos?

— Desde antes das sete e meia, quando assumi a caixa registradora para Mary Trumbull poder ir jantar, até por volta das oito.

— Tem certeza disso, Aggie?

— Certeza absoluta. Ela me chamou particularmente a atenção.

— Por quê?

— Por causa do homem que estava com ela.

— Mesmo? Você poderia descrevê-lo?

— Devia ter uns quarenta anos, era moreno e bonitão. Quando terminaram de jantar, saíram do restaurante e entraram num grande Lincoln azul que estava estacionado diante da porta.

— O que foi que atraiu sua atenção nele? Estavam brigando ou discutindo?

Ela sacudiu a cabeça, impacientemente.

— Fiquei observando-os porque já o conhecia.

— Quem era?

— Eu não sei como se chama, mas sei onde trabalha. Comprei o meu carro na agência Becker, concessionária da Ford, e foi lá que o vi uma vez, atrás de uma escrivaninha, quando fui tratar de negócios.

— Você foi muito útil, Aggie, e eu lhe agradeço por isso.

— Eu cumpro com o meu dever.

— Tenho certeza que sim.

Assim que ela saiu, ele ligou para a casa dos Becker.

— O senhor Becker não está. Aqui é a esposa dele. Posso ajudá-lo em alguma coisa?

— Talvez possa, senhora Becker. — Lanigan identificou-se. — Poderia me dizer o nome da pessoa que trabalha para seu marido e que tem um Lincoln azul?

— Bem, meu marido tem um Lincoln preto.
— Não, este é azul.
— Ah, o senhor deve estar de referindo ao sócio de meu marido, Melvin Bronstein. Ele tem um Lincoln azul. Há algo errado?
— Não, madame, não há nada errado.

Depois, ele ligou para o tenente Jennings.

— Teve sorte com os Serafino?
— Não muita, mas descobri uma coisa. Os Simpson, que moram em frente, viram um carro estacionado diante da casa dos Serafino bem tarde, na quinta-feira, por volta da meia-noite ou mais.
— Um Lincoln azul?
— Como é que você sabe?
— Não importa, Eban. Vá me encontrar imediatamente na delegacia. Temos um trabalho a fazer.

Eban Jennings já estava lá quando ele chegou. Hugh colocou-o a par do que Aggie Gresham havia dito.

— Escute, Eban, eu quero uma foto desse Melvin Bronstein. Dê um pulo até a redação do *Lynn Examiner*.
— Por que você tem tanta certeza de que eles têm uma foto dele lá?
— Porque esse Bronstein mora em Grove Point e tem uma agência de automóveis. Isso o torna importante, e todo mundo que é importante acaba sendo convidado para fazer parte de algum tipo de comitê ou dirigir alguma organização, e a primeira coisa que eles fazem é mandar tirar uma foto e imprimi-la no *Examiner*. Pesquise tudo o que eles tiverem a seu respeito, pegue uma foto bem nítida, que mostre claramente suas feições, e mande fazer uma meia dúzia de cópias.
— Vamos enviá-las aos jornais?
— Não. Assim que receber as cópias, você e talvez Smith e Henderson, vou dar uma olhada na lista de plantão e requisitar uns dois ou três homens, vocês vão percorrer as estradas 14, 69 e 119. Parem em todos os motéis e mostrem a foto de Bronstein, vejam se ele esteve lá alguma vez nos últimos meses. Não

adianta conferir os registros porque é mais provável que ele não tenha assinado seu verdadeiro nome.

— Não entendi.

— O que é que você não entendeu? Se você quisesse transar com uma garota, onde é que a levaria?

— Lá atrás do celeiro do Chisholm.

— Que nada, você pegaria uma estrada e pararia num motel. Aquela garota estava grávida. Pode ter acontecido no banco de trás de um carro, mas também em algum motel não muito longe daqui.

16

O domingo amanheceu claro e ensolarado; o céu não tinha nuvens e uma suave brisa vinha do mar. Era um tempo perfeito para jogar golfe e, quando os membros do conselho administrativo do templo foram aos poucos se dirigindo à sala de reuniões, suas roupas indicavam que muitos deles iriam direto para o clube assim que a reunião terminasse.

Jacob Wasserman observava-os entrar em grupos de dois e três, certo da derrota. Soube disso pelo número de pessoas que afinal aparecera, quase a totalidade de quarenta e cinco. Soube disso pelo modo afável como cumprimentaram Al Becker e pelo modo como o evitaram os poucos que lhe disseram ainda estar indecisos. Soube disso ao perceber subitamente que a grande maioria era toda composta de pessoas do mesmo tipo: executivos e profissionais bem-sucedidos, de aparência próspera, que freqüentavam o templo basicamente por obrigação social, que estavam acostumados a ter e a esperar sempre o melhor, que certamente adotariam a mesma atitude tanto em relação a um rabino desleixado e antiquado como em relação a um executivo júnior ineficiente, no escritório. Ele percebeu tudo isso na impaciência mal disfarçada deles para enfrentar logo a questão desagradável a ser discutida e ir se divertir. Sentiu-se culpado por ter permitido que tantos homens assim fossem nomeados para o conselho. Ele atendera na época às necessidades da comissão de construção, que recomendara cada candidato com base em sua situação financeira. "Se o colocarmos no conselho, há uma grande chance de que desembolse uma polpuda contribuição."

Ele deu início à reunião e procedeu à leitura das atas e relatórios das comissões. Ouviu-se um nítido suspiro quando Wasserman completou os assuntos pendentes e começou a explicar as questões envolvidas no contrato do rabino.

— Antes de pôr o assunto em discussão, eu gostaria de observar que o rabino Small está disposto a permanecer aqui, embora eu creia que ele provavelmente se beneficiaria mais indo para algum outro lugar. Pude ter um contato mais íntimo com o rabino do que qualquer outra pessoa da congregação. Isso é muito natural, levando-se em conta minhas atribuições como presidente da comissão de culto. Gostaria de dizer agora que estou satisfeitíssimo com o modo como ele tem desempenhado suas tarefas. Muitos de vocês só vêem o rabino em sua função pública, quando está conduzindo o culto nos feriados ou quando está participando de uma reunião. Mas há muito trabalho de natureza particular que faz parte do seu serviço. Vejam os casamentos, por exemplo. Um dos casamentos este ano envolvia uma moça que não era judia. — Houve longas discussões com as famílias de ambos os lados e, quando a garota decidiu aceitar o judaísmo, o rabino ministrou-lhe um curso de religião. Ele se encontra com cada um dos meninos do Bar Mitzvá individualmente. Como presidente da comissão de culto, posso dizer-lhes que avaliamos juntos todos os serviços religiosos. Ele mantém um contato constante com o diretor da escola hebraica. E, além disso, há dúzias, dúzias não, centenas de telefonemas de pessoas de fora, tanto judias como cristãs, de indivíduos e de organizações que muitas vezes nada têm a ver com o templo, fazendo perguntas, pedidos, planos, que precisam ser avaliados e discutidos. Eu poderia continuar falando a manhã toda, mas nesse caso vocês nunca poderiam ir ao campo de golfe. — Houve uma risada de agradecimento. — Para a maior parte de vocês — continuou ele com seriedade — estes e inúmeros outros aspectos do trabalho do rabino são desconhecidos. Mas eu os conheço. E gostaria de dizer que ele tem realizado seu trabalho ainda melhor do que eu esperava logo que o contratei.

Al Becker levantou a mão e deram-lhe a palavra.

— Não sei bem se gosto da idéia de que o rabino que empregamos e cujo salário pagamos está se envolvendo em assuntos que não têm relação com este templo. Mas talvez nosso bom presidente esteja sendo um pouco tolerante demais. — Ele se inclinou para a frente e, apoiando-se na mesa com os punhos cerrados, olhou para cada um dos membros e continuou em voz alta: — Vejam bem: ninguém aqui tem mais respeito que eu pelo nosso presidente, Jacob Wasserman. Eu o respeito como homem e respeito o trabalho que vem fazendo pelo templo. Respeito sua integridade e sua capacidade de julgamento. Normalmente, se ele me dissesse: esse sujeito é um bom homem, eu apostaria que é mesmo. E, quando ele diz que o rabino é um bom homem, estou certo de que é. — Seu queixo projetou-se agressivamente para a frente. — Mas eu digo que ele não é um bom homem para este emprego específico. Ele pode ser um excelente rabino, mas não para esta congregação. Compreendo que é um grande erudito, mas não é isso que estamos precisando no momento. Somos parte de uma comunidade. Aos olhos de nossos vizinhos e amigos não judeus, somos apenas uma das várias organizações religiosas na comunidade. Precisamos de alguém que nos represente adequadamente junto aos nossos vizinhos e amigos cristãos. Precisamos de alguém que cause boa impressão em público e possa desempenhar a função de relações públicas que sua posição exige. O diretor do colégio confiou-me que, no próximo ano, pretende conferir a honra de fazer o discurso de formatura ao líder espiritual do nosso templo. Francamente, amigos, a visão de nosso atual rabino no palco com calças folgadas e paletó amassado, cabelo despenteado, gravata torta, falando do seu jeito de sempre, com historinhas do Talmude e sua costumeira lógica minuciosa... bem, francamente, isso me deixaria constrangido.

Abe Reich obteve a palavra.

— Eu só quero dizer o seguinte: sei exatamente o que o senhor Wasserman quer dizer quando fala que o rabino está envolvido em muitas outras atividades que a maior parte de nós não entende. Eu próprio tive o privilégio de conhecer essa faceta dele e posso dizer que foi uma questão importante para mim, que admiro muito o rabino desde então. Talvez ele não seja nenhum orador brilhante, mas, quando nos fala do púlpito, fala com sabedoria e suas palavras me atingem. Eu prefiro isso a alguém que faça uma boa figura e diga meia dúzia de banalidades. Quando ele fala, sinto que é sincero, e não se pode dizer o mesmo de vários rabinos famosos que conheço.

O dr. Pearlstein levantou-se para apoiar o amigo, Al Becker.

— Várias vezes por semana, quando indico um remédio aos meus pacientes, eles me perguntam se podem usar o mesmo remédio que lhes receitei o ano passado, ou que algum conhecido com os mesmos sintomas tomou. Tenho de explicar-lhes que um médico preocupado com a ética só receita para uma determinada pessoa com um determinado problema...

— Nada como uma boa propaganda, hein, doutor? — gritou alguém, e o médico riu com eles.

— O que eu quero dizer é que as coisas são exatamente como Al Becker expôs. Ninguém está afirmando que o rabino é incompetente ou insincero. A questão é a seguinte: será que ele é o rabino de que esta congregação está precisando agora? Será que ele é aquilo que o médico receitou para este paciente específico com este problema específico?

— É, mas talvez haja mais de um médico.

Vários membros gritavam ao mesmo tempo, e Wasserman teve de bater na mesa para pedir ordem.

Um dos que nunca haviam participado de uma reunião do conselho levantou a mão e assumiu a palavra.

— Escutem, amigos — disse ele —, por que estamos discutindo isso? Quando se fala sobre uma idéia ou algum projeto, então tudo bem, quanto mais se fala, mais claras ficam as coisas. Mas, quando se fala de uma pessoa, não se chega a lugar nenhum. Tudo o que se consegue é um grande mal-estar. Ora, todos nós

conhecemos o rabino e sabemos se o queremos aqui ou não. O que sugiro é não discutirmos mais a questão e votarmos logo.
— Isso mesmo!
— Vamos colocar em votação.
— Vamos votar.
— Só um minuto. — Era um rugido que todos identificaram como sendo de Abe Casson, cuja voz desenvolvera a rouquidão e o volume em milhares de comícios políticos. — Antes que vocês façam a votação, eu gostaria de dizer umas palavrinhas sobre a situação em geral. — Ele saiu de seu lugar e foi até a frente da sala para poder encará-los. — Não vou discutir se o rabino está ou não fazendo um bom trabalho. Mas vou dizer algumas palavras a respeito de relações públicas, que meu bom amigo Al Becker mencionou. Como todos vocês sabem, quando um padre católico é enviado pelo bispo para trabalhar numa paróquia, ele fica lá até que o bispo lhe atribua uma outra. E, se algum membro da paróquia não gostar dele, está livre... para mudar de paróquia. É diferente nas várias igrejas protestantes. Os meios de contratar e despedir um pastor são diferentes, mas em geral só o despedem se ele fez alguma coisa grave, e tem de ser mesmo algo muito grave. — Ele baixou a voz para o tom de conversa. — Já está fazendo quase dez anos que eu sou o presidente do comitê do Partido Republicano da região, e posso dizer que conheço o modo de pensar de nossos amigos e vizinhos não-judeus. Eles não entendem nosso método de contratação ou exoneração de um rabino. Não compreendem que, vinte minutos após um rabino chegar à cidade, já exista um partido anti-rabino. Não conseguem entender como alguns membros da congregação podem passar para o lado anti-rabino só porque não gostam do tipo de chapéu que a mulher dele usa. Isso é rotina entre nós. Estando engajado na política a vida toda, conheço os vaivéns de todos os templos e sinagogas de Lynn e Salem e também de quase todos os que ficam em Boston. Quando um rabino assume um novo posto, há um grupo já formado pelos amigos do rabino anterior que se opõe automatica-

mente a ele. É assim que acontece com os judeus. Mas, como já disse, os cristãos não compreendem isso. Portanto, quando despedimos o rabino, a primeira coisa que pensam é que houve algum motivo sério. Agora, qual é o motivo que vai ocorrer a eles? Pensem um pouco nisso. Apenas alguns dias atrás, uma jovem foi encontrada morta em nosso jardim. Como vocês sabem, nessa mesma hora, o nosso rabino estava sozinho no templo, em seu escritório. Seu carro estava no estacionamento e a bolsa da garota foi encontrada dentro dele. Ora, vocês sabem, eu sei, e a polícia também sabe que o rabino não poderia ter feito isso...

— Por que é que o rabino não poderia ter feito isso? — perguntou um dos membros.

Houve um silêncio mortal diante da expressão clara daquilo que, de certo modo, estivera presente no pensamento de muitos dentre eles.

Mas Casson reagiu à altura.

— Quem disse isso deveria ter vergonha de si mesmo. Eu conheço os homens que estão nesta sala e tenho certeza de que ninguém aqui realmente pensa que o rabino poderia ter feito uma coisa tão horrível. Como organizador da campanha do atual promotor público, posso dizer-lhes que tenho uma idéia do que ele pensa e do que a polícia pensa. Nem sequer passa pela cabeça deles que o rabino tenha feito tal coisa. Mas — e apontou o dedo indicador para dar ênfase ao que dizia — isso tem de ser levado em conta. Se não fosse um rabino, ele seria o suspeito número um. — Ele levantou a mão e começou a contar nos dedos os argumentos, à medida que ia apresentando um por um. — A bolsa da jovem foi encontrada em seu carro. Ele estava lá na hora do crime. É o único que temos certeza de ter estado lá. Temos apenas a sua palavra de que esteve no escritório o tempo todo. Não há nenhum outro suspeito. — Olhou em volta de modo a causar impressão. — E agora, dois dias depois do acontecido, vocês querem despedi-lo. E como é que ficam as relações públicas, Al? O que é que seus amigos cristãos vão pensar quando descobrirem que, dois dias após o rabino tornar-se suspeito de um caso de assassinato, sua congregação o despediu? O que você vai dizer a eles, Al? "Oh, não foi por isso que o despedimos. Foi porque suas calças viviam amassadas."

Al Becker levantou-se. Já não estava tão seguro de si.

— Vejam, eu não tenho nada pessoal contra o rabino. Quero que isso fique bem claro. Só estou pensando no que é melhor para o templo. Mas, se eu achasse que tudo o que nosso amigo Abe Casson acabou de nos dizer poderia prejudicar o rabino, que o fato de o despedirmos poderia fazê-lo envolver-se nesse assassinato, isto é, mais do que já está envolvido, eu diria não. Mas vocês sabem, e eu também sei, que a polícia não pode relacioná-lo de verdade com esse crime. Sabem que eles não vão jogar a culpa nele só porque o mandamos embora. E, se não o mandarmos embora, então vamos ter de agüentá-lo durante todo o ano que vem.

— Só um minuto, Al. — Era Casson de novo. — Acho que você não entendeu bem. Não estou preocupado com a reação ao rabino. Estou preocupado com a reação ao templo, à congregação. Algumas pessoas vão dizer que o mandamos embora porque suspeitamos que ele é o culpado. E vão dizer que devemos ter um belo bando de homens no rabinato se um deles é capaz de tornar-se suspeito de assassinato com tanta facilidade. E há outros que vão achar um absurdo suspeitar do rabino. E vão pensar que nós, judeus, não confiamos uns nos outros e que estamos querendo despedir nosso líder espiritual apenas com base em suspeitas. Neste país, em que um homem é considerado inocente até prova em contrário, isso não vai soar muito bem. Você percebe, Al? É conosco que estou preocupado.

— Bem, eu não vou votar a favor da renovação do contrato do rabino — disse Becker, e sentou-se de novo com os braços cruzados para mostrar que não queria mais tomar parte no processo.

— Mas por que é que estamos brigando? — Era outro membro que Becker convencera a ir votar contra o rabino. — Eu entendo o ponto de vista de Abe Casson e entendo o ponto de vista de Al Becker. Mas não consigo entender por que temos de decidir isso hoje. Vai haver outra reunião na semana que vem. A polícia trabalha depressa, hoje em dia. Até a próxima reunião, a coisa toda já pode estar resolvida. Eu acho que devemos deixar o caso de molho até lá. E, se o pior acontecer, ainda podemos ter outra reunião.

— Se o pior acontecer, você não vai ter de se preocupar com outra reunião — disse Abe Casson severamente.

17

Wasserman tinha tanta certeza de que o rabino seria derrotado, que não pôde evitar que o alívio transparecesse em seu rosto.

— Acredite, rabino — disse ele —, o futuro parece mais promissor. Quem sabe o que acontecerá na próxima semana ou mesmo na outra? Suponha que a polícia não consiga encontrar o culpado, então o senhor acha que vamos permitir outro adiamento? Não, eu vou fazer pé firme. Vou dizer-lhes que não é justo fazê-lo esperar desse jeito enquanto poderia estar procurando outro emprego. Com certeza, vão perceber que é justo. Mas, mesmo que a polícia encontre o assassino, pensa que Al Becker vai conseguir reunir o mesmo número de pessoas na próxima reunião? Acredite, eu conheço esse pessoal. Já tentei convocá-los para vir às reuniões. Ele pode ter conseguido essa façanha uma vez, mas não vai conseguir de novo. E, se estiverem presentes as pessoas de sempre, tenho certeza de que vamos ganhar.

O rabino estava preocupado.

— Sinto como se estivesse me impondo a eles. Talvez eu deva renunciar. Não é agradável subir ao púlpito à revelia. Não é nada dignificante.

— Rabino, rabino. Temos mais de trezentos membros. Se todos participassem da votação, o senhor obteria a maioria dos votos. Posso lhe garantir que a maior parte da congregação está do seu lado. Esses membros do conselho, eles não representam toda a congregação. Eles foram indicados. Eu os indiquei, ou pelo menos indiquei o comitê de eleição que preparou a chapa eleitoral, e o senhor sabe o que acontece: os membros endossam a chapa como um todo. Esses membros do conselho são pessoas que esperávamos que fizessem algo pelo templo ou são pessoas um pouco mais ricas que as outras. Mas elas só representam a si mesmas. Becker jogou a rede primeiro, por isso elas votaram como ele queria. Mas, se ele pedir que voltem a comparecer na próxima reunião, vai descobrir que todas já têm compromissos marcados.

O rabino deu uma risada.

— Sabe, senhor Wasserman, no seminário, um dos temas de discussão favoritos nos bate-papos dos alunos era aquilo que um rabino poderia fazer para garantir seu emprego. A melhor maneira é casar-se com uma moça muito rica. Nesse caso, a congregação sente que, para ele, não faz nenhuma diferença ficar ou ir embora. Isso lhe dá uma tremenda vantagem psicológica. No caso, se ela for mesmo muito rica, vai conseguir um bom status social na congregação, o que conta muito entre as esposas dos membros. Outra maneira é escrever e publicar um livro que venda muito. Então a congregação ganha prestígio por osmose. Seu rabino é um escritor famoso. Uma terceira possibilidade é ingressar na política local e fazer com que os cristãos falem bem dele. Se conseguir criar, na comunidade, a fama de ser um "rabino de fibra", é praticamente impossível ser despedido. Mas eu ainda conheço outra maneira: tornar-se suspeito num caso de assassinato. É um belo modo de um rabino garantir seu emprego.

No entanto, depois de acompanhar Wasserman até o carro, o rabino já não estava tão alegre. Foi com melancolia que ficou observando Miriam fazer as coisas de costume depois do almoço de domingo: arranjar a fruteira na mesinha da sala de estar, afofar as almofadas do sofá e das poltronas, dar uma rápida espanada nas mesinhas e nos abajures.

— Esperando visita? — perguntou ele.

— Ninguém em especial, mas sempre aparece alguém no domingo à tarde, principalmente quando o tempo está tão bom. Você não acha que deveria pôr o paletó?

— Francamente, no momento estou um tanto farto da minha congregação e das minhas obrigações pastorais. Já percebeu, Miriam, que estamos morando aqui em Barnard's Crossing há quase um ano e nunca saímos para conhecer a cidade? Vamos aproveitar o domingo. O que você acha de ir pôr um sapato mais confortável, tomarmos um ônibus para o centro da cidade e simplesmente darmos uma volta?

— Para fazer o quê?

— Nada, eu espero. Se você acha que precisa de uma desculpa, podemos parar na delegacia de polícia e pegar o carro. Mas eu gostaria de ficar só perambulando, como um turista, pelas ruazinhas estreitas e tortas da Cidade Velha. É um lugar fascinante e tem uma história e tanto. Você sabia que Barnard's Crossing foi originalmente ocupada por um bando de desordeiros, na maioria marinheiros e pescadores que não estavam querendo viver sob a repressão da teocracia puritana? Depois que Hugh Lanigan me contou isso, eu fiz umas pesquisas por minha conta. Eles não respeitavam muito o Shabat aqui e, muitos anos depois de se estabelecerem, ainda não tinham igreja nem pastor. E nós, que pensávamos que se tratava de uma comunidade séria, antiquada, ultraconservadora? Barnard's Crossing possui um tipo especial de independência que não se encontra nas cidades típicas da Nova Inglaterra. A maior parte das cidades aqui têm uma tradição de independência, mas isso significa apenas que elas tomaram parte na revolução. Aqui também há uma tradição de independência em relação ao resto da Nova Inglaterra. Barnard's Crossing fica longe de tudo, de modo que eles têm uma tendência para suspeitar de todo o resto do mundo. Por que não vamos dar uma olhada?

Eles desceram do ônibus nas imediações da Cidade Velha e puseram-se a passear, parando toda vez que viam alguma coisa interessante. Entraram na prefeitura e ficaram olhando as velhas bandeiras de guerra montadas dentro de vitrines ao longo das paredes. Leram as placas de bronze colocadas nos edifícios históricos. Em certo momento, misturaram-se a uma multidão de turistas que recebiam explicações do guia e puseram-se a acompanhá-los até que o grupo voltou para o ônibus. Então foram caminhando pela rua principal, olhando as vitrines dos antiquários, das lojas de presentes, a linda vitrine de uma loja de artigos náuticos com seus rolos de corda, peças de latão, compassos e âncoras. Encontraram um pequeno parque que dava para o porto, sentaram-se num dos bancos e ficaram olhando a água e os barcos, alguns velejando graciosamente e outros, a motor, cruzando a superfície como libélulas. Não diziam nada, apenas absorviam a cena tranqüila.

Finalmente, levantaram-se para procurar a garagem da polícia e reaver o carro, mas logo se perderam. Durante uma hora ou mais, ficaram perambulando por ruas sem saída com calçadas tão estreitas que não podiam andar lado a lado. Encontravam-se rodeados por casas de madeira quase coladas uma à outra, mas, olhando para dentro desses vãos estreitos, podiam ver, no fundo, antigos jardinzinhos com flores agrestes, malvas-rosas e girassóis, e pequenas pérgulas cobertas de trepadeiras. Ao voltar, acabaram indo parar em outra ruazinha particular, onde as poucas casas eram de tijolos pintados e tinham jardins rodeados por cercas de estacas brancas; adiante, podiam vislumbrar o mar com um barco sacudindo-se para cima e para baixo ao lado de uma plataforma instável que se balançava a qualquer movimento da água. De vez em quando, avistavam uma pessoa em traje de banho deitada na plataforma, tomando sol, e logo desviavam o olhar como se estivessem se intrometendo; inconscientemente baixavam as vozes.

O sol estava forte e eles começavam a ficar cansados. Não havia ninguém por perto que pudesse indicar-lhes o caminho de volta à rua principal. As varandas por onde passavam geralmente ficavam longe da rua e estavam isoladas pela inevitável cerca de estacas brancas. Empurrar o portão, percorrer toda a entrada de laje e bater na porta da varanda protegida com tela parecia uma invasão de privacidade. Toda a atmosfera dava a impressão de que preferiam manter os vizinhos à distância, não por descortesia, mas como se cada morador quisesse apenas cultivar seu próprio jardim. Então, de repente, encontraram-se numa rua que acompanhava o mar e, um quarteirão adiante, avistaram a rua principal com suas inúmeras lojas. Apertaram o passo para ter certeza de que não se perderiam de novo, mas, quando estavam para entrar na rua principal, foram cumprimentados por Hugh Lanigan, que descansava na varanda de sua casa.

— Subam e sentem-se um pouco — chamou ele.

Não foi preciso um segundo convite.

— Pensei que estivesse trabalhando — disse o rabino, com um sorriso irônico. — Ou será que o caso já foi resolvido?

Lanigan também sorriu.

— Só estou tomando fôlego, rabino... assim como o senhor. Mas a distância que me separa do trabalho é exatamente a mesma que me separa do telefone.

Era um terraço grande e confortável, com poltronas de vime. Assim que se sentaram, a sra. Lanigan, uma mulher esbelta, de cabelos grisalhos, vestindo um suéter e calças compridas, veio juntar-se a eles.

— O senhor pode tomar um drinque, não é, rabino? — perguntou Lanigan ansioso. — Quero dizer, não é contra os princípios de sua religião?

— Não, não somos partidários da lei seca. Presumo que esteja me oferecendo um igual ao seu.

— Isso mesmo, e ninguém sabe preparar um Tom Collins melhor que a minha Amy.

— Como está indo a investigação? — perguntou o rabino quando a sra. Lanigan voltou com a bandeja.

— Estamos progredindo — disse o delegado, animado. — Como vai sua congregação?

— Progredindo — respondeu o rabino com um sorriso.

— Ouvi dizer que está tendo problemas com eles.

O rabino olhou-o inquisitivamente, mas não disse nada. Lanigan deu uma risada.

— Olhe, rabino, deixe-me ensinar-lhe algo sobre o trabalho da polícia. Numa grande cidade, há aquilo que se poderia chamar uma população criminal estável, responsável pela maior parte dos crimes que a polícia tem de enfrentar. E sabe como é que ela controla isso? Principalmente por meio de informantes. Numa cidade como esta, não temos uma população criminal. Só temos alguns encrenqueiros crônicos, mas controlamos a situação da mesma maneira, por meio de informantes. Só que não se trata de informantes regulares. É apenas um montão de fofoca que escutamos, que ouvimos com atenção. Eu sei o que acontece no seu templo quase tão bem como o senhor. Na reunião de hoje, havia cerca de quarenta pessoas presentes. E, quando foram para casa, contaram tudo às esposas. Agora, o senhor acha que oitenta pessoas conseguem manter segredo numa cidade como esta, principalmente quando não se trata exatamente de um segredo? Ah, rabino, fazemos essas coisas muito melhor em nossa igreja. O que o padre diz, a gente aceita.

— Ele é um homem assim tão melhor que vocês? — perguntou o rabino.

— Em geral, é um bom homem — respondeu Lanigan —, porque o processo de seleção elimina a maior parte dos incompetentes. É claro que há uns perfeitos idiotas no clero, mas essa não é a questão. A questão é que, se queremos ter disciplina, então temos de arranjar alguém cuja autoridade não possa ser questionada.

— Creio que essa é a diferença entre os dois sistemas — disse o rabino. — Nós encorajamos o questionamento de todas as coisas.

— Mesmo em termos de fé?

— Exige-se muito pouco de nós em relação à fé. E mesmo esse pouco, como a existência de um único Deus Todo-Poderoso, onisciente e onipresente, não é proibido questionar. Simplesmente reconhecemos que isso não leva a lugar nenhum. Mas não temos artigos de fé que sejamos obrigados a aceitar. Por exemplo, quando recebi o meu S'michá, vocês chamam isso de ordenação, não fui interrogado a respeito de minhas crenças e não fiz nenhuma espécie de voto.

— O senhor quer dizer que não se compromete de maneira alguma?

— Apenas na medida em que eu próprio me sinto comprometido.

— Então o que o torna diferente dos membros do seu rebanho?

O rabino deu uma risada.

— Eles não são meu rebanho, em primeiro lugar, pelo menos não no sentido de estarem sob meus cuidados e eu ser responsável perante Deus por sua segurança e seu comportamento. Na verdade, eu não tenho nenhuma responsabilidade, ou mesmo nenhum privilégio, que qualquer outro membro da minha congregação, do sexo masculino, acima de treze anos de idade, também não tenha. Eu sou diferente dos outros membros da minha congregação apenas porque devo ter maior conhecimento da Lei e de nossa tradição. Isso é tudo.

— Mas o senhor conduz as orações... — Lanigan parou de falar quando viu seu convidado sacudir a cabeça.

— Qualquer adulto do sexo masculino pode fazer isso. Em nosso culto diário, é costume oferecer a honra de conduzir as preces a qualquer estranho que apareça, ou a qualquer pessoa que não costuma freqüentar o templo.

— Mas o senhor os abençoa e visita os doentes, e faz os casamentos, e os enterra...

— Eu faço os casamentos porque as autoridades civis me dão permissão; visito os doentes porque é um benefício de que todos são encarregados; faço isso como rotina, principalmente por causa do exemplo oferecido pelos seus padres e pastores. Até mesmo a bênção da congregação é, oficialmente, função exclusiva dos membros que são descendentes de Aarão, costume que é observado nas congregações ortodoxas. Nos templos conservadores, como o nosso, é realmente uma usurpação por parte do rabino.

— Agora compreendo por que o senhor diz que não é um homem do clero — observou Lanigan, calmamente. Então ocorreu-lhe um pensamento. — Mas como é que o senhor mantém a congregação na linha?

O rabino sorriu com tristeza.

— Parece que não estou me saindo muito bem, não é?

— Não foi isso que eu quis dizer. Não estava pensando em suas dificuldades atuais. Minha dúvida é a seguinte: como é que o senhor os impede de pecar?

— O senhor quer saber como é que o sistema funciona? Creio que tornando cada um responsável pelos próprios atos.

— Por livre e espontânea vontade? Também temos isso.

— Naturalmente, mas em nosso caso é um pouco diferente. Vocês oferecem ao seu povo o livre-arbítrio, mas também lhes oferecem ajuda se derem uma escorregada. Vocês têm um sacerdote que ouve a confissão e oferece o perdão. Têm uma hierarquia de santos que intercedem pelo pecador e, finalmente, têm um purgatório, que representa uma segunda oportunidade. Eu poderia acrescentar que têm um céu e um inferno, que ajudam a corrigir quaisquer erros na vida nesta terra. Nosso povo só tem uma única oportunidade. Nossas boas ações devem ser feitas aqui na terra, nesta mesma vida. E, como não há ninguém que divida o fardo com eles ou que interceda por eles, devem arranjar-se sozinhos.

— O seu povo não acredita no paraíso, ou na vida após a morte?

— Na verdade, não — disse o rabino. — Nossas crenças naturalmente recebem influência das pessoas que nos rodeiam, como também acontece com as suas. Em algumas épocas de nossa história, surgiram conceitos de uma vida após a morte, mas, mesmo então, foram interpretados à nossa maneira. Para nós, a vida após a morte significa aquela parte de nossa vida que continua viva em nossos filhos, a influência que sobrevive a nós após a morte, e as lembranças que as pessoas têm de nós.

— Então, se alguém é mau nesta existência, mas ao mesmo tempo próspero, feliz e sadio, pode acabar se dando bem?

— Foi a sra. Lanigan que fez essa pergunta.

O rabino voltou-se para encará-la. Ficou imaginando se essa pergunta não teria sido inspirada por alguma experiência pessoal.

— É questionável — disse ele com calma — se um organismo pensante como o homem é capaz de "se dar bem" por algo que tenha feito. Contudo, esse é um problema que todas as religiões enfrentam: como o homem bom que sofre é recompensado e o mau que prospera é punido? As religiões orientais explicam isso pela reencarnação. O homem vil que prospera mereceu sua prosperidade em virtude de uma encarnação anterior, e sua maldade será punida na próxima reencarnação. A igreja cristã responde à questão oferecendo o céu e o inferno. — O rabino parou para refletir e depois fez um firme movimento de cabeça. — As duas são boas soluções quando se acredita nelas. Nós não acreditamos. Nosso ponto de vista tem por base o Livro de Jó, que por isso é incluído na Bíblia. Jó sofre sem merecer, mas não há nenhuma sugestão de que será recompensado na vida futura. O sofrimento do virtuoso é um dos preços da existência. O fogo queima o bom e o mau com a mesma severidade e a mesma dor.

— Então, por que preocupar-se em ser bom? — perguntou a sra. Lanigan.

— Porque a virtude realmente traz consigo a própria recompensa, e o mal, a própria punição. Porque o mal, na essência, é sempre insignificante e inferior, mesquinho e depravado, e, numa vida limitada, representa uma parcela desperdiçada, mal utilizada, que nunca poderá ser recuperada.

Seu tom de voz, ao conversar com Hugh Lanigan, fora descontraído e casual, mas, quando se dirigiu à sra. Lanigan, tornou-se solene e grave, quase como se estivesse fazendo um sermão. Miriam tossiu para adverti-lo.

— Precisamos voltar, David — disse ela.

O rabino olhou o relógio.

— É mesmo, está ficando tarde. Eu não pretendia falar tanto assim. Acho que foi o Tom Collins.

— Fico contente que tenha falado, rabino — disse Lanigan. — O senhor pode não acreditar, mas tenho muito interesse em religião. Sempre que posso, leio alguns livros a respeito. Porém, não tenho a chance de discutir esse assunto com muita freqüência. As pessoas relutam em falar sobre religião.

— Talvez já não seja tão importante para elas — sugeriu o rabino.

— Bem, é possível mesmo, rabino. Mas eu gostei desta conversa e gostaria de repeti-la uma outra vez.

O telefone tocou. A sra. Lanigan entrou para atender e voltou quase imediatamente.

— É Eban ao telefone, Hugh.

O marido interrompeu sua explicação sobre o caminho mais curto até a garagem da polícia e retrucou:

— Diga que eu ligo em seguida.

— Ele não está em casa — disse ela —, está ligando de um telefone público.

— Está certo, vou atender.

— Encontraremos o caminho — disse o rabino.

Lanigan fez um aceno de cabeça distraído e correu para dentro. Ao descer os degraus da varanda, o rabino sentia-se vagamente perturbado.

18

Na manhã seguinte, Melvin Bronstein foi preso. Logo depois das sete, enquanto os Bronstein ainda estavam tomando café, Eban Jennings e um sargento, ambos à paisana, apareceram em sua casa.

— Melvin Bronstein? — perguntou Jennings ao homem que atendeu à porta.

— Isso mesmo.

O policial mostrou as credenciais.

— Sou o tenente Jennings, do departamento de polícia de Barnard's Crossing. Trago um mandado de prisão contra o senhor.

— Por quê?

— O senhor está sendo intimado a prestar depoimento no caso do assassinato de Elspeth Bleech.

— Vocês estão me acusando de assassinato?

— Recebi ordens de levá-lo para depor — disse Jennings.

A sra. Bronstein perguntou da sala de jantar:

— Quem é, Mel?

— Só um minuto, querida — respondeu ele.

— O senhor vai ter de contar a ela — disse Jennings, não sem delicadeza.

— Pode vir comigo? — pediu Bronstein em voz baixa e conduziu-o até a sala de jantar.

A sra. Bronstein levantou a cabeça, espantada.

— Estes senhores são do departamento de polícia, querida — disse ele. — Eles querem que eu vá até a delegacia para fornecer-lhes algumas informações e responder a algumas perguntas. — Engoliu em seco. — É a respeito daquela pobre moça que foi encontrada no jardim do templo.

Uma mancha vermelha surgiu no rosto naturalmente pálido da sra. Bronstein, mas ela não perdeu a compostura.

— Você sabe alguma coisa sobre a morte dessa moça, Mel? — perguntou.

— Não sobre sua morte — disse Bronstein enfaticamente —, mas eu sei algumas coisas a respeito da garota e estes senhores acham que eu talvez possa ser útil na investigação.

— Você volta para o almoço? — perguntou ela.

Bronstein olhou para o policial em busca de uma resposta. Jennings pigarreou.

— Acho melhor não contar com isso, madame.

A sra. Bronstein pôs as mãos na beirada da mesa e deu-lhe um leve empurrão. Deslizou para trás alguns centímetros e, pela primeira vez, o policial percebeu que ela estava sentada numa cadeira de rodas.

— Se você pode ser útil à polícia de algum modo na investigação desse negócio horroroso, então, é claro que deve fazer todo o possível.

Ele concordou com a cabeça.

— Você poderia ligar para Al e pedir-lhe que entre em contato com Nate Greenspan.

— Claro.

— Quer que eu a ajude a voltar para a cama ou prefere continuar sentada? — perguntou ele.

— Acho que é melhor voltar para a cama.

Ele se inclinou e tomou-a nos braços. Por um momento, deixou-se ficar ali, segurando-a. Ela olhou bem dentro de seus olhos.

— Está tudo certo, meu amor — sussurrou ele.

— É claro — disse ela num murmúrio.

Ele a carregou para fora da sala.

*

As notícias se espalharam num relâmpago. O rabino acabara de voltar do templo, onde passara uma manhã atribulada, e estava prestes a sentar-se para o almoço, quando Ben Schwarz ligou para informá-lo sobre o ocorrido.

— Tem certeza? — perguntou o rabino.

— Absoluta, rabino. Provavelmente será anunciado no próximo noticiário de rádio.

— Você sabe de algum detalhe?

— Não, sei apenas que ele foi detido para interrogatório. — Hesitou um pouco e depois disse: — Ah, rabino, não sei se isso pode afetar os seus possíveis planos, mas acho que o senhor deve saber que ele não é membro do nosso templo.

— Compreendo. Bem, muito obrigado.

Ele contou a Miriam sobre essa conversa.

— O senhor Schwarz parece estar pensando que eu posso ignorar a questão, se quiser. Pelo menos, presumo que foi isso que ele insinuou quando me disse que o senhor Bronstein não é membro do templo.

— É isso que você pretende?

— Miriam!

— E então, o que vai fazer?

— Ainda não sei. De qualquer modo, vou fazer-lhe uma visita. Acho que isso implica ter de pedir licença às autoridades e também ao advogado dele. Talvez seja ainda mais importante que eu vá ver a senhora Bronstein.

— Que tal conversar com o delegado Lanigan?

O rabino sacudiu a cabeça.

— O que eu vou dizer a ele? Não sei nada sobre o caso; mal conheço os Bronstein. Não, vou ligar imediatamente para a senhora Bronstein.

Uma mulher atendeu e disse que a sra. Bronstein não podia vir ao telefone.

— Quem está falando é o rabino Small. Poderia perguntar a ela se é possível receber-me hoje a qualquer hora?

— Quer esperar um minuto na linha, por favor?
Pouco depois, ela voltou para dizer que a sra. Bronstein agradecia o telefonema e estava perguntando se ele poderia ir até lá no início da tarde.
— Diga-lhe que chegarei às três horas.
Assim que desligou, a campainha tocou. Era Hugh Lanigan.
— Eu estava voltando do templo — explicou. — Temos algo concreto para investigar, agora. Já ouviu falar a respeito de Bronstein?
— Ouvi, sim, e a idéia de que possa ter feito aquilo é inteiramente absurda.
— O senhor o conhece bem, rabino?
— Não, não o conheço.
— Bem, antes de tirar suas próprias conclusões, deixe-me contar-lhe uma coisa: o senhor Bronstein esteve com a garota na noite em que foi morta. Não se trata de um daqueles erros absurdos que a polícia comete uma vez ou outra. Ele admite que esteve com ela. Jantou com ela e ficou com ela a noite toda. Ele admite isso, rabino.
— Por espontânea vontade?
Lanigan sorriu.
— O senhor está pensando num interrogatório pesado, em que se usa, por exemplo, uma mangueira de borracha, não é? Posso lhe garantir que não fazemos esse tipo de coisa por aqui.
— Não, eu estava pensando naquele tipo de interrogatório que se arrasta por horas e horas, em que pequenos lapsos são exagerados até serem interpretados como confissões de culpa.
— O senhor não entendeu muito bem, rabino. Assim que chegou à delegacia, ele fez uma declaração. Poderia ter se recusado a falar até consultar seu advogado, mas não quis. Disse que foi até o restaurante Surfside e puxou conversa com a garota lá. Ele garante que nunca a tinha visto antes. Depois do jantar, foram a um cinema em Boston e então tomaram um lanche. Em seguida, ele a levou de carro para casa e deixou-a lá. Tudo isso parece muito claro e honesto, não é? Mas o corpo da

moça foi encontrado na manhã de sexta-feira. Hoje é segunda. Quatro dias depois. Se ele não estava envolvido, por que não procurou a polícia para oferecer as informações que possuía?

— Porque é um homem casado. Foi culpado de uma indiscrição que de repente atingiu proporções monstruosas. Ele cometeu um grande erro em não ir à polícia, foi covarde, foi insensato, mas isso ainda não o torna culpado do assassinato.

— Esse é apenas o ponto número um, rabino, mas o senhor tem de admitir que é motivo suficiente para Bronstein ser detido para depoimento. Aqui vai o ponto número dois: a garota estava grávida. A senhora Serafino, para quem ela trabalhava, ficou muito surpresa ao ouvir isso; primeiro, porque era uma moça quieta, que não ficava zanzando por aí e, em segundo lugar, porque nunca saía com homens. Durante todo o tempo em que a moça esteve com eles, a senhora Serafino nunca soube que algum homem a tivesse procurado, nunca ela afirmou ou sugeriu que tivesse saído com um homem. Nos seus dias de folga, às quintas-feiras, ela costumava ir ao cinema, sozinha ou com uma amiga que trabalha algumas casas adiante. Interrogamos a garota, Celia, e ela disse que se ofereceu várias vezes para apresentar alguns rapazes a Elspeth, mas ela sempre recusou. Assim que Elspeth chegou à cidade, Celia a convenceu a ir ao Baile da Força Pública e do Corpo de Bombeiros. Todas as empregadas vão. Foi a única vez que saíram para dançar. Celia pensava que Elspeth tivesse algum namorado no Canadá, ela recebia cartas de vez em quando; era a única explicação que encontrava. Celia foi sua única amiga aqui, e ela certamente não ficou grávida de Celia. Então demos uma pequena busca e descobrimos que seu amigo, o senhor Bronstein, andou se registrando pelo menos uma meia dúzia de vezes em vários motéis ao longo das estradas 14 e 69. Geralmente assinava o nome de Brown e sempre estava com alguém que ele registrava como sua esposa. E, até onde pudemos averiguar, isso acontecia sempre às quintas-feiras. Conseguimos uma identificação positiva dele por meio de fotografia e, num dos lugares, uma anotação a lápis do número da placa de seu carro. E alguns recepcionistas de motel garantiram que sua "esposa" era uma loira, parecida com a foto que lhes mostramos da moça assassinada. Esse é o ponto número dois, rabino.

— O senhor lhe disse algo sobre os motéis?
— É claro, senão não estaria contando ao senhor.
— E o que foi que ele disse?
— Admite que esteve nesses motéis, mas insiste em que não foi com essa garota, que se trata de outra pessoa cujo nome se recusa a revelar.
— Bem, se for verdade, e é possível que seja, é admirável da parte dele.
— É, *se* for verdade, mas ainda temos mais coisas. Há o ponto número três, que não é muito importante, mas pode ser indicativo. A garota foi consultar um obstetra quinta-feira à tarde. Provavelmente estava usando aquela aliança que encontramos em sua bolsa por razões óbvias. Era sua primeira consulta e, mesmo que desconfiasse de seu estado, não teve certeza até quinta-feira. Apresentou-se como senhora Elizabeth Brown. E lembre-se que Bronstein sempre preenchia os registros como senhor e senhora Brown.
— É quase tão comum como Smith — observou o rabino.
— É verdade.
— E nada do que o senhor disse explica o fato de que a garota estava usando apenas uma combinação por baixo do casaco e da capa de chuva. Ao contrário. Ele deve tê-la deixado em casa como disse, porque foi lá que ela deixou o vestido. Acho que não há dúvida de que o casaco e a capa eram dela, ou de que o vestido que estava usando foi encontrado em seu quarto.
— Isso é certo e vai nos levar ao ponto número quatro. O senhor precisa conhecer a disposição da casa dos Serafino para poder entender. O senhor não conhece os Serafino, acho que já lhe perguntei uma vez. O senhor Serafino dirige uma espécie de casa noturna. É um lugar pequeno, onde as pessoas ficam sentadas em volta de mesas minúsculas tomando uma bebida aguada, enquanto o senhor Serafino às vezes toca piano e a es-

posa canta algumas músicas, músicas picantes, músicas atrevidas, músicas claramente obscenas. Não são pessoas muito agradáveis, pode-se dizer, mas em casa são como qualquer outro jovem casal. Têm duas crianças e a família nunca deixa de ir à missa aos domingos. A boate só fecha às duas horas da manhã, por isso precisam de alguém para tomar conta das crianças todas as noites durante a semana, exceto às quintas-feiras, quando a senhora Serafino fica em casa e só o marido vai à boate. Isso porque quinta-feira há pouco movimento. É o dia de folga das empregadas, por isso as pessoas que costumam freqüentar o Clube Serafino ficam em casa. De qualquer modo, os Serafino precisam de uma babá que durma em casa, o que não é fácil de conseguir quando se tem um padrão de vida médio. E, apesar do que possa pensar sobre proprietários de casas noturnas, os Serafino são pessoas de classe média, e a casa deles é adaptada para atender às suas necessidades mais imediatas. É um sobrado, e tanto o casal como as duas crianças dormem no andar de cima. No andar de baixo, ao lado da cozinha, há uma espécie de suíte para a empregada. Ela tem um quarto de dormir, um banheirinho com chuveiro e, o que é mais importante, uma entrada particular. Consegue visualizar?

O rabino assentiu.

— Aqui nós temos um apartamento que fica praticamente separado do resto da casa. Então o que impediria o senhor Bronstein de entrar na casa com a garota...

— E ela tirou o vestido com ele no quarto?

— Por que não? Se nossa teoria está certa, ela já tinha tirado muito mais que o vestido em outras ocasiões.

— Então por que ela saiu outra vez?

Lanigan deu de ombros.

— Admito que aqui estamos no campos da simples conjectura. É até possível que ele a tenha estrangulado bem ali no quarto e a tenha carregado para fora. Um vizinho do outro lado da rua que estava indo dormir olhou pela janela e viu o Lincoln azul de Bronstein dirigir-se à casa dos Serafino. Isso foi logo depois da meia-noite. Meia hora depois, ele viu que o Lincoln ainda estava lá. Esse é o nosso quarto ponto.

— Mas ele viu os dois saindo do carro ou entrando nele?

Lanigan sacudiu a cabeça.

— Sei muito pouco sobre essas coisas — disse o rabino —, mas, como talmudista, também não ignoro inteiramente as questões legais. Sua teoria tem muitas falhas.

— Tais como?

— Tais como a história do casaco e da capa. Se ele a assassinou dentro do quarto, por que então a vestiu com um casaco e pôs por cima uma capa de chuva? E por que a levou até o templo? E por que a bolsa dela estava no meu carro?

— Já pensei em todas essas objeções, rabino, e em algumas outras que o senhor não mencionou, mas tenho razões de sobra para justificar sua detenção até que muitas coisas sejam esclarecidas. É sempre assim. O senhor acha que um caso sempre se apresenta com todos os fatos nitidamente explicados? Não, senhor. A gente tem uma pista e trabalha com ela. Há objeções e estamos conscientes delas, mas, quando continuamos a escavar, acabamos encontrando as respostas para elas, em geral respostas bem simples.

— E, se não encontrarem as respostas, depois de algum tempo vocês soltam o homem e sua vida estará arruinada — disse o rabino amargamente.

— É verdade, rabino. É uma das desvantagens de se viver numa sociedade organizada.

19

Nathan Greenspan era um intelectual, lento para pensar e para falar. Sentou-se atrás da escrivaninha e, depois de remexer o cachimbo com um instrumento parecido com uma colher, soprou-o uma ou duas vezes para ter certeza de que estava funcionando direito. Em seguida, pôs-se a enchê-lo com cuidado, metodicamente, enquanto Becker, com o inevitável charuto na mão, andava pela sala a passos largos e contava o que havia acontecido, quais eram suas suspeitas e o que ele esperava que Greenspan fizesse. O que ele queria era algo assim como irromper no departamento de polícia e exigir que soltassem Bronstein imediatamente, sob pena de abrirem um processo por prisão ilegal.

O advogado pôs um fósforo aceso no cachimbo, até acender toda a superfície, e depois socou o tabaco em combustão que se levantara no bojo. Recostou-se na cadeira e falou em meio às baforadas:

— Posso conseguir um mandado... de habeas-corpus... se parecer que... ele foi preso sem justificativa...

— É claro que foi sem justificativa. Ele não tem nada a ver com aquilo.

— Como é que você sabe?

— Porque é o que ele diz e porque eu o conheço. Você sabe que tipo de homem é Bronstein. Você acha que ele parece um assassino?

— Pelo que você me disse, a polícia não o prendeu por assassinato. Eles só o levaram para prestar depoimento. Possuía informações que eles tinham o direito de saber, disse que saiu com a moça na noite em que foi morta. Mesmo que não tivesse estado, mesmo que apenas a conhecesse ou que apenas tivesse saído com ela uma vez, a polícia iria querer interrogá-lo.

— Mas eles mandaram dois guardas para prendê-lo.

— Isso porque ele não foi por vontade própria, como, aliás, deveria ter feito.

— Está certo, deveria mesmo, mas você sabe o que isso iria significar. Acho que ele pensou que poderia ficar inteiramente fora do caso. De fato estava errado, mas isso não é motivo para ser preso e desacreditado desse jeito, com os tiras chegando em sua casa e arrastando-o para fora na frente da esposa.

— Essa é uma prática comum, Al. De qualquer maneira, já está feito.

— Bem, e o que é que você se propõe a fazer?

— Vou até lá falar com ele. Provavelmente ficará detido até amanhã, mas, se quiserem mantê-lo por mais algum tempo, vão ser obrigados a levá-lo diante de um juiz e apresentar uma justificativa plausível. Meu palpite é que eles têm razões de sobra para detê-lo se quiserem. Por isso, acho que o melhor a fazer é ir falar com o promotor público e ver se eu descubro exatamente o que é que eles têm contra ele.

— Por que você não pode forçá-los a soltar Bronstein se eles não podem provar que é culpado?

Greenspan deu um leve suspiro. Pôs o cachimbo num cinzeiro e tirou os óculos.

— Olhe aqui, Al, uma garota foi assassinada. Neste exato momento, todos estão ansiosos para descobrir quem a matou. Isso significa que todos os dispositivos da lei estão a serviço da polícia e que todas as leis e regulamentos vão ser utilizados em seu favor. Agora, se eu começar a usar os truques legais para soltá-lo, então todo mundo, e isso inclui os jornais, todo mundo vai levar isso a mal. Mel não iria ter um bom noticiário, e isso não vai melhorar as coisas em nada, não importa o que aconteça. Por outro lado, se parecer que estamos cooperando, o promotor vai nos oferecer toda a abertura que puder.

— E o que é que eu faço?

— Não faz droga nenhuma, Al. Apenas trate de exercitar a paciência.

Paciência, contudo, era algo que Al Becker não tinha. Raciocinou que, se o andamento das investigações dependia da atitude do promotor público, ele conseguiria uma ação mais rápida pressionando seu amigo, Abe Casson, que colocara o promotor no cargo.

— O que você espera que eu faça, Al? — perguntou Casson. — Fique sabendo que eles têm um belíssimo caso contra Mel neste exato momento. Na verdade, poderiam até ir a julgamento com o que já têm, mas querem que a coisa seja incontestável.

— Mas ele não fez aquilo, Abe.

— Como é que você sabe?

— Porque ele me disse. E porque eu o conheço.

Casson ficou em silêncio.

— Meu Deus, homem, eu conheço Mel Bronstein. Você acha que ele é o tipo do cara que faria uma coisa dessas? Não há maldade nenhuma nele. Isso não faz sentido.

— Esses casos nunca fazem sentido até terminarem. Aí eles passam a fazer muito sentido.

— Claro — disse Becker com amargura. — Se falta um bocadinho de provas, eles fornecem. Se existe um buraco, eles tapam. Droga, Abe, você sabe como essas coisas funcionam. Eles têm uma pista, então começam a segui-la. Põem todo o aparato policial para fazer isso. Sabem o que estão tentando provar, então vão em frente e provam, até que o infeliz esteja todo enroscado. E o verdadeiro assassino acaba ficando livre.

— O que é que eu posso fazer, Al?

— Você é unha e carne com o promotor, pelo que diz. Poderia tentar mantê-lo com os olhos abertos, para continuar procurando outras possibilidades.

Abe Casson sacudiu a cabeça negativamente.

— A investigação propriamente dita está nas mãos do delegado Lanigan. Você quer ajudar seu amigo? Então vá procurar o rabino.

— Pra que diabo? Pra rezar por ele?

— Sabe?, Al, você tem uma boca muito grande. Às vezes, acho que é a única parte da sua cabeça que funciona. Agora escute. Por alguma razão, Hugh Lanigan tem muito respeito pelo nosso rabino. Eles se dão bem. Outro dia, o rabino e a mulher passaram a tarde toda no terraço de Lanigan. Ficaram lá sentados, os Lanigan e os Small, tomando uns drinques e conversando.

— O rabino nunca ficou sentado no meu terraço tomando drinques e conversando.

— Talvez porque você nunca o tenha convidado.

— Muito bem, então digamos que o delegado goste dele. O que é que o rabino pode fazer por mim?

— A mesma coisa que você queria que eu fizesse por você junto ao promotor.

— Você acha que ele o faria, sabendo que eu sou o cara que anda tentando mandá-lo embora daqui?

— Acha que ele iria deixar de ajudá-lo por causa disso? Você não conhece o rabino. Mas, se quiser meu conselho, e se quiser mesmo ajudar seu amigo, é isso que eu sugiro que faça.

Miriam mal conseguiu disfarçar o desprazer em vê-lo. O rabino, por sua vez, cumprimentou-o formalmente. Mas, se Al Becker percebeu a frieza com que foi recebido, não se deixou abater. Fixou um olhar provocante no rabino e disse:

— Rabino, Mel Bronstein nunca poderia ter feito aquela coisa horrível e o senhor tem de fazer algo a respeito.

— Qualquer pessoa poderia ter feito — disse o rabino, suavemente.

— É, eu sei — disse Becker com impaciência. — O que eu quero dizer é que ele é o último homem no mundo que poderia ter feito aquilo. É um sujeito dócil, rabino. Está apaixonado pela esposa. Eles não têm filhos. São só os dois e ele é inteiramente dedicado a ela.

— O senhor conhece a natureza das provas contra ele? — perguntou o rabino.

— Refere-se ao fato de ele ter dado umas voltinhas com outras mulheres? Que importância tem isso? O senhor sabe que há dez anos a mulher dele está numa cadeira de rodas, com esclerose múltipla? Faz dez anos que eles não têm nenhuma... ahn... relação.

— Não, eu não sabia disso.

— Um homem saudável precisa de uma mulher. Sendo rabino, o senhor não entende...

— Os rabinos não são castrados.

— É verdade, desculpe. Então o senhor sabe do que estou falando. As garotas com quem ele saía não significavam isto para Mel — disse isso e estalou os dedos. — Eram pessoas com quem ele ia para a cama, assim como ia ao clube fazer ginástica.

— Bem, não sei se essa analogia é muito precisa, mas isso não vem ao caso. O que quer que eu faça?

— Não sei. O senhor esteve em seu escritório a noite toda. Talvez pudesse dizer que deu uma olhada pela janela e viu um carro sair do estacionamento, e poderia jurar que não era um Lincoln azul...

— O senhor está me pedindo para cometer perjúrio?

— Meu Deus, rabino, me perdoe. Estou tão perturbado que nem sei o que estou dizendo. Estou ficando louco com essa história. Hoje de manhã, deixei de fazer uma venda a um cliente que vem comprando um Continental ano sim outro não, regular como um calendário, nos últimos dez anos. Chegamos a um acordo no sábado e hoje ele deveria ter vindo na hora do almoço para assinar o contrato. Como não apareceu, liguei para a sua casa e ele me disse que está pensando em ficar com o carro velho mais um pouquinho, que talvez compre um carro menor. O senhor pensa que os negócios foram mal para ele este ano? Pois foi o melhor ano que já teve. Sabe por que o acordo esfriou de repente? Faz quinze anos que eu e Mel trabalhamos para construir este negócio e agora, de um dia para oturo, tudo foi por água abaixo.

— É com seu negócio que está preocupado ou com seu amigo? — perguntou o rabino com frieza.

— Com tudo. Está tudo misturado em meu cérebro. Mel não era apenas sócio ou amigo: era uma espécie de irmão caçula para mim. E, quando se passa quinze anos construindo alguma coisa, não é apenas um outro modo de ganhar a vida. É parte da gente. É a minha vida. É para mim aquilo que sua profissão é para o senhor. E agora todo o meu mundo de repente veio abaixo.

— Compreendo sua situação, senhor Becker — disse o rabino com certa gentileza —, e gostaria de poder ajudar. Mas o senhor não veio até aqui me pedir para levar consolo espiritual ao seu amigo. O que está me pedindo é totalmente impossível. Temo que essa história toda tenha embotado seu bom senso, senão perceberia que, mesmo se eu quisesse fazer o que está me sugerindo, ninguém acreditaria.

— Eu sei, eu sei. É que estou desesperado, rabino. Mas uma coisa o senhor poderia fazer. O senhor é o rabino dele, não é?

— Parece que ando sendo criticado por dedicar meu tempo a assuntos que não têm a ver com a congregação — observou ele calmamente. — Pelo que sei, o senhor Bronstein não é membro da congregação.

Então Becker ficou furioso.

— Muito bem, e daí? Isso quer dizer que não pode ajudá-lo? Ele é judeu, não é? É um membro da comunidade judaica aqui em Barnard's Crossing e o senhor é o único rabino por aqui. Pode pelo menos ir vê-lo, não pode? Pode pelo menos ir ver sua esposa. O senhor disse que eles não são membros. Está bem, então eu sou. Ajude-me.

— Na verdade — disse o rabino —, eu já combinei de ir ver a senhora Bronstein e estava tomando providências para ir visitar o senhor Bronstein quando o senhor tocou a campainha.

Becker não era idiota. Chegou mesmo a esboçar um sorriso.

— Está certo, rabino, talvez eu mereça isso. O que é que o senhor tem em mente?

— O delegado Lanigan esteve aqui hoje e expôs o caso contra o senhor Bronstein. Na hora, achei que as provas admitiam outra interpretação. Mas eu realmente não conheço os Bronstein. Então achei que antes deveria tentar conhecê-los.

— São as melhores pessoas do mundo, rabino.

— O senhor compreende como as organizações funcionam, senhor Becker, e creio que a polícia não é diferente. Eles procuram em toda parte até encontrar um suspeito, mas daí em diante têm a tendência de concentrar-se apenas nele. Achei que talvez pudesse convencer o delegado Lanigan a continuar procurando em outros lugares.

— Era isso mesmo que eu tinha em mente, rabino — disse Becker, pasmo. — Foi exatamente o que eu disse a Abe Casson. Pode perguntar a ele. Já estou me sentindo melhor.

20

A cadeia consistia em quatro pequenas celas com barras de aço, no primeiro andar da delegacia de polícia de Barnard's Crossing. Cada cela tinha um catre de ferro estreito, um vaso sanitário e uma pia; uma lâmpada no soquete de porcelana caía do teto, suspensa por um pedaço de cabo. Outra lâmpada fraca ficava acesa dia e noite no corredor. Numa das extremidades desse corredor, encontrava-se uma janela com barras e, na outra, a sala dos guardas. Depois dela, ficava o gabinete de Lanigan.

Da sala dos guardas, Hugh Lanigan mostrou as celas ao rabino e depois conduziu-o ao seu escritório.

— Não é uma grande cadeia — disse ele —, mas felizmente não precisamos de mais do que isso. Acho que é uma das prisões mais antigas do país. Este prédio remonta à época colonial e foi originalmente utilizado como prefeitura. É claro que foi consertado e reformado várias vezes, mas as fundações e a maior parte das vigas de sustentação são originais. As celas foram modernizadas com luz elétrica, válvulas de descarga e água corrente, mas ainda são as celas originais e datam de um período anterior à Guerra Civil.

— Onde é que os prisioneiros fazem as refeições? — perguntou o rabino.

Lanigan deu uma risada.

— Geralmente não temos mais que um prisioneiro, a não ser nas noites de sábado, quando às vezes recolhemos alguns bêbados e desordeiros e deixamos que passem um noite aqui. Quando realmente temos alguém na hora das refeições, um dos restaurantes da vizinhança, geralmente o Barney Blake's, prepara uma marmita. Antigamente, o delegado costumava faturar um bom dinheiro com os prisioneiros. A cidade lhe oferecia um certa quantia para cada um dos detentos que dormia na cadeia e mais um tanto para cada refeição servida. Quando entrei para a polícia, o delegado vivia atrás de nós, guardas, para prendermos os bêbados. Qualquer um que cambaleasse na rua estava sujeito a ser trancafiado por uma noite. Mas algum tempo atrás, antes que eu assumisse, a cidade aumentou o salário do delegado e destinou uma verba regular à alimentação dos prisioneiros, e acho que desde essa época os delegados não têm se mostrado tão ansiosos assim para efetuar prisões.

— E os seus prisioneiros ficam confinados nestas pequenas celas até comparecer a julgamento?

— Oh, não. Se decidirmos indiciar o seu amigo, vamos levá-lo até o juiz amanhã e, se ele nos disser para mantê-lo prisioneiro, então Bronstein será transferido para uma cadeia de Salem ou Lynn.

— E vocês estão pretendendo indiciá-lo?

— Isso é com o promotor público. Vamos mostrar a ele o que sabemos, talvez ele nos faça algumas perguntas e então vai tomar sua decisão. Ele pode resolver não acusá-lo de assassinato, mas mantê-lo como testemunha importante.

— Quando vou poder vê-lo?

— Agora mesmo, se quiser. Pode ir visitá-lo em sua cela ou falar com ele aqui mesmo, em meu escritório.

— Acho que prefiro vê-lo a sós, se não se importa.

— Tudo bem, rabino. Vou mandar buscá-lo e depois deixarei vocês sozinhos. — Ele riu. — O senhor não está carregando armas escondidas no corpo, não é? Nada como limas ou serras?

O rabino sorriu e apalpou os bolsos do paletó. Lanigan foi até a porta que dava para a sala dos guardas e gritou para um deles trazer o prisioneiro até o seu escritório. Então fechou a porta e deixou o rabino sozinho. Pouco depois, Bronstein entrou.

Ele parecia ser muito mais jovem que a esposa, mas o rabino percebeu que isso se devia ao estado de saúde dela, e não a uma possível diferença de idade entre eles. Bronstein estava constrangido.

— Fico muito grato por ter vindo me ver, rabino, mas daria tudo para ter esse encontro em qualquer outro lugar.

— É claro.

— Sabe o que andei pensando? Que fico feliz por meus pais já estarem mortos ... sim, e também por não ter filhos. É que eu não poderia olhar para eles, mesmo quando a polícia finalmente encontrasse o culpado e me deixasse ir embora.

— Compreendo, mas precisa entender que um infortúnio pode acontecer a qualquer pessoa. Apenas os mortos estão livres disso.

— Mas é tão desagradável...

— Todo infortúnio é desagradável. Não deve ficar pensando nisso. Agora, fale-me sobre a garota.

Bronstein não respondeu imediatamente. Levantou-se da cadeira e deu alguns passos como se estivesse reunindo as idéias ou controlando as emoções. Então parou de repente e encarou o rabino. Falou depressa, de um só fôlego:

— Nunca a tinha visto antes na vida. Juro sobre o túmulo de minha mãe. É verdade que andei saindo com outras mulheres. Admito isso. Devem estar dizendo por aí que, se eu amasse minha mulher, seria inteiramente fiel a ela, mesmo nas atuais circunstâncias. Talvez fosse mesmo, se tivéssemos filhos ou então se eu fosse mais forte. Mas aquilo que eu fiz estou pronto a admitir. Tenho tido alguns casos com outras mulheres, mas nunca houve nada sério ou mais intenso com elas. Joguei limpo com todas. Nunca tentei esconder o fato de ser casado. Nunca usei aquela velha desculpa, que minha esposa não me compreende. Nunca sugeri a possibilidade de me divorciar. Fui sempre direto e franco. Tinha certas necessidades, meu corpo tinha certas necessidades. Bem, há muitas mulheres que estão na mesma situação e utilizam o mesmo recurso. A mulher com quem andei dormindo nos motéis algumas vezes... não era a tal garota.

É uma mulher casada que foi abandonada pelo marido e está pedindo o divórcio.

— Se eu dissesse o seu nome à polícia...

Bronstein sacudiu a cabeça com firmeza.

— Se fizesse isso, iria interferir em seu divórcio. Eles até poderiam separá-la dos filhos. Não se preocupe; se por acaso eu for mesmo a julgamento, e se depender disso, ela vai aparecer.

— O senhor a encontrava todas as quintas-feiras?

— Não, não a vi quinta-feira passada, nem nas duas anteriores. Para falar a verdade, ela estava ficando nervosa com os nossos encontros. Começou a achar que o marido podia ter colocado detetives para segui-la.

— Então foi assim que acabou saindo com essa garota... para ocupar o lugar da outra?

— Vou ser franco com o senhor, rabino. Quando a encontrei, não estava planejando nenhum relacionamento platônico. Aconteceu num restaurante, o Surfside. Se a polícia estivesse mesmo interessada em saber a verdade, em vez de me acusar, estaria fazendo perguntas às pessoas que estavam lá, as garçonetes e os clientes. Alguns certamente se lembrariam de que estávamos ocupando mesas diferentes, de que eu me aproximei dela e me apresentei. Qualquer um perceberia que se tratava de uma cantada. Mas o que eu ia dizer é que, depois de jantarmos juntos e conversarmos um pouco, vi que a pobre menina estava assustada, muito assustada, e estava tentando de qualquer maneira disfarçar e parecer alegre. Isso não prova que ela estava esperando alguma complicação?

— É possível. De qualquer modo, é algo que vale a pena averiguar.

— Senti pena dela. Até me esqueci da cantada. Não estava mais interessado nela daquela maneira. Tudo o que pretendia era passar uma noite agradável. Fomos de carro até Boston e entramos num cinema. — Então ele hesitou e tomou uma rápida decisão. Inclinou-se para a frente e baixou o tom de voz como se estivesse com medo de ser ouvido. — Vou lhe contar uma coisa que não disse à polícia, rabino. A corrente de prata que ela estava usando, aquela com a qual foi estrangulada, Deus que me perdoe, eu comprei para ela um pouco antes de entrarmos no cinema.

— Está me dizendo que não contou isso à polícia?

— Isso mesmo. Não estou fornecendo nenhuma informação que não seja obrigado a dar e que depois possa ser utilizada contra mim. Pela maneira como me interrogaram, percebi que se agarrariam a isso como prova de que eu passei a noite toda planejando matá-la. Estou lhe contando isso para o senhor ver que eu estou sendo franco.

— Está bem. E depois, para onde foram?

— Depois do cinema, paramos num restaurante para comer panquecas com café e em seguida levei-a de carro para casa. Fui direto para a casa dela, estacionei bem em frente, de maneira aberta e honesta.

— O senhor entrou?

— É claro que não. Ficamos sentados lá fora no carro, conversando por algum tempo. Nem sequer cheguei a abraçá-la. Apenas ficamos lá sentados, conversando. Então ela me agradeceu, saiu do carro e entrou em casa.

— O senhor combinou de vê-la novamente?

Bronstein sacudiu a cabeça.

— Passei uma noite agradável e ela também. Parecia muito mais calma quando a deixei em casa do que no restaurante. Mas não havia motivo para encontrá-la outra vez.

— Então o senhor foi direto para casa?

— Isso mesmo.

— E sua mulher estava dormindo àquela hora?

— Acho que sim. Às vezes, acho que ela finge que está dormindo quando chego tarde. Mas, de qualquer modo, estava deitada com a luz apagada.

O rabino sorriu.

— Foi essa a descrição que ela me fez.

Bronstein levantou o olhar rapidamente.

— Quer dizer que o senhor falou com ela? Como ela está? Como está encarando tudo isso?

— Fui vê-la, sim. — Mentalmente, o rabino ainda conseguia visualizar uma mulher magra, pálida, numa cadeira de rodas, com o cabelo começando a embranquecer, escovado para trás da testa alta e sem rugas; uma mulher de aparência agradável, com traços finamente delineados e olhos cinzentos, rápidos e brilhante. — Ela estava bem animada — disse o rabino.

— Animada?

— Acho que estava fazendo um esforço, mas tive a impressão de que tinha absoluta certeza de sua inocência. Disse que, se o senhor tivesse feito algo assim, ela perceberia só de olhar.

— Não creio que uma prova dessas pudesse ser levada ao tribunal, mas é verdade que somos muito unidos. Na maior parte dos casamentos, as mulheres se ocupam com os filhos e de algum modo acabam excluindo os maridos. Mas minha mulher ficou doente há uns dez anos e por isso somos mais próximos que a maioria dos outros casais. Um praticamente adivinha o que o outro está pensando. Entende o que eu quero dizer, rabino?

O rabino assentiu.

— É claro que, se estava apenas fingindo que dormia...

— Ela disse que sempre o esperava acordada, menos às quintas-feiras. Pensei que era porque ficava cansada depois de receber em casa seu grupo de bridge, mas ela me garantiu que não era isso. É porque sabia que o senhor tinha estado com alguma mulher e não queria deixá-lo constrangido.

— Oh, meu Deus. — Bronstein cobriu o rosto com as mãos.

O rabino olhou para ele com compaixão e achou que não era o momento para um sermão.

— Ela disse que não estava magoada. Ela compreendia.

— Ela disse isso? Disse que compreendia?

— Disse. — Sentindo-se pouco à vontade com o rumo da conversa, o rabino tentou mudar de assunto: — Diga-me, senhor Bronstein, sua mulher sai de casa para alguma coisa?

O rosto dele suavizou-se.

— Oh, sim, quando o tempo está bom e ela tem vontade, eu a levo para um passeio. Gosto de dirigir e também gosto de tê-la ao meu lado. É como se voltássemos aos velhos tempos. Sabe, ela fica lá sentada ao meu lado como se estivesse bem. Não há nenhuma cadeira de rodas para me fazer lembrar que está doente, embora eu tenha uma cadeira dobrável no porta-malas e às vezes, quando a noite está quente, vamos até o calçadão, eu a coloco na cadeira e damos um passeio à beira-mar.

— Como é que ela volta para o carro?

— Eu a carrego e coloco-a no banco da frente.

O rabino se levantou.

— Há um ou dois pontos para os quais talvez valesse a pena chamar a atenção da polícia. Talvez possam averiguá-los, se ainda não o fizeram.

Bronstein também se levantou. Hesitou um pouco e depois estendeu a mão.

— Acredite, rabino, gostei muito de sua visita.

— Está sendo bem tratado?

— Oh, sim. — Fez um aceno de cabeça em direção às celas. — Depois que terminei de responder às perguntas, eles deixaram a porta da cela destrancada para eu poder andar pelo corredor, se quisesse. Alguns guardas vieram bater um papo e me trouxeram algumas revistas para ler. Gostaria de saber se...

— Se?

— Se o senhor poderia avisar à minha esposa que estou bem. Não queria que ficasse preocupada.

O rabino sorriu.

— Vou entrar em contato com ela, senhor Bronstein.

21

Depois de falar com Bronstein, o rabino pensou com tristeza que suas primeiras tentativas para ajudar só haviam servido para revelar duas coisas sem importância, ambas prejudiciais para o pobre homem. Durante a conversa com a sra. Bronstein, ficara sabendo que, naquela noite, ela não esperara o marido acordada. Naturalmente, mesmo que dissesse que ele não parecia perturbado, isso não ajudaria muito; como esposa ela não tinha crédito e, em todo caso, tratava-se apenas de uma prova negativa. Uma das coisas que não lhe saíam da cabeça depois de sua entrevista com o marido, era a imagem dele carregando a mulher nos braços e colocando-a no banco do carro. Ele sempre pensara que deveria ter sido difícil e complicado para o assassino carregar o corpo de um carro para o outro, mas agora Mel Bronstein demonstrara que aquilo não exigia nenhuma mágica, que ele tinha bastante prática no assunto.

O carro de Bronstein era um Lincoln azul, enquanto o seu era um carro pequeno, o que poderia fazer alguma diferença. Quando chegou em casa, o rabino estacionou na garagem, saiu do carro e ficou observando o veículo com uma expressão séria no rosto magro de intelectual. Depois chamou Miriam e pediu-lhe que fosse até lá fora um minuto.

Ela saiu e foi ficar ao lado dele, acompanhando a direção do seu olhar.

— Alguém arranhou o carro?

Em vez de responder, ele passou o braço pela sua cintura distraidamente. Ela sorriu afetuosamente, mas ele pareceu não notar. Adiantou-se e escancarou a porta do carro.

— O que está acontecendo, David?

Ele mordia o lábio inferior enquanto examinava o interior do carro. Depois, sem dar uma palavra, inclinou-se e tomou-a nos braços.

— David!

Foi cambaleando com seu fardo até a porta aberta do carro. Ela começou a rir.

O rabino tentou colocá-la no assento.

— Deixe a cabeça cair para trás — pediu.

Em vez disso, ainda rindo, Miriam passou-lhe os braços pelo pescoço e encostou o rosto no dele.

— Por favor, Miriam.

Ela deu uma mordidinha em sua orelha.

— Estou tentando...

Ela balançou as pernas de maneira provocante.

— O que o senhor Wasserman diria se nos visse agora?

— Estão se divertindo?

Ambos se voltaram e viram o delegado Lanigan junto à porta da garagem, com um largo sorriso no rosto.

O rabino imediatamente pôs a mulher no chão. Sentia-se como um tolo.

— Eu só estava fazendo uma experiência — explicou. — Não é fácil colocar um corpo no banco de um carro.

Lanigan concordou com a cabeça.

— Não, mas, embora a garota talvez fosse mais pesada que a senhora Small, Bronstein é muito maior que o senhor.

— Creio que isso faz diferença — disse o rabino, enquanto o conduzia para dentro de casa, em direção ao escritório.

Quando se sentaram, Lanigan perguntou como ele havia se saído com Bronstein.

— Eu o conheci esta tarde — disse o rabino. — Não é o tipo de pessoa que faria uma coisa dessas...

— Rabino, rabino — interrompeu o delegado impacientemente. — Se tivesse visto tantos criminosos como eu já vi, saberia que as aparências não significam nada. O senhor acredita que um ladrão tem o olhar furtivo? E que um vigarista tem um olhar astuto? Que nada, seu trunfo consiste exatamente na aparência franca, aberta e na capacidade de olhá-lo bem de frente. O povo judeu é chamado o Povo da Bíblia, e suponho que um rabino deva ser um tipo de pessoa particularmente estudiosa. Tenho muito respeito por livros e por pessoas estudiosas, rabino, mas em questões como essa é a experiência que conta.

— Mas, se a aparência e as maneiras são enganadoras, então todas as aparências são neutralizadas — disse o rabino suavemente —, e é difícil imaginar como um júri funcionaria. Em que o senhor baseia suas convicções?

— Nas provas, rabino. Na evidência matematicamente exata, se estiver diponível, ou, em caso contrário, no peso das probabilidades.

O rabino assentiu lentamente. Então disse, com aparente displicência:

— O senhor já ouviu falar em nosso Talmude?

— É o seu livro das leis, não é? Ele tem alguma coisa a ver com isso?

— Bem, o Talmude não é exatamente o nosso livro das leis. Os Livros de Moisés é que são. Trata-se dos comentários acerca da Lei. Não creio que tenha uma relação direta com o caso em questão, mas também não se pode ter certeza disso, já que se encontra de tudo no Talmude. Mas agora eu não estava pensando no seu conteúdo, e sim no seu método de estudo. Quando comecei a estudar na escola religiosa, quando era criança, todas as matérias, hebraico, gramática, literatura, as escrituras, eram ensinadas da maneira comum, assim como se ensina na escola pública. Isto é, nós nos sentávamos nas carteiras enquanto o professor ocupava uma carteira maior, sobre um estrado. Ele escrevia na lousa, fazia perguntas, passava lições de casa e ouvia-nos recitar. Mas, quando comecei a estudar o Talmude, o ensino era diferente. Imagine uma mesa grande com um grupo de estudantes em volta. Na cabeceira, ficava o professor, no caso um homem de barba comprida e patriarcal. Líamos uma passagem, um trechinho da Lei. Então seguiam-se as objeções, as explicações, os argumentos dos antigos rabinos a respeito da interpretação correta daquele trecho. Antes de nos darmos conta do que estávamos fazendo, estávamos acrescentando nossos próprios argumentos, nossas próprias objeções, nossas próprias distinções sutis e torneios de lógica, entabulando debates acirrados. Às vezes, o professor assumia a defesa de determinada postura e então o bombardeávamos com perguntas e objeções. Acho que uma caçada de ursos deve ser assim: um urso peludo rodeado por uma matilha de cães latindo e, logo que consegue derrubar um deles, o outro já está pronto para atacar. Quando se começa a argumentar, novas idéias vão se apresentando. Lembro-me de um trecho que estudei uma vez, que considerava como avaliar os prejuízos de um incêndio causado por uma faísca provocada pelo martelo do ferreiro. Passamos duas semanas inteiras discutindo só aquele trecho e, quando finalmente o deixamos, foi com relutância e uma sensação de que mal havíamos começado. O estudo do Talmude exerceu uma enorme influência sobre nós. Nossos maiores eruditos passaram a vida estudando o Talmude, não porque a interpretação exata de Lei tivesse relação com os seus problemas na época (em muitos casos, as leis específicas tornaram-se obsoletas), mas porque, como exercício mental, exercia sobre eles um enorme fascínio. Aquilo os encorajava a extrair de suas mentes todos os tipos de idéias...

— E o senhor propõe usar esse método para resolver nosso problema atual?

— Por que não? Vamos examinar o peso das probabilidades em sua teoria e ver se ela se mantém de pé.

— Muito bem, vá em frente.

O rabino levantou-se da cadeira e pôs-se a andar pela sala com passos largos.

— Não vamos começar pelo corpo, mas pela bolsa.

— Por quê?
— Por que não?
Lanigan deu de ombros.
— Está bem, o senhor é o professor.
— Na verdade, a bolsa é um campo de investigação mais fértil porque diz respeito a três pessoas. O fato de que o corpo se encontrava atrás do muro só envolve duas pessoas: a moça e o assassino. A bolsa envolve os dois e a mim, porque foi no meu carro que a encontraram.
— Muito bem.
— Agora, quais são as probabilidades de que a bolsa tenha sido deixada lá onde foi encontrada? Pode ter sido deixada pela garota ou pelo homem que a matou, ou por uma terceira pessoa, desconhecida, insuspeita e até o momento nem sequer considerada.
— Está escondendo alguma coisa na manga, rabino? — perguntou Lanigan, desconfiado.
— Não, estou apenas considerando todas as possibilidades.
Ouviu-se uma batida na porta do escritório e Miriam entrou com uma bandeja.
— Achei que gostariam de um cafezinho — disse.
— Obrigado — respondeu Lanigan. — Não vai nos acompanhar? — perguntou, ao notar que só havia duas xícaras na bandeja.
— Posso?
— Certamente. Não estamos tratando de nenhum assunto confidencial. O rabino só está me dando a primeira lição sobre o Talmude.
Quando ela voltou com mais uma xícara, ele observou:
— Muito bem, rabino, já consideramos todas as pessoas que poderiam ter deixado a bolsa no carro. Onde é que isso nos leva?
— Naturalmente, a primeira pergunta que ocorre é: por que a moça estava levando a bolsa consigo? Acho que algumas mulheres fazem isso automaticamente.
— Muitas mulheres prendem a chave de casa no forro da bolsa com uma corrente — sugeriu a sra. Small.
Lanigan concordou.

— Bom palpite. Era assim que ela levava a chave, presa por uma correntinha ao fecho do zíper de um compartimento interno.

— Então ela preferiu levar a bolsa a ter o trabalho de retirar a chave — continuou o rabino. — Agora vamos considerar, uma por uma, as pessoas que poderiam tê-la deixado no meu carro. Primeiro, vamos nos concentrar na terceira pessoa, o estranho insuspeito, para tirá-lo do caminho. Poderia ser alguém que estava passando e viu a bolsa caída no chão perto do carro. Ele certamente a abriria, pelo menos para descobrir se havia alguma identificação e poder devolvê-la à proprietária. Porém, é mais provável que ele a abrisse por mera curiosidade. Se fosse desonesto, teria levado os objetos de valor que encontrou. Mas ele não fez isso.

— Como é que o senhor sabe, rabino? — perguntou Lanigan, que de repente estava alerta.

— Porque o senhor disse que encontrou uma pesada aliança de ouro. Se fosse desonesto, ele a teria levado. O fato de não ter feito isso sugere que qualquer outro valor, dinheiro, por exemplo, não foi tocado.

— Havia algum dinheiro na bolsa — admitiu Lanigan. — O que era de se esperar, umas notas e algumas moedas.

— Muito bem. Então podemos eliminar a hipótese de alguém ter encontrado a bolsa, ter tirado o que havia de valor e então ter jogado a bolsa dentro do carro para não o pegarem com ela.

— Está certo, e onde é que isso nos leva?

— Apenas limpa o terreno. Agora suponhamos que ele fosse honesto e quisesse apenas devolver a bolsa à proprietária. Ao ver meu carro por perto, talvez presumisse que era o lugar onde a bolsa originalmente se encontrava e por isso a tenha colocado lá. Também poderia ter pensado que o motorista, ao descobri-la no carro, teria a preocupação de devolvê-la à verdadeira dona. Mas, no caso de ser essa sua única relação com a bolsa, por que então a colocaria atrás, no chão do carro, e não no banco da frente, onde o motorista com certeza a encontraria? Eu poderia ainda dirigir por alguns dias sem vê-la.

— Muito bem, então podemos concluir que um estranho, até o momento insuspeito, não deixou a bolsa no carro, fosse ele honesto ou desonesto. Eu nunca afirmei o contrário.
— Então vamos em frente. Consideremos a garota.
— A garota está fora. Ela estava morta àquela hora.
— Como pode estar tão certo? Parece que a explicação mais viável é que a própria moça tenha deixado a bolsa no carro.
— Veja bem, era uma noite quente e o senhor deve ter deixado a janela do escritório aberta, certo?
— Certo, a janela estava aberta, mas a persiana estava fechada.
— A que distância do seu carro o senhor acha que estava? Vou-lhe dizer. O carro estava a uns seis metros do prédio. Seu escritório fica no segundo andar, digamos, cerca de três metros acima do nível da rua. Acrescente um metro e vinte para obter a altura do peitoril. Agora, se o senhor se lembra da geometria do ginásio, a reta que vai do carro até o senhor é a hipotenusa de um triângulo retângulo, Se fizer alguns cálculos, vai descobrir que o carro se encontrava a uns oito metros de distância do parapeito. Acrescente uns três metros e meio para obter sua posição junto à escrivaninha. Isso significa que o senhor estava a uns onze metros do carro. E, se alguém tivesse entrado naquele carro, e não estou nem falando em brigar ou ser assassinado dentro dele, o senhor teria ouvido, por mais absorto que estivesse em seus estudos.
— Mas isso pode ter acontecido depois que eu deixei o templo — objetou o rabino.
Lanigan fez que não com a cabeça.
— Não é provável. O senhor disse que saiu em algum momento depois da meia-noite. Imagina que era por volta de meia-noite e vinte. Mas o guarda Norman estava andando pela rua Maple em direção ao templo, e, mais ou menos nessa hora ou logo depois, ele estava dentro do raio de visão do templo. O estacionamento esteve sob sua guarda desde essa hora até uma hora e três minutos, quando ele bateu o relógio de ponto na esquina. Depois desceu a rua Vine, que é onde moram os Serafino e, portanto, a rua por onde a garota deve ter passado.

— Certo, e depois disso? — indagou o rabino.

Lanigan sacudiu a cabeça outra vez.

— Nada feito. Primeiro, o médico-legista informou que a moça foi morta por volta de uma hora, com uma margem de vinte minutos antes ou depois. Mas isso levando em conta a temperatura do corpo, a rigidez e assim por diante. Quando interrogamos Bronstein, descobrimos que eles tomaram um lanche depois do cinema e isso permitiu que o legista determinasse a hora com maior precisão, tendo por base o conteúdo do estômago da moça. Ele nos enviou um relatório suplementar que fixa uma hora da manhã no máximo.

— Então, nesse caso, temos de considerar possível que, apesar da proximidade do meu carro, eu estivesse tão absorto que não ouvi nada. Lembre-se que as janelas do carro estavam fechadas. Se eles foram cuidadosos ao abrir e fechar a porta do carro e conversaram em voz baixa, eu não poderia ouvi-los. Além disso, o modo como ela foi assassinada, por estrangulamento, pode tê-la impedido de gritar.

Lanigan apontou para a cabeça do rabino e perguntou:

— Como se chama isso que está usando?

O rabino tocou o solidéu de seda preta.

— Isto? Uma kipá.

— Então vai me desculpar, rabino — disse ele, rindo —, mas o senhor está com muitas caraminholas debaixo de sua kipá. Por que teriam eles o cuidado de abrir e fechar as portas do carro e falar em voz baixa ou sussurrar, se não tinham motivo para acreditar que havia alguém por perto escutando? Se entraram lá antes que começasse a chover, então devem ter aberto as janelas. Fazia calor, lembra-se? E, se tivesse sido durante a chuva, Norman certamente os teria visto. Além do mais, não há nenhuma indicação de que a garota tenha estado em seu carro. Veja aqui. — Ele abriu uma pasta e tirou alguns papéis que espalhou sobre a escrivaninha do rabino. Eles se aproximaram para olhar. — Este é o conteúdo total do seu carro: uma lista de tudo o que havia em cada compartimento. Este aqui é um diagrama do interior do carro, mostrando onde cada objeto foi encontrado. Este é o lugar onde a bolsa foi achada, no chão embaixo do banco. Neste saquinho plástico de lixo, havia lenços de papel manchados de batom, mas era o batom de sua esposa. No chão, bem atrás dos bancos da frente, havia um grampo de cabelos, mas também era de sua esposa. Havia vários tocos de cigarro no cinzeiro da frente e um no cinzeiro de trás, todos manchados com o batom de sua esposa. Trata-se da mesma marca que ela fuma, porque são iguais aos do maço meio vazio que encontramos no porta-luvas.

— Só um minuto — disse Miriam —, aquele que estava no cinzeiro de trás não pode ser meu. Eu nunca me sentei no banco de trás, desde que compramos o carro.

— Como assim, nunca se sentou no banco de trás? Isso é impossível.

— É mesmo? — perguntou o rabino calmamente. — Eu nunca me sentei em nenhum outro banco, a não ser o do motorista. Na verdade, pensando bem, o banco de trás nunca foi usado. Desde que compramos esse carro, menos de um ano atrás, eu nunca tive a oportunidade de transportar quem quer que seja. Quando entro no carro, ocupo o banco do motorista e, quando Miriam vem junto, senta-se ao meu lado. O que há de tão estranho nisso? Com que freqüência o senhor ocupa o banco de trás do seu carro?

— Mas de algum modo o toco de cigarro foi parar lá. O batom é de sua esposa, a marca de cigarros é a que ela fuma. Olhe aqui, esta é uma lista do que havia na bolsa da garota. Como podem ver, não havia cigarros.

O rabino estudou a lista. Depois observou:

— Mas há um isqueiro, o que indica que ela fumava. Quanto ao batom, o senhor disse que era da mesma marca e da mesma cor que o de Miriam. Afinal, as duas são loiras.

— Um momento — disse Lanigan. — O grampo de cabelo foi encontrado no banco de trás do carro, portanto...

Miriam sacudiu a cabeça.

— Estando sentada no banco da frente, é no banco de trás que o grampo acabaria caindo.

— É, acho que sim — disse Lanigan —, mas ainda não temos aquilo que se pode chamar de um quadro nítido. Ela não tinha cigarros... pelo menos, não havia nenhum na bolsa, certo?

— Certo, mas também não estava sozinha. Havia alguém com ela, o assassino, e ele provavelmente tinha cigarros.

— Está querendo dizer que a moça foi assassinada em seu carro, rabino?

— Exatamente. O cigarro manchado de batom no cinzeiro de trás prova que uma mulher esteve sentada no banco de trás do meu carro. A bolsa no chão indica que foi Elspeth Bleech.

— Está certo, digamos que ela tenha estado lá. Vamos admitir que tenha sido morta em seu carro. Como é que isso vai ajudar o Bronstein?

— Eu diria que isso o inocenta.

— Quer dizer, porque ele tinha seu próprio carro?

— É isso mesmo. Por que ele iria dirigir até o estacionamento com a garota, parar ao lado do meu carro e depois trocar de carro?

— Pode ser que ele a tenha assassinado no carro dele e depois transferido o corpo para o seu carro.

— O senhor está esquecendo o cigarro no cinzeiro de trás. Quando entrou no meu carro, a moça ainda estava viva.

— Suponha que ele a tenha forçado a entrar no seu carro.

— Por que razão?

Lanigan deu de ombros.

— Talvez para evitar algum sinal de luta no carro dele.

— O senhor não está atribuindo ao cigarro o seu valor como prova. Se ela fumou aquele cigarro no banco de trás do meu carro, é porque estava à vontade: ninguém a estava ameaçando. Aliás, se depois de tirar o vestido, ela teve de voltar, por algum motivo, ao carro de Bronstein, então por que teria vestido a capa de chuva?

— Porque estava chovendo, é claro.

O rabino sacudiu a cabeça impacientemente.

— O carro estava bem em frente à casa. A que distância? Uns seis metros? Ela teve de vestir um casaco para cobrir a combinação e isso já era proteção suficiente para uma corrida tão curta na chuva.

Lanigan levantou-se e começou a andar compassadamente pela sala. O rabino limitou-se a observar, para não interromper seu raciocínio. Mas, como depois de algum tempo ele continuasse em silêncio, o rabino falou:

— Bronstein devia ter procurado a polícia assim que descobriu o que havia acontecido, vamos admitir. Aliás, nem deveria ter saído com a moça, antes de mais nada. Mas, mesmo que isso não tenha desculpa, é compreensível, tendo-se em vista sua situação em casa. Também não se pode desculpá-lo por ter escondido informações da polícia, mas é aceitável. O senhor não acha que ser detido para interrogatório e agüentar a publicidade decorrente disso já são castigos mais que suficientes? Delegado Lanigan, aceite meu conselho e ponha-o em liberdade.

— Mas isso me deixaria sem um suspeito.

— Esse não é o seu estilo.

— O que quer dizer? — O delegado enrubesceu.

— Não posso imaginar o senhor prendendo um homem apenas para poder informar à imprensa que está progredindo nas investigações. Depois, isso só tornaria mais difícil a investigação. O senhor acabaria pensando apenas em Bronstein, tentando elaborar teorias que pusessem em evidência, verificando o seu passado, interpretando toda prova que surgisse sob a perspectiva do seu possível envolvimento. E obviamente essa é a direção errada a seguir na investigação.

— Bem...

— O senhor não percebe que a única coisa que tem contra ele é o fato de não ter ido se apresentar?

— Mas o promotor público vai interrogá-lo amanhã de manhã.

— Então diga-lhe que Bronstein vai aparecer voluntariamente. Eu me responsabilizo por ele. Garanto que vai aparecer quando o senhor quiser.

Lanigan apanhou a pasta de documentos.

— Está bem, eu vou soltá-lo. — Foi até a porta, mas, quando pôs a mão na maçaneta, hesitou. — O senhor percebe, rabino, que não fez nada para melhorar sua própria situação?

22

Al Becker não era o tipo de pessoa que se esquecesse de um favor recebido. Na manhã seguinte à libertação de seu sócio, foi visitar Abe Casson para lhe agradecer pessoalmente por sua ajuda no caso.

— É, eu falei com o promotor, mas não consegui nada. Como já disse antes, esse caso está sendo tratado pela polícia local, pelo menos até agora.

— Isso é comum?

— Bem, é e não é. Os limites de atuação das autoridades não estão muito bem traçados. Os detetives do estado geralmente são designados para os casos de assassinato. O procurador público em cujo município acontece um crime grave, e cuja repartição terá de assumir a acusação, também se ocupa do caso. Em seguida, a polícia local, por conhecer as condições do lugar, também mete o nariz no trabalho. Depende muito da personalidade do delegado e do promotor público, da quantidade de homens disponíveis e das questões específicas que estão em jogo. No caso de uma cidade grande como Boston, a polícia de Boston é que estaria comandando o espetáculo, porque tem os homens e os equipamentos necessários para isso. Aqui, a investigação está sendo conduzida exclusivamente por Hugh Lanigan. Mel foi detido por sua ordem e solto por sua ordem. E vou lhe dizer mais uma coisa: Lanigan o pôs em liberdade devido a alguma nova perspectiva ou nova interpretação do caso fornecida pelo rabino. Isso não é comum, percebe?, quero dizer, um tira atribuir a outra pessoa o crédito de um trabalho de investigação inteligente, mas Hugh Lanigan não é um tipo comum.

Al Becker não deu muito valor às observações de Abe Casson. Não duvidou que o rabino tivesse falado com Lanigan sobre o caso — era possível que, em conversa, alguma observação casual do rabino houvesse oferecido ao delegado uma perspectiva diferente, mas ele não acreditava que o rabino fosse capaz de empreender uma defesa convincente do seu amigo. Mesmo assim, achou que deveria ir visitar o rabino e agradecer-lhe.

No encontro de ambos, ainda persistia um certo constrangimento. Becker foi direto ao assunto.

— Creio que o senhor teve muito a ver com o fato de Mel Bronstein ter sido posto em liberdade, rabino.

Teria sido muito mais fácil se o rabino tivesse negado modestamente, como era de se esperar, mas em vez disso afirmou:

— É, eu acho que sim.

— Bem, o senhor sabe como me sinto em relação a Mel. É como um irmão mais novo para mim. Por isso, pode compreender como estou agradecido. Não tenho sido exatamente um de seus defensores mais ativos...

O rabino sorriu.

— E agora está se sentindo um pouco embaraçado. Não precisa ficar assim, senhor Becker. Estou certo de que sua objeção não tinha nenhum caráter pessoal. O senhor acha que eu não sou a pessoa certa para o cargo que estou ocupando. Tem todo o direito de continuar pensando assim. Eu ajudei seu amigo do mesmo modo que o teria ajudado ou a qualquer outra pessoa que precisasse, como estou certo de que o senhor também o faria nas mesmas circunstâncias.

Becker telefonou a Abe Casson para contar sobre sua conversa com o rabino e terminou dizendo:

— É um homem difícil de se gostar. Fui até lá agradecer-lhe por ter ajudado Mel e tentar me desculpar por ter ficado contra ele na questão do contrato e foi como se ele dissesse que não precisava da minha amizade e que não se importava se eu continuasse me opondo a ele.

— Não foi essa a impressão que eu tive com a sua história. Sabe? Al, talvez você seja esperto demais para entender um homem como o rabino. Você está acostumado a ler nas entrelinhas e adivinhar o que as pessoas realmente estão querendo dizer. Já lhe ocorreu que o rabino pode não estar falando nas entrelinhas, que ele diz exatamente aquilo que quer dizer?

— Bem, eu sei que você, Jake Wasserman e Abe Reich são loucos por ele. Para vocês, o rabino é incapaz de fazer algo errado, mas...

— Parece que ele agiu corretamente com você também, Al.

— Oh, não estou negando que ele tenha feito um grande favor a mim e ao Mel, e fico-lhe agradecido. Mas você sabe muito bem que Mel teria sido solto de qualquer maneira, talvez em um ou dois dias, porque eles não tinham nada contra ele.

— Não tenha tanta certeza. Você não sabe como é que eles jogam. Num caso comum, em que um sujeito é julgado por algum crime comum, certamente as chances são de que, sendo inocente, possa ficar em liberdade. Mas, num caso como este, há um outro elemento. Já não se trata mais de um caso em juízo, apenas. A política está envolvida, e eles não estão muito preocupados em saber se o homem é culpado ou inocente. Começam a pensar em termos diferentes: será que temos elementos suficientes para levar o caso a julgamento? Se o homem é inocente, vamos deixar que seu advogado tome conta dele e, se não for, tanto pior. A coisa se torna uma espécie de jogo, como o futebol, com o promotor de um lado e o advogado de defesa do outro, e o juiz é o árbitro. E o acusado? Ele é a bola de futebol.

— Sim, mas...

— E mais uma coisa, Al: se você realmente quer ter a perspectiva correta, pergunte a si mesmo o que vai acontecer agora. Quem é o principal suspeito? Vou lhe dizer: é o rabino. Agora, qualquer que seja a sua opinião sobre o rabino, há de convir que ele não é burro. Portanto, pode estar certo de que ele sabe que, ao tirar Bronstein da fogueira, estava se jogando bem dentro dela. Pense um pouco nisso, Al, e então pergunte outra vez a si mesmo se o rabino é um homem tão difícil assim de se gostar.

23

No domingo choveu. A chuva começara a cair bem cedinho, de modo que o corredor e as salas de aula da escola dominical foram invadidos pelo cheiro das capas de chuva e das galochas molhadas. O sr. Wasserman e Abe Casson, de pé junto à porta dos fundos, olhavam com tristeza o estacionamento, vendo as gotas de chuva saltar no asfalto brilhante.

— São dez e quinze, Jacob — disse Casson. — Parece que não vamos ter reunião hoje.

— Um pouquinho de chuva e eles já ficam com medo de sair.

Al Becker juntou-se a eles e comentou:

— Abe Reich e Meyer Goldfarb já estão aqui, mas não acho que venham muitos mais.

— Vamos esperar mais quinze minutos — disse Wasserman.

— Se não vieram até agora, é porque não vêm mais — retrucou Casson sem rodeios.

— Talvez devêssemos dar alguns telefonemas — sugeriu Wasserman.

— Se estão com medo de uma chuvinha — comentou Becker —, o seu telefonema não vai fazê-los mudar de idéia.

Casson rugiu ironicamente:

— Acha que é a chuva que os está impedindo de vir?

— O que mais poderia ser?

— Acho que os rapazes estão sondando o terreno. Não compreende, Al? Nenhum deles quer se envolver nesa história.

— Envolver-se em quê? — perguntou Becker. — De que diabos você está falando?

— Estou falando de uma garota que foi assassinada. E da possível conexão entre ela e o rabino. Hoje deveríamos votar o novo contrato do rabino, lembra-se? E acho que alguns dos rapazes começaram a pensar nas possibilidades. Suponha que votem por manter o rabino e de repente ele é o culpado. Que diriam seus amigos, especialmente os cristãos? Qual seria a conseqüência para os seus negócios? Percebe agora?

— Isso nunca me ocorreu — disse Becker, lentamente.

— Porque talvez nunca lhe tenha ocorrido que o rabino possa ter feito aquilo — disse Casson. Olhou para Becker com curiosidade. — Diga uma coisa, Al, você não recebeu nenhum telefonema ultimamente?

Becker continuou impassível, mas o rosto de Wasserman começou a ficar vermelho.

— Ah, vejo que recebeu alguns, Jacob — continuou Casson.

— Que tipo de telefonemas? — perguntou Becker.

— Conte a ele, Jacob.

Wasserman deu de ombros.

— Quem liga para isso? Doidos, tolos, fanáticos, você acha que eu vou dar ouvidos a eles? Eu simplesmente bato o telefone.

— E você também tem recebido esses telefonemas? — perguntou Becker a Casson.

— Sim. Acho que ligaram para o Jacob porque é o presidente. E ligaram para mim porque estou na política e sou conhecido.

— E o que você fez a respeito? — indagou Becker.

Casson deu de ombros.

— O mesmo que Jacob: nada. O que é que se pode fazer? Quando o assassino for encontrado, isso vai passar.

— Bem, algo tem de ser feito. Pelo menos deveríamos contar isso à polícia ou aos representantes municipais, ou então...

— E o que eles podem fazer? Agora, se eu tivesse de reconhecer uma das vozes, a coisa seria diferente.

— É mesmo?

— Isso é novidade para você, hein? E talvez também seja novidade para o Jacob. Mas não é novidade para mim. Já recebi esse tipo de telefonema em todas as campanhas políticas de que participei. O mundo está cheio de loucos: homens e mulheres amargurados, frustrados, perturbados. Individualmente são, na maior parte, inofensivos. Coletivamente, não é nada agradável pensar neles. Escrevem nojentas cartas maldosas e obscenas aos jornais ou às pessoas cujos nomes são mencionados nos noticiários e, quando é alguém da mesma região, eles passam a telefonar.

Wasserman consultou o relógio.

— Bem, cavalheiros, infelizmente acho que não teremos a reunião hoje.

— Não seria a primeira vez que não temos quórum — comentou Becker.

— E o que eu vou dizer ao rabino? Que tem de esperar mais uma semana? E que, na próxima semana, certamente teremos quórum? — Lançou um olhar zombeteiro para Becker.

Becker enrubesceu. De repente, ficou furioso.

— Então, se não tivermos quórum, será na semana seguinte, ou na outra, ou na outra ainda. Vocês já têm os votos. Ou será que ele precisa deles por escrito?

— Há também o probleminha dos votos oponentes que você conseguiu — Casson tratou de lembrá-lo.

— Não precisa mais se preocupar com eles — falou Becker com firmeza. — Eu já disse aos meus amigos que estava a favor da renovação do contrato do rabino.

Naquela noite, Hugh Lanigan deu um pulo até a casa do rabino.

— Achei que deveria vir lhe dar os parabéns pela sua reabilitação. Segundo minhas fontes de informação, a oposição ao senhor caiu por terra.

O rabino sorriu com reserva.

— Não parece estar muito feliz com isso — disse Lanigan.
— É mais ou menos como entrar pela porta dos fundos.
— Então é isso. O senhor acha que conseguiu essa renovação de contrato, ou eleição, ou o que quer que seja, por causa daquilo que fez por Bronstein. Bem, nesse assunto, eu é que posso ser seu professor, rabino. Vocês, judeus, são céticos, críticos e lógicos.

— Sempre pensei que nos considerassem extremamente impulsivos — comentou o rabino.

— E são mesmo, mas somente em relação a coisas emocionais. Vocês, judeus, não têm nenhum senso político e nós, irlandeses, nascemos para isso. Quando vocês participam de debates ou fazem campanha para um cargo público, lutam pelas propostas. E, quando perdem, consolam-se com a idéia de que lutaram pelas propostas e de que argumentaram de maneira lógica e razoável. Deve ter sido judeu o homem que afirmou que preferia estar certo a ser presidente. Um irlandês é mais esperto: ele sabe que ninguém pode fazer nada, a não ser que seja eleito. Portanto, o primeiro princípio da política é ser eleito. E o segundo grande princípio é que um candidato não é eleito por constituir a escolha mais lógica, mas por causa do seu corte de cabelo, do chapéu que usa ou de seu sotaque. É assim que escolhemos até mesmo o presidente dos Estados Unidos e, aliás, é assim que um homem escolhe sua esposa. Ora, quando se tem uma situação política, deve-se recorrer a princípios políticos. Portanto, não se preocupe com a razão por que foi escolhido ou o modo como foi escolhido. Apenas fique satisfeito por ter sido escolhido.

— O senhor Lanigan tem razão, David — disse Miriam. — Sabemos que, se o seu contrato não tivesse sido renovado, você poderia ter conseguido outro emprego igual ou melhor que este, mas você gosta de Barnard's Crossing. Além disso, o senhor Wasserman tem certeza de que o aumento será concedido, e nós com certeza vamos descobrir uma boa maneira de utilizá-lo.

— Isso já foi resolvido, querida — disse o rabino depressa.

Ela fez uma careta.

— Mais livros?

Ele sacudiu a cabeça.

— Não desta vez. Quando essa história toda terminar, vou usar o dinheiro que sobrar para comprar um carro novo. A idéia de que aquela pobre garota... Toda vez que entro no carro, quase tenho um calafrio. Estou sempre inventando desculpas para sair a pé, e não de carro.

— É bastante compreensível — comentou Lanigan —, mas talvez o senhor se sinta melhor quando encontrarmos o assassino.

— Sim, e como vai indo?

— Estamos conseguindo material novo o tempo todo. Estamos trabalhando dia e noite. Agora mesmo temos algumas pistas promissoras.

— Ou melhor, em outras palavras, estão num beco sem saída.

Lanigan limitou-se a encolher os ombros e arreganhar um sorriso desajeitado.

— Se quer um conselho — sugeriu Miriam —, tire isso da cabeça e tome uma xícara de chá conosco.

— Ótima idéia — concordou Lanigan.

Eles tomaram o chá e conversaram sobre a cidade, a política, o clima — num bate-papo descontraído e inconseqüente de pessoas que não têm nenhuma preocupação. Lanigan finalmente se levantou, com visível relutância.

— Foi muito agradável ficar aqui sentado conversando, senhora Small, porém agora tenho de voltar.

Mas, no momento em que ia saindo, o telefone tocou e, embora o rabino estivesse mais perto dele, sua esposa apressou-se em atender. Disse alô, depois ficou escutando por algum tempo, com o aparelho bem apertado junto ao ouvido.

— Sinto muito, deve ser engano — disse com firmeza e desligou.

— Parece que andamos tendo um bocado de enganos nos últimos dias — observou o rabino.

Lanigan, com a mão na maçaneta, dirigiu o olhar primeiro para o rabino, cuja expressão era inocente e suave, e depois para sua esposa, que tinha o rosto vermelho de embaraço, ou talvez aborrecimento, ou quem sabe raiva. Em resposta ao seu olhar inquisitivo, Lanigan teve a impressão de detectar em Miriam um movimento de cabeça quase imperceptível; por isso, com um sorriso e um aceno de mão, tratou de ir embora.

Noite após noite, o mesmo grupo de amigos sentava-se à mesma mesa redonda que ficava na parte da frente do Ship's Cabin. Às vezes, havia até seis pessoas, mas, na maior parte das noites, eram uns três ou quatro. Denominavam-se os Cavaleiros da Távola Redonda e tinham a tendência de mostrar-se barulhentos e arruaceiros. Embora Alf Cantwell, o proprietário do bar, fosse um homem austero e se orgulhasse de manter a ordem em seu estabelecimento, era bastante condescendente com eles, porque eram fregueses habituais e, se ocasionalmente se tornavam briguentos, não ultrapassavam os limites de seu próprio círculo. Mesmo assim, nas duas ou três ocasiões em que teve de dar ordens ao garçom para não lhes servir mais nada e até chegou a pedir que se retirassem, eles aceitaram isso sem problemas e voltaram na noite seguinte, sem rancor e um pouco arrependidos: "Acho que estávamos um pouco altos a noite passada, Alf. Desculpe, isso não vai acontecer de novo".

Quatro deles se encontravam à mesa quando Stanley chegou, segunda-feira às nove e meia. Buzz Applebury, um homem magro e alto de nariz comprido, cumprimentou-o quando entrou. Ele era um empreiteiro-pintor que tinha seu próprio negócio, e Stanley já havia trabalhado para ele algumas vezes.

— Oi, Stan — chamou ele —, venha até aqui tomar um drinque.

— Bem... — Stanley tratou de contemporizar.

Eles se encontravam um degrau acima dele na escala social. Além de Applebury, lá estavam Harry Cleeves, que tinha uma oficina de consertos, Don Winters, que dirigia um pequeno armazém, e Malcolm Larch, que possuía uma corretora de imóveis e de seguros. Todos aqueles homens eram comerciantes, enquanto ele era apenas um trabalhador braçal.

— Vamos, chegue até aqui e sente-se, Stan — insistiu Larch e afastou-se no banco circular, a fim de abrir espaço para ele. — O que é que vai beber?

Eles estavam tomando uísque, mas a bebida costumeira de Stanley era cerveja, e ele não queria que pensassem que estava tirando vantagem da hospitalidade.

— Vou tomar cerveja — disse.

— É isso aí, Stan, trate de ficar sóbrio porque talvez precise levar a gente pra casa.

— Ótimo — exclamou Stanley em sinal de aprovação.

Harry Cleeves, um gigante loiro com um rosto redondo de bebê, estivera olhando fixamente para o seu copo o tempo todo sem prestar atenção em Stanley. Depois ele se voltou e dirigiu-se ao recém-chegado com um ar muito sério.

— Você ainda está trabalhando na igreja dos judeus?

— No templo? Sim, ainda estou trabalhando lá.

— Já faz tempo que você está lá — observou Applebury.

— Uns... três anos — disse Stanley.

— Você usa um daqueles chapeuzinhos insignificantes que eles põem para rezar?

— Claro, quando eles estão celebrando um culto e eu estou trabalhando.

Applebury voltou-se para os outros.

— Quando eles estão celebrando um culto e ele está trabalhando, foi o que ele disse.

— Como é que você sabe que isso não faz de você um judeu também? — perguntou Winters.

Stanley olhou rapidamente de um para o outro. Decididamente eles estavam brincando, e ele disse, rindo:

— Credo, Don, isso não faz da pessoa um judeu.

— É claro que não, Don — concordou Applebury, lançando ao amigo um olhar de reprovação por cima do longo nariz. — Todo mundo sabe que eles têm de cortar aquilo para fazer o cara virar judeu. Eles cortaram você, Stan?

Stanley tinha certeza de que aquilo não passava de uma brincadeira, por isso deu risada.

— Boa! — acrescentou, para indicar que apreciava inteiramente a piada.

— Você precisa tomar cuidado, Stan — continuou Winters —, você pode ficar tão esperto de se misturar com esses judeus que vai acabar parando de trabalhar.

— Ah, eles não são tão espertos assim — disse Applebury. — Uma vez fiz um serviço para um deles lá em Point. Eles me pediram um orçamento e apresentei um preço três vezes mais alto do que o trabalho valia, calculando que ele fosse pechinchar e eu tivesse de baixar o preço. Mas aquele cara judeu só disse: "Vá em frente, mas faça um bom trabalho". Também, com a mulher dele querendo as cores assim ou assado, e dizendo: "Dá para fazer essa parede só um tom mais escura que a outra, senhor Applebury? E o senhor poderia fazer o madeiramento completamente opaco, senhor Applebury?". Ora, acho que só isso já valeu a diferença. Ela era uma mulherzinha bem bacana — acrescentou ele, recordando. — Usava aquelas calças pretas agarradas, calças de toureiro, acho que é assim que se chamam, e a bundinha dela rebolava tanto quando ela andava que eu não conseguia me concentrar no trabalho.

— Ouvi dizer que Hugh Lanigan está se preparando para virar um deles — disse Harry Cleeves. Os outros riram, mas ele pareceu não notar. De repente, virou-se para Stanley e perguntou: — O que é que você acha disso, Stan? Ouviu alguma coisa sobre eles estarem fazendo preparativos lá, para a conversão de Hugh Lanigan?

— Nada disso.

— Ei, Harry, eu ouvi alguma coisa sobre isso — disse Malcolm Larch. — Não é que Hugh Lanigan esteja planejando se juntar a eles. É só esse negócio da garota morta. Acho que o

Hugh está trabalhando com aquele rabino deles para não deixar escapar nenhuma prova de que foi o rabino que fez aquilo.

— Mas como é que ele poderia fazer aquilo? — perguntou Cleeves. — Se foi o rabino, como é que Hugh vai encobrir as coisas para ele?

— Bom, pelo que eu andei ouvindo, ele tentou jogar a culpa naquele cara, o Bronstein, mesmo porque o Bronstein não faz parte da turma deles. Mas de repente ele tem ligação com um alto funcionário da polícia, então tivera de soltar o homem. Os que estão por dentro acham que agora eles vão tentar jogar a culpa em alguém de fora. O Hugh não anda amolando você, Stan? — perguntou-lhe Cleeves com um ar de inocência.

Stanley sabia que agora eles estavam fazendo gozação, mas, em vez de achar aquilo divertido, ficou inquieto. Forçou um sorriso amarelo.

— Não, o Hugh não está nem aí comigo.

— O que eu não entendo — disse Cleeves, pensativo — é por que o rabino ia querer matar aquela mocinha.

— Alguém disse que é parte da religião, mas parece que isso não faz muito sentido — explicou Winters.

— Acho que não tem muito a ver com isso — disse Larch —, pelo menos não por estas bandas. Talvez na Europa ou em alguma cidade grande como Nova York, onde eles são poderosos e podem se safar bem, mas não por aqui.

— Então, o que é que ele ia querer com uma garota daquelas? — indagou Winters.

— Ela estava grávida, não estava? — Cleeves virou-se repentinamente para Stanley. — Não é para isso que ele ia querer ela, Stan?

— Eu, hein? Vocês são é malucos — disse Stanley.

Eles riram, mas Stanley não sentiu a atmosfera mais leve. Sentia-se pouco à vontade.

Então Larch perguntou:

— Ei, Harry, você não precisava dar um telefonema?

Cleeves deu uma olhada no relógio.

— É um pouco tarde, não é?

— Quanto mais tarde, melhor, Harry — Ele piscou para os amigos e perguntou: — Não é mesmo, Stan?

— Acho que sim.

Isso provocou novas risadas. Stanley mantinha um sorriso paralisado no rosto. Queria ir embora, mas não sabia como. Todos ficaram olhando, dessa vez sem falar nada, enquanto Cleeves discava um número e falava ao telefone. Poucos minutos depois, ele voltou com o polegar virado para cima para indicar que a chamada fora bem-sucedida.

Stanley se levantou para que Cleeves retomasse seu assento. Ao pôr-se de pé, percebeu que era a hora certa de escapar.

— Tenho que ir agora — disse.

— Ah, qual é, Stan, tome mais uma.

— A noite é uma criança, Stan.

— Ainda nem começou...

Applebury agarrou-lhe o braço, mas Stanley livrou-se com um safanão e encaminhou-se para a porta.

24

Carl Macomber, presidente do Conselho Municipal de Representantes de Barnard's Crossing, era por natureza um homem preocupado. Alto, bem conservado, com cabelos grisalhos, vinha participando da política da cidade havia quarenta anos e do Conselho de Representantes havia quase vinte. Os duzentos e cinqüenta dólares anuais que recebia, cinqüenta a mais que os outros membros, por ser o presidente, eram com certeza uma compensação inadequada pelas três horas semanais ou mais que ele passava assistindo às reuniões do conselho durante o ano todo, pelas dezenas de horas que dedicava aos assuntos municipais e pelas semanas febris de campanha a cada dois anos para ser reeleito.

Sem dúvida o seu próprio negócio — possuía uma lojinha de artigos masculinos — sofrera bastante com a sua devoção à política. Antes de cada eleição, ele e a esposa tinham longas conversas para decidir se ele deveria ou não concorrer novamente e, como ele sempre dizia, convencê-la era a maior dificuldade da campanha. "Mas, Martha, eu simplesmente tenho de continuar no conselho agora que está surgindo a questão de obter o Espólio Dollop por desapropriação. Ninguém mais conhece os detalhes do negócio a não ser eu. Se Johnny Wright assumisse, eu poderia ficar fora. Mas ele vai passar o inverno na Flórida. Foi a única pessoa além de mim que acompanhou as negociações com os herdeiros em 52. E, se eu tivesse de sair agora, seria horrível imaginar quanto isso iria custar à cidade."

Antes disso, fora a escola nova; antes dela, o novo departamento de saúde pública; antes dele, a revisão dos salários dos funcionários públicos municipais; e, antes disso, alguma outra coisa. Às vezes, ele mesmo ficava surpreso. O ianque inflexível que havia nele recusava-se a admitir algo tão sentimental como amor pela cidade. Em vez disso, ele dizia a si mesmo que gostava de estar em ação no meio das coisas e saber o que estava acontecendo e que se tratava de obrigação sua, já que era capaz de fazer aquele serviço melhor do que qualquer um dos outros candidatos.

Administrar a cidade não era apenas resolver as coisas à medida que iam surgindo, como ele sempre dizia; a essa altura, já seria tarde demais. Ao contrário, implicava detectar uma crise iminente e preveni-la. Era o que estava acontecendo naquele instante em relação ao rabino Small e o Assassinato no Templo, como os jornais haviam intitulado o caso. Não era absolutamente um assunto que quisesse discutir na reunião regular do conselho. Mesmo os cinco membros eram demais quando precisava apenas de uma maioria de três para encaminhar as questões, passando por uma reunião oficial com um mínimo de discussão.

Ele chamara Heber Nute e George Collins, os dois membros mais velhos do conselho e os que contavam mais tempo de serviço depois dele. Naquele instante, estavam sentados em sua sala de visitas, bebendo chá gelado e mastigando os biscoitinhos de gengibre que Martha Macomber lhes trouxera numa bandeja. Discutiram o tempo, o estado dos negócios e a situação política do país. Agora era Carl Macomber quem estava falando.

— Eu chamei vocês aqui por causa dessa história do templo, no distrito de Chilton. Isso está me preocupando. Estive no Ship's Cabin a noite passada e ouvi umas conversas por ali que não me agradaram. Estava sentado em uma das mesas isoladas por divisórias, por isso não fui visto, mas notei os vagabundos de costume que estão sempre por lá, bebendo cerveja e falando principalmente para ouvir a própria voz. Estavam dizendo que o rabino deve ter cometido o crime e que a polícia não está fazendo nada porque recebe dinheiro dos judeus; que Hugh Lanigan e o rabino são grandes amigos e estão sempre se visitando.

— Era o Buzz Applebury que estava dizendo isso? — perguntou George Collins, um homem sorridente e expansivo. — Mandei chamá-lo alguns dias atrás para me fazer um orçamento da pintura do madeirame e ele me veio com uma conversa assim. É claro que dei risada e disse que ele não passava de um perfeito idiota.

— Era o Buzz Applebury, sim — admitiu Macomber —, mas havia uns outros três ou quatro com ele, e parecia que todos tinham a mesma opinião.

— É isso que está preocupando você, Carl? — perguntou Heber Nute. Era um homem agitado e irascível, que parecia estar sempre zangado com alguma coisa. A pele do seu crânio calvo parecia retesada e uma grande veia saltava quando ele se aborrecia. — Droga, você não devia prestar atenção nesse tipo de gente. — Ele parecia estar indignado por ter sido chamado para discutir um assunto tão insignificante.

— Você está errado, Heber, não se trata apenas de um rabugento como Applebury. Os outros pareciam achar a idéia razoável. Esse tipo de conversa tem se espalhado, e isso pode se tornar perigoso.

— Não acho que você possa fazer muita coisa a respeito, Carl — observou Collins judiciosamente —, além de lhe dizer simplesmente que é um grande tolo, como eu já fiz.

— Parece que também não fez nenhum efeito — observou Nute com azedume. — Alguma coisa está preocupando você, Carl. Você não é do tipo que se incomoda com gente como Applebury. Qual é o problema?

— Não é apenas Applebury. Já ouvi alguns comentários de outras pessoas, clientes de minha loja. Eu não gosto disso. Venho escutando essas coisas o tempo todo, desde que o caso estourou. Houve uma certa pausa quando prenderam Bronstein, mas piorou depois que ele foi solto. A idéia geral é que, se não foi Bronstein, então tem de ser o rabino, e que ainda não foi aberto nenhum processo contra ele porque ele e Hugh Lanigan são amigos.

— Hugh é um tira, antes de mais nada — garantiu Nute.
— Ele prenderia o próprio filho, se fosse culpado.
— Mas não foi o rabino quem conseguiu pôr Bronstein em liberdade? — perguntou Collins.
— Isso mesmo, mas as pessoas não sabem.
— Bem, logo que acharem o verdadeiro assassino, tudo vai se acalmar — concluiu Collins.
— Como você sabe que não é o rabino? — perguntou Nute.
— Aliás, como sabemos que vão descobrir o assassino? — indagou Macomber. — Um número enorme de casos como esse nunca é resolvido. E, nesse meio tempo, muitos danos podem ser causados.
— Que tipo de danos? — quis saber Collins.
— Um monte de coisas sórdidas. Os judeus têm uma tendência para ser sensíveis e suscetíveis, e esse homem é o rabino deles.
— Isso tudo é uma grande droga — disse Nute — mas acho que não precisamos usar luvas de pelica só porque eles são sensíveis.
— Há mais de trezentas famílias judias em Barnard's Crossing — comentou Macomber. — A maioria vive no distrito de Chilton, onde cada casa vale no mercado, atualmente, por volta de vinte mil dólares cada uma. Muitos não pagaram essa quantia, mas é o que elas estão valendo, em média, hoje, no mercado imobiliário. Nossos impostos são calculados sobre cinqüenta por cento do preço de mercado. Isso dá trezentas vezes dez mil dólares, ou seja, um total de três milhões de dólares. Impostos sobre três milhões de dólares são impostos pra chuchu.
— Bem, se os judeus fossem embora, então viriam os cristãos — disse Nute. — Isso não me incomodaria nem um pouco.
— Você não é muito fã dos judeus, não é, Heber? — perguntou Lacomber.
— É, não posso dizer que seja.

— E quanto aos católicos e negros?

— Também não posso dizer que morro de amores por eles.

— E o que acha dos ianques? — perguntou Collins com um sorriso irônico.

— Também não liga muito para eles — disse Macomber, com um sorriso igualmente irônico. — É isso que caracteriza os ianques. Nós, ianques, não gostamos de ninguém, nem mesmo uns dos outros, mas toleramos todo mundo.

Até Heber caiu na risada.

— Bem — prosseguiu Macomber —, foi por isso que pedi que vocês viessem aqui hoje à noite. Estava pensando em Barnard's Crossing e nas grandes mudanças que ocorreram aqui nos últimos quinze ou vinte anos. Hoje, nossas escolas são tão boas como qualquer outra do estado. Nossa biblioteca é considerada uma das melhores em cidades do tamanho da nossa. Construímos um novo hospital. Implantamos quilômetros de esgotos e pavimentamos quilômetros de ruas. Não é apenas uma cidade maior do que era quinze anos atrás: é uma cidade melhor. E foram essas pessoas de Chilton que fizeram tudo isso, judeus e cristãos. Não se deixe enganar. Essas pessoas da região de Chilton, agora estou falando dos cristãos, eles não são como nós aqui da Cidade Velha. São muito mais parecidos com seus vizinhos judeus. São jovens executivos e cientistas, engenheiros e profissionais especializados, em geral. Todos têm diploma universitário, suas esposas também, e eles esperam que seus filhos freqüentem a faculdade. E você sabe o que foi que os trouxe...

— O que os trouxe aqui — disse Nute objetivamente — foi a vantagem de estarem a meia hora de Boston e perto do mar, no verão.

— Há outras cidades próximas ao litoral, mas nenhuma delas progrediu como a nossa, e todos pagam impostos mais altos — disse Macomber calmamente. — Não, foi outra coisa que os trouxe, talvez a coragem que Jean Pierre Bérnard, aquele velho depravado, trouxe consigo e deixou de herança para nós. Quando andavam caçando bruxas em Salem, várias delas vieram para cá e nós as escondemos. Nunca tivemos uma caça às bruxas aqui e não é agora que vamos começar.

— Alguma coisa aconteceu — observou Collins —, alguma coisa concreta que está preocupando você, e eu não acho que é o Buzz Applebury pondo a boca no mundo, nem as observações dos seus clientes. Nunca soube que você engolisse qualquer desaforo dos clientes. E então, o que está acontecendo, Carl?

Macomber assentiu.

— Andam ocorrendo chamadas telefônicas, trotes, às vezes tarde da noite. Becker, o dono da agência Lincoln-Ford, veio me fazer uma proposta a respeito da nova radiopatrulha. Pelo menos, foi esse o motivo que ele alegou, mas, durante a conversa, deu um jeito de mencionar que o presidente do templo, Wasserman, e Abe Casson, que vocês conhecem, andam recebendo esses telefonemas. Eu falei com Hugh a esse respeito e ele disse que não sabia de nada, mas que não ficaria nem um pouco surpreso se descobrisse que o rabino também anda recebendo uma porção deles.

— Não podemos fazer nada a respeito, Carl — retrucou Nute.

— Não estou tão certo. Se pudéssemos dar a impressão, a todos aqui na cidade, de que nós, do Conselho de Representantes, somos cem por cento contra esse tipo de coisa, acho que ajudaria. E, como a maior parte do problema parece estar centralizado no rabino, apesar de eu achar que ele é apenas a desculpa mais à mão para Applebury dar uma de bacana, eu pensei que poderíamos aproveitar aquela bobagem que a Câmara de Comércio instituiu dois ou três anos atrás, aquele negócio de abençoar a flotilha de barcos, no início da Semana da Corrida Náutica, para mostrar que não aprovamos o que anda acontecendo. Vejamos, o monsenhor O'Brien abençoou os barcos uma vez e o doutor Skinner no outro ano...

— Ano passado, foi o pastor Mueller — disse Collins.

— Está bem, então temos dois protestantes e um católico. Que tal anunciarmos que o rabino Small é o convidado deste ano?

— Droga, Carl, você não pode fazer isso. Os judeus nem mesmo têm um clube náutico. O Argonautas têm um monte de sócios católicos, e é por isso que chamaram o monsenhor O'Brien. Já o Setentrional e o Atlântico não têm nenhum sócio católico, muito menos judeu. Eles não iriam concordar com isso. Já reclamaram por causa do monsenhor.

— A cidade faz muitas coisas pelos clubes náuticos — disse Macomber — e, se eles ficarem sabendo que o Conselho de Representantes Municipais foi unânime em sua decisão, vão ter de engolir direitinho.

— Mas que droga — disse Nute —, você não pode pedir aos clubes que deixem um rabino judeu abençoar os seus barcos, assim como também não poderia pedir a eles que o deixassem batizar um dos filhos deles.

— Por que não? Quem é que dava a bênção antes que a Câmara de Comércio inventasse essa história?

— Ninguém.

— Então os barcos não precisam de nenhuma bênção. Aliás, já notei que eles não estão velejando mais rápido só porque começamos a abençoá-los. Então, o pior que poderiam dizer é que a bênção do rabino não iria fazer nenhum bem. Eu também não acho que faça, mais que a do pastor ou do monsenhor. Mas acho que ninguém vai pensar que pode trazer algum dano.

— Está bem, está bem — disse Nute. — O que você quer que a gente faça?

— Coisa nenhuma, Heber. Eu vou visitar o rabino e fazer o convite. Apenas me dêem cobertura se tivermos algum problema com o resto do conselho.

Joe Serafino parou na entrada do salão, e deu uma olhada na clientela.

— Bastante movimento, Lennie — observou.

— É, tem um bocado de gente. — Em seguida, sem movimentar os lábios, o maître acrescentou: — Olhe lá aquele tira: na terceira mesa a contar da janela.

— Como é que você sabe?
— Eu sinto o cheiro deles de longe, mas, de qualquer modo, conheço aquele ali. É um detetive da polícia estadual.
— Ele falou com você?
Leonard deu de ombros.
— Eles andam sondando o restaurante, sabe?, desde aquela história da garota. Mas essa é a primeira vez que um deles entra e pede um drinque.
— Quem é a mulher que está com ele?
— Deve ser a mulher dele.
— Então talvez ele só esteja querendo se distrair um pouco. — De repente, ele ficou imóvel. — O que é que essa menina está fazendo aqui, a Stella?
— Ah, eu já ia contar. Ela quer ver você. Eu disse que ia avisá-la quando você chegasse.
— O que ela está querendo?
— Acho que quer conversar com você sobre um emprego fixo. Posso dar um chega-pra-lá nela, se quiser. Digo que você está muito ocupado e que vai ligar para ela.
— Está bem. Não, não, espere. Eu falo com ela.
Ele saiu da entrada e começou a circular por entre as mesas, parando aqui e ali para cumprimentar um antigo freguês. Sem pressa nenhuma e sem olhar na direção da moça, deu um jeito de chegar até a mesa dela e disse:
— Que história é essa, guria? Se veio atrás de emprego, não pode ocupar a mesa.
— O senhor Leonard disse que eu devia me sentar. Ele disse que era melhor do que esperar no saguão.
— Está bem, o que é que você quer?
— Eu preciso falar com você... em particular.
Ele pensou ter detectado um tom ameaçador em sua voz, por isso disse:
— Tudo bem. Onde está o seu casaco?
— Na portaria.
— Então vá buscar. Você sabe onde está o meu carro?
— No mesmo lugar de sempre?

— É. Vá até lá e fique me esperando. Eu vou em seguida.

Ele continuou a ronda das mesas até chegar à porta da cozinha. Passou por ela disfarçadamente e, um minuto depois, estava andando depressa pelo estacionamento.

Acomodando-se atrás da direção, disse:

— Muito bem, o que é que está querendo? Eu não tenho muito tempo.

— A polícia foi me procurar hoje de manhã, senhor Serafino.

— O que você disse a eles? — perguntou ele avidamente. Depois percebeu que estava cometendo um erro e, quase sem se perturbar, perguntou o que eles queriam.

— Eu não sei. Não estava em casa. Eles falaram com a mulher com quem moro. Deixaram um nome e um número de telefone para eu ligar quando chegasse, mas pedi a ela que dissesse, se eles por acaso voltassem, que fiquei fora o dia todo. Eu queria falar com você antes. Estou com medo.

— Medo do quê? Você não sabe o que eles estão querendo com você.

No escuro, ele podia vê-la fazer um aceno de cabeça afirmativo.

— Tenho uma vaga idéia, porque eles perguntaram para ela se sabia a que horas voltei para casa naquela noite, você sabe.

Ele sacudiu os ombros, num gesto afetado de despreocupação.

— Você estava trabalhando aqui naquela noite, então eles têm de interrogar você. Já andaram interrogando todo mundo por aqui. É só uma questão de rotina. Se voltarem mais uma vez, diga a verdade. Você estava com medo de ir sozinha para casa àquela hora da noite, já que era o seu primeiro dia de trabalho aqui, por isso eu a levei para casa e deixei você lá à uma e quinze.

— Ah, não, senhor Serafino, era mais cedo.

— É mesmo? À uma hora?

— Eu olhei para o relógio quando entrei em casa, senhor Serafino. Eram apenas meia-noite e meia.

Então ele ficou furioso — furioso e um pouco amendrontado.
— Você está tentando forçar a barra, menina? Está tentando me jogar no meio de uma confusão de assassinato?
— Não estou tentando nada, senhor Serafino — disse ela com teimosia. — Sei que eram meia-noite e meia quando o senhor me deixou em casa, ou até um pouco mais cedo, porque foi a essa hora que eu entrei. Não sei mentir muito bem, senhor Serafino, por isso pensei que talvez devesse ir para Nova York, eu tenho uma irmã casada lá, e tentar arrumar um emprego, num show, por exemplo. Se isso for só uma investigação de rotina, como o senhor disse, pode ser que eles não se incomodem comigo, se eu não estiver por perto.
— É, você tem razão.
— Vou precisar de um pouco de dinheiro para as despesas, senhor Serafino. Eu teria de pagar a passagem e, mesmo que vá morar com a minha irmã, e acho que é até melhor não ir, pelo menos no início, eu também teria de ajudar nas despesas da casa.
— Quanto é que está querendo?
— Se eu conseguisse um emprego logo de cara, não teria de ser muito, mas acho que precisaria de uns quinhentos dólares para estar segura.
— Uma chantagem, hein? — Inclinou-se para ela. — Escute aqui. Você sabe que não tive nada a ver com aquela garota.
— Eu não sei o que pensar, senhor Serafino.
— Ah, sabe sim. — Joe esperou que a moça falasse, mas ela permaneceu em silêncio. Então ele mudou de tom. — Essa história de ir para Nova York, isso não é bom. Se você desaparecesse, os tiras iam desconfiar na hora. E iam encontrar você, pode acreditar. E quinhentos mangos... pode esquecer isso. Eu não tenho todo esse dinheirinho. — Tirou a carteira do bolso e pegou cinco notas de dez dólares. — Eu não me importo de dar um dinheirinho a você. E, se precisar, pode contar com uma nota de dez de vez em quando, mas nada de dinheiro grosso, entendeu? E, se você se comportar, talvez eu possa arranjar um

emprego fixo para você na minha boate. Mas é só isso. E, quando os tiras perguntarem a que horas voltou para casa aquela noite, você vai dizer que não se lembra, mas que já era tarde, provavelmente depois da uma. Não fique preocupada porque não sabe mentir. Os tiras esperam mesmo que você fique nervosa.

Ela sacudiu a cabeça, novamente.

— Qual é o problema?

Na luz opaca do letreiro luminoso da boate, ele viu um sorrisinho atrevido no rosto da moça.

— Se não tivesse nada a ver com isso, acho que não iria me dar nenhuma grana. E, se tem, então o que está me oferecendo não basta.

— Olhe, eu não tive nada a ver com aquela garota. Ponha isso na cabeça. Por que estou fazendo isso? Vou dizer a você. Todo cara que dirige uma casa noturna é uma boa presa para a polícia. Eles podem fazer da vida dele um inferno, percebe? Se começarem a cair em cima de mim, o meu negócio vai pras cucuias. Aquele cara que eles pegaram e soltaram, o Bronstein, ele vende carros. Então, se ele começar a achar que os negócios estão sendo prejudicados, baixa os preços ou faz ofertas melhores e pronto. Mas, se a mesma coisa me acontecer, eu vou ter de fechar as portas para sempre. E eu sou um homem casado, com filhos. Então, para mim, vale a pena pagar alguns trocados para evitar encrenca. Mas é só isso.

Ela tornou a sacudir a cabeça.

Ele ficou lá sentado, quieto, com os dedos batendo de leve na direção. Depois, deu as costas a ela, como se estivesse falando com outra pessoa.

— Nesse negócio, você esbarra em todo tipo de gente. Precisa de uma espécie de seguro, se quiser ter alguma paz de espírito. Um cara começa a pressionar você, então você tem de fazer um acordo. Se não puder, então entra em contato com o seu... ahn... agente de seguros. Você ficaria surpresa com o tipo de serviço que se consegue com quinhentos dólares. Agora, se o serviço é uma garota atraente como você, alguns agentes me fazem um preço especial, talvez nem cobrem nada. Alguns desses caras gostam de brincar, especialmente com uma garotinha bonita. Eles fazem isso por prazer. — Ele a olhou de relance pelo canto dos olhos e percebeu que estava conseguindo chegar aonde queria. — Como eu já disse, quero ser cordial. Não me importo de ajudar um amigo de vez em quando. Se um amigo precisa muito de emprego, eu geralmente posso arrumar. Se um amigo precisa de alguns trocados, por exemplo, para uma roupa nova, eu posso até me comover.

Ele ofereceu o dinheiro novamente.

Dessa vez, ela aceitou.

25

Macomber telefonara antes para ter certeza de que o rabino estaria em casa quando ele chegasse.

— Macomber? Conhecemos algum Macomber? — perguntou o rabino, quando Miriam lhe contou sobre o telefonema.

— Ele disse que se tratava de algo referente aos negócios da cidade.

— Você acha que é um dos representantes? Macomber é o nome do presidente, se não me engano.

— Por que você não pergunta a ele quando chegar? — disse ela secamente. Depois, reconhecendo que fora rude, acrescentou: — Ele disse às sete horas.

O rabino olhou para a esposa inquisitivamente, mas não disse nada. Ela já vinha se mostrando taciturna havia vários dias, mas ele não gostava de ficar fazendo perguntas.

O rabino reconheceu Macomber imediatamente e fez menção de conduzi-lo ao seu escritório, presumindo que viera por causa de algum assunto relativo ao templo ou à comunidade judaica. Mas este parecia satisfeito em permanecer na sala de estar.

— Só vou ficar um minuto, rabino. Vim aqui lhe perguntar se o senhor gostaria de participar das cerimônias de abertura da Semana da Corrida Náutica.

— Que tipo de participação?

— Bem, nos últimos anos, fizemos belas festas. Recebemos

barcos de todos os lugares, o senhor sabe, de todos os clubes náuticos ao longo do litoral norte, alguns poucos do litoral sul e até mesmo de lugares mais distantes. Antes da primeira corrida, temos uma cerimônia na plataforma do juiz: uma banda de música, o hasteamento da bandeira e finalmente a bênção das embarcações. Nos últimos anos, tivemos pastores protestantes e, antes deles, um padre católico. Por isso, este ano, achamos que seria justo convidar um rabino, já que temos um na cidade.

— Não entendo muito bem o que o senhor deseja que eu abençoe — disse o rabino. — Trata-se de embarcações de lazer de um tipo ou de outro que vêm até aqui para a corrida. Há algum perigo envolvido?

— Não, nenhum. É claro que a gente sempre pode ser atingido por um mastro, quando mudar de direção, e acabar sendo jogado dentro d'água, mas isso não acontece com muita freqüência.

O rabino estava intrigado e indeciso.

— Então vocês querem que eu reze pela vitória?

— Bem, naturalmente gostaríamos que o nosso pessoal ganhasse, mas não estamos competindo pela cidade, se é a isso que se refere.

— Então não estou entendendo bem. O senhor quer dizer que só desejam que os próprios barcos sejam abençoados?

— Essa é a idéia, rabino. Sua tarefa seria abençoar os barcos, não apenas os nossos, mas todos os que estiverem no porto nessa hora.

— Não sei — disse o rabino, hesitante. — Eu não tenho muita experiência com esse tipo de coisa. O senhor sabe, nossas preces raramente têm o intuito de solicitação. Nós não pedimos coisas que não temos, mas agradecemos as que recebemos.

— Não compreendo.

O rabino sorriu.

— É mais ou menos o seguinte: vocês, cristãos, dizem "Pai nosso que estais no céu, dai-nos o pão de cada dia". Nossa oração equivalente é "Louvado sê, Senhor, que fizeste nascer o pão da terra". Isto está bem simplificado, mas em geral nossas preces tendem a ser preces de ação de graças por tudo o que nos foi dado. É claro que eu poderia agradecer pelos barcos por nos oferecerem o prazer de velejar. Mas isso é um pouco forçado e eu vou ter de pensar no assunto. Não estou no ramo das bênçãos, o senhor sabe.

Macomber riu.

— É um jeito curioso de encarar a coisa. Não creio que o monsenhor O'Brien, que deu a bênção alguns anos atrás, ou o doutor Skinner, que também a deu uma vez, pensem em si mesmo como pessoas que estão no ramo das bênçãos. Mas eles o fizeram.

— Pelo menos, é mais apropriado às suas respectivas profissões do que à minha.

— Vocês não estão todos na mesma profissão?

— Oh, não, somos originários de diferentes tradições, todos os três. Monsenhor O'Brien é um sacerdote na tradição dos sacerdotes da Bíblia, os filhos de Aarão. Ele tem certos poderes, poderes mágicos, que vem a exercer na celebração da missa, por exemplo, quando o pão e o vinho transformam-se magicamente no corpo e no sangue de Cristo. O doutor Skinner, como pastor protestante, segue a tradição dos profetas. Ele recebeu um chamado para pregar a palavra de Deus. Eu, que sou rabino, sou essencialmente uma figura secular, que não possui o *maná* do sacerdote nem o "chamado" do pastor. Em todo o caso, acho que somos os mais próximos dos juízes da Bíblia.

— Bem — disse Macomber lentamente —, acho que entendo o que quer dizer, mas, na verdade, ninguém... o que estou tentando dizer é que estamos interessados principalmente na cerimônia.

— O senhor ia dizer que, de qualquer forma, ninguém ouve a oração?

Macomber deu uma risada breve.

— Sinto muito rabino, mas era isso mesmo que eu ia dizer. E agora acho que ofendi o senhor.

— De modo algum. Como rabino, estou plenamente consciente de que as pessoas não escutam minhas orações, assim como o senhor também está consciente de que não ouvem seus argumentos mais sérios. Não me preocupo se as pessoas que vão estar no cais terão uma disposição adequada à devoção, mas sim se o propósito da oração não seria um tanto frívolo.

Macomber parecia frustrado.

— Por que está tão ansioso para que meu marido faça essa oração? — indagou Miriam.

Macomber olhou de um para o outro e viu, na aparência serena dela e no feitio determinado de seu queixo, que era inútil tentar contemporizar. Decidiu jogar com a verdade.

— É a péssima reação que esse negócio desastroso do templo tem causado. Especialmente nos últimos dias, tem havido muito falatório, um falatório nada agradável. Nunca aconteceu algo assim antes e não estamos gostando disso. Achamos que ajudaria se pudéssemos anunciar que o Conselho Municipal de Representantes o convidou para abençoar a flotilha. Concordo com o senhor, é uma coisa bem tola, uma "grande" inspiração que a Câmara de Comércio teve alguns anos atrás. Isso é costume em alguns países católicos, nas pequenas aldeias de pescadores, mas lá os barcos são coisa séria, e seu sucesso afeta toda a economia. E também há perigos consideráveis. Isso é razoável até mesmo em Gloucester, de onde partem as grandes esquadras de navios. Aqui, não passa de uma cerimônia sem significado, mas, no que lhe diz respeito, rabino, servirá para demonstrar que os representantes, e, portanto, as pessoas responsáveis pela cidade, não estão de acordo com esses atos vergonhosos.

— É muito gentil de sua parte, senhor Macomber — disse o rabino —, mas será que o senhor não estaria exagerando um pouco a situação?

— Não, pode acreditar. O senhor, pessoalmente, talvez não tenha tido nenhum contratempo ou amolação, ou então, se teve, deve tê-lo desprezado como coisa de um ou dois malucos, que vai terminar quando o verdadeiro culpado for encontrado. Mas esse tipo de caso é o mais difícil de resolver e freqüentemente acaba ficando sem solução. Nesse meio tempo, algumas pessoas honestas podem ser prejudicadas. Não estou dizendo que este plano vai resolver a situação, mas tenho certeza de que vai ajudar um pouco.

— Agradeço o que está tentando fazer e a intenção que o moveu...

— Então concorda?

O rabino sacudiu a cabeça lentamente.

— Por que não? É contra a sua religião?

— Na verdade, é sim. Está especificamente escrito: "Não tomarás o nome do Senhor teu Deus em vão".

Macomber se levantou.

— Acho que não há mais nada a dizer, mas gostaria que pensasse nisso. Não é apenas o senhor, mas toda a comunidade judaica, compreende?

Quando Macomber foi embora, Miriam exclamou:

— Oh, David, essas pessoas são tão boas.

Ele assentiu, mas não disse nada.

O telefone tocou e ele pegou o receptor.

— Rabino Small — disse, e depois pôs-se a escutar. Miriam ficou olhando para ele, alarmada ao ver que estava enrubescendo. Ele pôs o aparelho de volta no gancho e voltou-se para a esposa. — É esse o tipo de engano que você tem atendido? — indagou ele com calma.

Ela fez que sim com a cabeça.

— Sempre a mesma pessoa?

— Às vezes é voz de homem, às vezes de mulher. Parece que a mesma voz nunca se repete. Algumas ocasiões, é apenas um rosário de obscenidades, mas quase sempre dizem coisas terríveis.

— Essa pessoa, com uma voz bem agradável, aliás, queria saber se um sacrifício humano vai ser exigido nas nossas próximas festividades... acho que estava se referindo ao Pessach.

— Oh, não!

— Oh, sim!

— Mas isso é terrível. Essa cidade encantadora tem pessoas tão simpáticas como Hugh Lanigan e o senhor Macomber, e, em compensação, essas pessoas ao telefone...

— Malucos — disse ele, num tom de repúdio e desprezo.
— Apenas malucos inconvenientes.
— Mas não são apenas os telefonemas, David.
— Não? E o que mais?
— Quando vou fazer compras, os vendedores, que costumavam ser amáveis e gentis, agora são apenas polidos. E os outros clientes, aqueles que conheço, andam tentando me evitar.
— Tem certeza de que não está imaginando tudo isso? — ele parecia já não estar tão seguro de si.
— Certeza absoluta, David. Não há nada que você possa fazer?
— Como, por exemplo?
— Eu não sei. O rabino é você. Você é quem deve saber. Talvez fosse melhor contar a Hugh Lanigan o que anda acontecendo. Talvez consultar um advogado. Talvez considerar o convite de Macomber.

Ele não deu resposta, apenas voltou à sala de estar. Ela deu uma olhada lá dentro e viu-o sentado em sua poltrona, com os olhos abertos fixos na parede em frente. Quando se ofereceu para lhe fazer um chá, ele sacudiu a cabeça, aborrecido. Mais tarde ela se aventurou a dar mais uma espiada. Ele ainda estava na poltrona, olhando fixamente para a frente.

— Será que você pode me ajudar a abrir o zíper do vestido? — pediu ela.

Automaticamente, sem se levantar, ele puxou o zíper nas costas do vestido. Parecia estar voltando a si, pois perguntou:
— Por que está tirando a roupa?
— Porque estou exausta e quero ir para a cama.

Ele riu.
— Ora, mas é claro. Que tolice a minha. Você não pode ir para a cama vestida. Se não se importa, vou ficar aqui por mais algum tempo.

Foi então que eles ouviram um carro aproximar-se e parar à sua porta.

— Está chegando alguém — disse ele. Quem pode ser a esta hora?

Eles esperaram e, depois de algum tempo, a campainha tocou. Miriam, que tornara a fechar o vestido, foi abrir a porta, mas, enquanto se aproximava, ouviu o som de um motor roncando e de rodas cantando contra o cascalho. Ela abriu a porta e olhou para fora. Viu a lanterna acesa de um carro que disparava pela rua na escuridão.

Atrás dela, ouviu o marido exclamar:

— Oh, meu Deus!

Voltou-se e também pôde ver a suástica pintada na porta, com a tinta vermelha ainda fresca, pingando como se fosse sangue.

Ele passou o dedo para verificar e ficou olhando em silêncio a mancha vermelha em sua pele. Imediatamente, Miriam se pôs a chorar.

— Que horrível, David — disse, soluçando.

Ele a abraçou forte, até que ela se acalmasse. Então, com voz áspera o rabino disse:

— Traga algum produto de limpeza e um pedaço de pano.

Ela apoiou o rosto em seu ombro.

— Estou com medo, David, estou com muito medo.

26

Embora a fotografia do rabino tivesse aparecido nos jornais como uma das pessoas relacionadas com o caso, a sra. Serafino não o reconheceu quando foi atender a campainha.

— Sou o rabino Small — disse ele. — Gostaria de conversar com a senhora por alguns instantes.

Ela não tinha certeza se devia ou não atendê-lo. Gostaria de perguntar ao marido, mas ele ainda estava dormindo.

— É a respeito do caso? Porque, se for, não acho que devo...

— Eu vim ver o quarto dela. — Havia algo tão determinado e confiante no seu tom de voz que recusar quase parecia impertinência.

Ela hesitou e depois disse:

— Acho que não há problema. É logo ali depois da cozinha. — E mostrou-lhe o caminho.

O telefone tocou quando estavam indo para a cozinha e ela correu para atendê-lo ao primeiro toque. Conversou um pouco e depois desligou.

— Desculpe — disse ao rabino. — É que temos uma extensão ao lado da cama, e eu não queria acordar o Joe.

— Compreendo.

Ela abriu a porta da cozinha e pôs-se de lado para o rabino poder entrar. Ele olhou tudo o que havia no quarto — a cama, a mesinha-de-cabeceira ao lado, a escrivaninha e a pequena poltrona. Foi até a mesa-de-cabeceira e leu os títulos dos poucos livros que estavam na estante; deu uma olhada no radinho de plástico em cima da mesa. Examinou-o por um momento, girou o botão e esperou, até que ouviu uma voz anunciar: "Esta é a estação WSAM, a estação de Salem, levando música até você...".

— Acho que não deve tocar em nada — disse ela.

Ele desligou o rádio e deu um sorriso de desculpas.

— Ela o ouvia muito?

— O tempo todo: aquela loucura de rock and roll.

A porta do armário estava aberta. Ele pediu permissão e depois olhou lá dentro. A própria sra. Serafino abriu a porta do banheiro.

— Obrigado — disse ele. — Já vi o bastante.

Ela o levou de volta à sala de visitas.

— Encontrou alguma coisa em especial?

— Não esperava encontrar nada. Apenas queria formar uma idéia sobre a garota. Diga-me uma coisa: ela era bonita?

— Não era nenhuma beldade, apesar de todos os jornais estarem dizendo que era "uma loira atraente". Acho que eles dizem isso de qualquer garota. Ela era um pouco atraente, o tipo da moça de fazenda, bem alimentada, o senhor sabe, com cintura grossa, pernas grossas e tornozelos... oh, queria me desculpar.

— Tudo bem, senhora Serafino — o rabino tranqüilizou-a —, eu entendo de pernas e tornozelos. Diga-me uma coisa: ela parecia feliz?

— Acho que sim.

— Mas, pelo que sei, não tinha amigos.

— Bem, ela e aquela Celia que trabalhava para os Hoskins algumas casas abaixo iam juntas ao cinema de vez em quando.

— Tinha alguma amizade masculina, ou a senhora talvez não soubesse?

— Acho que ela teria me dito se tivesse um namorado. O senhor sabe como é, duas mulheres juntas numa casa acabam conversando. Mas tenho certeza de que não tinha nenhum amigo. Quando ia ao cinema nas quintas-feiras à noite, ou ia sozinha ou então com Celia. Mas os jornais dizem que ela estava grávida, então imagino que deve ter conhecido pelo menos um homem.

— Naquela quinta-feira, notou alguma coisa diferente no seu comportamento?

— Não, foi uma quinta-feira mais ou menos como as outras. Eu estava ocupada e ela providenciou o almoço das crianças, mas saiu logo em seguida. Geralmente, costumava sair antes.

— Mas não era incomum sair àquela hora?

— Não, não era.

— Bem, muito obrigado, senhora Serafino, a senhora foi muito gentil.

Ela o acompanhou até a porta e ficou observando enquanto ele caminhava pelo jardim até a rua. Então tratou de chamá-lo:

— Rabino Small... ali está a Celia, se quiser conversar com ela... É aquela moça com as duas crianças.

Viu-o descer a rua depressa e abordar a garota.

O rabino Small conversou com Celia por alguns instantes, depois foi andando até a esquina e olhou de relance para a caixa do correio. Entrou no carro e dirigiu-se para Salem, onde passou algum tempo antes de voltar para casa.

O sr. Serafino levantou-se pouco depois do meio-dia. Lavou o rosto, passou a mão pela barba azulada que estava aparecendo, decidiu que só iria se barbear à noite e desceu até a cozinha. Lá fora, no quintal, viu a mulher brincando com as crianças e acenou para elas. A sra. Serafino entrou para lhe servir o café da manhã e ele se sentou à mesa da cozinha, lendo os quadrinhos no jornal da manhã, enquanto ela lidava no fogão.

Não disseram uma só palavra até ele acabar de comer. Então ela rompeu o silêncio:

— Aposto que você não adivinha quem foi que esteve aqui de manhã.

Ele não respondeu.

— O rabino Small, do templo judeu — prosseguiu ela. — Você sabe, o dono do carro onde eles encontraram a bolsa.

— O que é que ele queria?

— Fazer algumas perguntas sobre a garota.

— Mas que atrevimento! Você não disse nada, não é?

— Eu conversei com ele. Por que não?

Ele ficou olhando para ela, espantado.

— Porque ele está implicado no caso e aquilo que você sabe é prova, por isso é que não devia conversar com ele.

— Mas ele parecia ser um rapaz tão agradável, não aquilo que a gente espera de um rabino. Quer dizer, ele não tinha barba nem nada.

— Nenhum deles usa barba, hoje em dia. Não se lembra quando fomos ao casamento dos Gold, no ano passado? Aquele rabino também não usava barba.

— Ele também não era assim, sabe?, tão solene. Era apenas um rapaz comum, como um vendedor de apólices de seguros ou um vendedor de carros, mas sem ser tagarela, apenas simpático e educado. Ele queria ver o quarto da moça.

— E você mostrou a ele?

— É claro que mostrei.

— A polícia disse para você manter a porta do quarto trancada. Como podia saber que ele não estava planejando pegar alguma coisa ou apagar alguma impressão digital, ou até mesmo pôr alguma coisa lá dentro?

— Porque eu fiquei com ele o tempo todo. Ele só ficou alguns segundos, no máximo.

— Bem, vou lhe dizer o que vou fazer. Vou chamar a polícia e contar tudo. — Ele se levantou.

— Mas por quê?

— Porque este é um caso de homicídio. O que está naquele quarto é prova. Ele está implicado no caso, e pode ter alterado as provas. E, de hoje em diante, trate de não falar mais sobre o caso com ninguém, entendeu?

— Está bem.
— Com ninguém, entendeu?
— Está bem.
— Não quero que diga uma só, uma única palavra, entendeu?
— Está bem, está bem. Por que você está tão irritado? O seu rosto está todo vermelho.
— A gente tem o direito de ter um pouco de paz e sossego na própria casa — gritou, enfurecido.

Ela sorriu para ele.

— Você está muito nervoso, Joe. Venha, querido, sente-se que vou buscar outra xícara de café para você.

Ele se sentou e enfiou o rosto atrás do jornal. Ela pegou outra xícara e outro pires e serviu o café. Estava bastante intrigada, insegura e preocupada.

27

O rabino não ficou inteiramente surpreso quando Hugh Lanigan apareceu naquela noite.

— Soube que o senhor foi à casa dos Serafino hoje de manhã — disse ele.

O jovem rabino enrubesceu e fez que sim com a cabeça.

— Estava bancando o detetive, não é mesmo, rabino? — Os lábios de Lanigan se contraíram num esforço para permanecer sério, embora obviamente considerasse a situação divertida. — Não faça mais isso, rabino. O senhor poderia apagar os vestígios, e só Deus sabe como a situação já é complicada do jeito que está. Também devo dizer que isso pode levantar suspeitas. O senhor Serafino, que nos ligou para contar toda a história, está pensando que o senhor pode ter ido lá para tirar alguma coisa, talvez algo que o incrimine, do quarto da moça.

— Isso nem me passou pela cabeça — disse ele, arrependido. Sinto muito. Hesitou um pouco e depois prosseguiu, com timidez: — Eu tive uma idéia que queria confirmar.

Lanigan dirigiu-lhe um olhar rápido.

— Mesmo?

O rabino fez um gesto de cabeça afirmativo e continuou, apressadamente.

— Em toda seqüência de eventos, há um início, um meio e um fim. A última vez que discutimos este caso, infelizmente começamos pelo fim, isto é, pela bolsa. Acho que o senhor faria melhor se começasse pelo início.

— E o que o senhor considera como início? A gravidez da garota?

— Isso poderia ser o início, mas não temos absoluta certeza de que tenha relação com a sua morte.

— Então por onde começaria?

— Se eu estivesse conduzindo a investigação — disse o rabino —, primeiro trataria de descobrir por que ela saiu depois que Bronstein a levou para casa.

Lanigan considerou a sugestão e depois deu de ombros.

— Ela poderia ter saído por inúmeras razões, talvez para pôr uma carta no correio.

— Então por que tiraria o vestido?

— Estava chovendo naquela hora — observou Lanigan. — Talvez ela não quisesse molhar o vestido.

— Então ela simplesmente poria um casaco ou capa de chuva... como fez, aliás. Além disso, a correspondência só é recolhida depois das nove e meia, na manhã seguinte. Eu vi isso escrito na caixa.

— Muito bem, então ela não saiu para enviar uma carta. Talvez apenas quisesse andar um pouco, tomar um pouco de ar.

— Na chuva? Depois de ter estado fora a tarde toda e também parte da noite? Além disso, permanece a mesma objeção: por que ela tiraria o vestido? Esta é, na verdade, a questão básica: por que ela tirou o vestido?

— Está certo, por que então?

— Ora, para ir se deitar — anunciou o rabino.

Lanigan arregalou os olhos ao ver a expressão de triunfo em seu rosto. Finalmente, disse:

— Não estou entendendo. Aonde o senhor quer chegar?

O rabino não pôde deixar de demonstrar certa impaciência.

— A garota volta para casa depois de uma noitada. Já é tarde e ela tem de se levantar cedo na manhã seguinte. Então começa a se preparar para ir deitar. Tira o vestido e o pendura com cuidado no armário. Normalmente, ela continuaria a tirar o resto da roupa, mas algo a interrompe. Calculo que só pode ter sido algum tipo de mensagem.

— Quer dizer que ela recebeu um telefonema?

O rabino Small sacudiu negativamente a cabeça.

— Não poderia ser isso, porque há uma extensão no andar de cima e a senhora Serafino ouviria o telefone tocar.

— Então, o quê?

— O rádio. Segundo a senhora Serafino, ela ouvia o rádio o tempo todo. Para garotas dessa idade, ligar o rádio é um reflexo condicionado. Tão automático como respirar. Presumo que ela o tenha ligado assim que entrou.

— Tudo bem, então ligou o rádio. Que espécie de mensagem poderia ter recebido?

— Há um resumo das principais notícias na WSAM, a estação de Salem, às vinte e cinco para uma. Os últimos minutos são dedicados às notícias locais.

— E o senhor acha que ela ouviu alguma notícia local que a fez sair correndo na chuva? Por quê?

— Porque tinha de se encontrar com alguém.

— Àquela hora? Como ela poderia saber onde encontrar esse alguém? Eu conheço esse programa, ele não transmite mensagens pessoais. E, se ela estava indo se encontrar com alguém, então por que não pôs o vestido antes? Francamente, rabino...

— Ela não teve tempo de pôr o vestido porque tinha de chegar lá à uma hora — disse o rabino calmamente. — E ela sabia que ele iria estar lá porque a essa hora ele deveria bater o ponto no relógio da polícia.

Lanigan olhou espantado para o rabino.

— O senhor quer dizer... Bill Norman?

O rabino assentiu.

— Mas isso é impossível. Ele acabou de ficar noivo da filha de Bud Ramsay. Eu até fui à festa de noivado. Foi naquela mesma noite. Eu fui um dos convidados de honra.

— É, eu sei. Foi justamente isso que anunciaram no rádio. Hoje eu liguei para a estação e verifiquei. Pense nisso por um instante e lembre-se de que a moça estava grávida. Segundo aqueles que a conheciam, a única vez que esteve na companhia de homens, isto é, socialmente, foi por ocasião de sua ida à Cidade Velha, para o Baile da Força Pública. Presumo que tenha conhecido Norman lá.

— Não está sugerindo que ela engravidou durante o Baile da Força Pública, está?

— É improvável. Isso foi em fevereiro. Mas foi lá que ela fez amizade com Norman. Não estou bem certo de como essa amizade foi renovada, mas posso imaginar. Como a maioria dos leigos, também sei que o guarda-noturno tem de fazer algumas paradas em intervalos regulares. Sempre presumi que, assim como acontece com o vigia noturno de uma fábrica, o intervalo entre as paradas depende do tempo que ele leva para ir andando de um relógio de ponto até outro.

— Bem, não exatamente — explicou Lanigan. — Ele tem uma certa margem de tempo.

— Foi o que eu descobri algumas semanas atrás, quando fui chamado para resolver uma discussão entre dois membros de nossa congregação. Um deles teve de entrar numa casa sem a chave tarde da noite, e o motorista de táxi foi procurar o guarda-noturno que tinha o costume de parar ali perto para tomar um cafezinho extra-oficial.

— É uma ronda de oito horas. Não se pode esperar que um homem fique de prontidão todo esse tempo sem descansar um pouco — disse Lanigan, na defensiva. — E, no inverno, ele precisa se esquentar um pouco de vez em quando.

— É claro que sim — concordou o rabino —, e, pensando bem, percebi que era apenas uma questão de bom senso conceder-lhe uma margem razoável, levando-se em consideração que ele talvez deva fazer algumas verificações ao longo do caminho. Falei com o guarda Johnson, que faz essa mesma ronda, durante o dia, e ele explicou que é o próprio guarda-noturno quem geralmente determina seu horário. Nesse trajeto, por exemplo, ele pára alguns instantes para conversar com o vigia do quarteirão dos Gordon. Em seguida, dá uma paradinha na leiteria e, na época em que Stanley dormia no templo, essa era outra parada. Em seguida vem a casa dos Serafino e, exceto pelas crianças que dormiam lá em cima, Elspeth ficava sozinha até duas horas da madrugada ou mais todos os dias. Então aparece um jovem policial ansioso, ainda por cima solteiro, que tem de bater o ponto no relógio que fica na esquina entre as ruas Maple e Vine à uma hora e cuja ronda o obriga a descer a rua Vine bem perto da casa dos Serafino. Assim, nas noites frias e implacáveis, haveria melhor combinação do que fazer uma visitinha à garota para tomar uma xícara de café quente e bater um papo agradável de meia hora antes de ir enfrentar o trabalho outra vez?

— Mas e às quintas-feiras? Ela não exigiria que ele a levasse para sair em sua noite de folga?

— Por que ele deveria? Ela o via todas as outras noites da semana. E ele fazia a ronda noturna, de modo que precisava dormir durante o dia. Acho que ela o amava e presumia que ele também a amasse. Provavelmente, esperava casar-se com ele. Nada indica que fosse uma moça promíscua. Ao contrário, talvez por isso é que ela não saía com outros homens e se recusava a fazer programa a quatro com Celia. Considerava-se comprometida.

— Bastante engenhoso — admitiu Lanigan —, mas é só conjectura.

— Sem dúvida, mas tudo se encaixa. E isso nos permite reconstituir os eventos daquela quinta-feira fatal do único modo que faz sentido. Ela começa a desconfiar que está grávida, então vai a um obstetra no seu dia de folga. Veste-se bem, sem se esquecer de colocar uma aliança de casamento no dedo. Seria de sua mãe, ou será que ela a comprou na esperança ingênua de logo vir a usá-la por direito? No consultório médico, apresenta-se como senhora Elizabeth Brown, não por causa de Bronstein, que ela ainda nem conhecia, mas porque é um nome comum, como Smith, e também porque seria natural manter, no nome falso, as mesmas iniciais do seu próprio nome. O médico a examina e lhe diz que está grávida. Agora, Bronstein afirmou que, logo que a viu no restaurante, percebeu que ela não tirava os olhos do relógio, como se estivesse esperando alguém. Creio que o senhor já andou verificando com as garçonetes que ela não fez nenhum pedido assim que entrou no restaurante. Meu palpite é que, como não costumava ver o namorado às quinta-feiras, deve ter ligado para ele e marcado um encontro.

— A secretária do médico disse que ela perguntou se havia um telefone público no prédio — observou Lanigan.

O rabino assentiu.

— Norman deve ter concordado ou, pelo menos, deve ter dito que ia fazer o possível, então ela foi esperá-lo no Surfside.

— E, no entanto, saiu com Bronstein.

— É bem provável que tivesse ficado magoada quando viu que ele não apareceu... magoada e talvez apreensiva. Bronstein disse que só se aproximou quando percebeu que a moça tinha, ahn... levado o cano, e então tudo o que fez foi lhe pedir para juntar-se a ele porque não gostava de comer sozinho. Era um homem bem mais velho, e ela provavelmente não viu perigo nisso. Afinal de contas, estava num restaurante, um lugar público. Durante a refeição, ela evidentemente chegou à conclusão de que ele era um tipo decente, então concordou em sair com ele. Provavelmente estava precisando desesperadamente de companhia, devia estar se sentindo bem deprimida naquele momento. Ele a deixou em casa e ela se preparou para ir dormir. Já tinha tirado o vestido quando ouviu o anúncio do noivado de Norman.

— Então, ao saber que Norman deveria bater o ponto na esquina das ruas Maple e Vine à uma hora e que já eram, digamos, cinco para uma, ela teve de correr. Jogou o casaco em cima do corpo e, como estava chovendo e teria de andar várias quadras, pôs a capa de chuva por cima dele e saiu para se encontrar com Norman. É isso, rabino?

— Eu diria que sim.

— E então, o que acha que aconteceu?

— Bem, estava chovendo, e muito. Norman viu meu carro estacionado perto do templo e deve ter sugerido que entrassem para conversar. Foram para o banco de trás e ele lhe ofereceu um cigarro. Conversaram um pouco. Talvez tenham brigado. Talvez ela tenha ameaçado contar tudo à sua noiva. Então ele agarrou a corrente que estava usando no pescoço e torceu-a. É claro que não podia deixar o corpo no carro, pois creio que tinha por obrigação fazer pelo menos uma inspeção rápida em cada veículo estacionado na rua a noite toda. Se o corpo fosse encontrado no carro, ele teria muito o que explicar. Então carregou o corpo para o gramado e escondeu-o atrás do muro. A bolsa caiu no chão, mas ele simplesmente não percebeu.

— Com certeza o senhor compreende, rabino, que não temos nem um fio de cabelo que prove tudo isso.

O rabino concordou, com um aceno de cabeça.

— Mas, certamente, tudo se encaixa — continuou Lanigan, pensativo. — Se ela tivesse ido procurar os Ramsay para contar sua história, teria posto fim ao noivado dele com Alice. Eu conheço os Ramsay. São pessoas decentes... mas orgulhosas, Também pensava que conhecia Norman. — Levantou as sombrancelhas e olhou de modo inquisitivo para o rabino.

— O senhor já tinha tudo isso arquitetado quando foi à casa dos Serafino verificar sua teoria?

— Não exatamente. Tinha uma vaga noção, mas foi só quando vi o rádio no quarto da moça que a explicação começou a surgir. Eu estava em melhor posição que o senhor porque tinha motivos para desconfiar do guarda Norman desde o início.

— O que quer dizer?

— Ele negou ter me visto, mas eu sabia que não era verdade. Por que razão faria isso? Como ele não me conhecia muito bem, não poderia ser uma questão de antipatia. Se admitisse que me viu, isso em nada melhoraria sua situação, só a minha. Isso demonstraria que eu já havia saído do templo muito antes do assassinato. Mas, se ele fosse culpado, ou se estivesse envolvido de algum modo, não lhe seria vantajoso que as suspeitas recaíssem sobre outra pessoa?

— Por que não me disse isso antes, rabino?

— Porque era apenas uma suspeita e, além do mais, porque não é fácil para um rabino apontar o dedo para um homem e acusá-lo de assassinato.

Lanigan permaneceu em silêncio.

— É claro que ainda não temos provas concretas — avisou o rabino.

— Não é difícil consegui-las.

— O que pretende fazer?

— Bem, no momento — disse Lanigan —, não sei o que perguntar a Norman: o que Elspeth Bleech lhe disse ao telefone na quinta-feira à tarde, ou por que ele faltou ao compromisso com ela no restaurante Surfside. Nesse meio tempo, vou conseguir que Celia dê uma olhada nele. Ela disse que Elspeth esteve com um só homem a maior parte do tempo no Baile da Força Pública. Se sua teoria está certa, deve ter sido Norman. E vamos interrogar os Simpson, que moram em frente aos Serafino. Se ele ia vê-la com tanta freqüência como o senhor imagina, devem ter notado se ele alguma vez entrou na casa tarde da noite. — Seus lábios relaxaram-se num sorriso breve. — Quando sabemos o que procurar, não temos muito trabalho para encontrar, rabino.

28

A reunião do conselho distinguia-se das anteriores porque o rabino estava presente. Quando Jacob Wasserman foi procurá-lo para perguntar se gostaria de juntar-se ao conselho em suas reuniões habituais, ele sentiu-se agradecido e satisfeito. "O senhor não é obrigado, sabe? Isto é, não vamos ficar magoados se não quiser comparecer a alguma reunião, ou mesmo a nenhuma delas. Só quero que saiba que, todas as vezes que quiser aparecer, ficaremos contentes em tê-lo conosco."

E agora ele estava presente à sua primeira reunião. Escutou com atenção o secretário ler as minutas da reunião anterior. Prestou bastante atenção nos relatórios dos presidentes das várias comissões. O principal assunto pendente era uma moção para colocar holofotes no estacionamento.

A moção fora originalmente apresentada por Al Becker, que agora se levantava para falar.

— Andei dando uma verificada por aí. Temos esse eletricista que faz um bocado de serviços para nós. Pedi a ele que viesse dar uma olhada no lugar e fizesse um orçamento prévio assim por alto. Na opinião dele, podemos fazer isso de duas maneiras. Ou levantamos três colunas, que custariam mais ou menos mil e duzentos dólares, cada, ou instalamos seis holofotes especiais montados no próprio templo. A montagem ficaria mais barata, mas alteraria a fachada do prédio. Conseguiríamos cada um por quinhentos dólares, o que significa três mil, em vez de três e seiscentos. Então teríamos de comprar um controle automático para ligar e desligar as luzes. Isso não ficaria muito caro, mas teríamos de calcular o custo da energia elétrica. Ao todo, o serviço seria feito por cinco mil dólares no máximo.

Becker ficou irritado com as lamúrias dos que estavam em volta da mesa.

— Eu sei que é um bocado de dinheiro, mas é necessário. Fico contente que nosso rabino esteja aqui hoje, porque ninguém melhor do que ele sabe como é importante ter o estacionamento iluminado à noite.

— Mas pense no que isso vai nos custar ao longo dos anos, Al. Você não vai poder pôr uma lâmpada de sessenta watts em cada um daqueles monstrengos. No inverno, podem ter de ficar acesas por umas catorze horas.

— Você prefere que o lugar se torne um reduto de namorados ou então ter algum outro negocinho como esse que acabou de acontecer? — argumentou Becker.

— No verão, essas lâmpadas vão atrair milhões de mosquitos.

— E daí? Eles vão ficar perto da luz, não é? Na pior das hipóteses, ela vai mantê-los longe do chão.

— Não é assim que a coisa funciona na via expressa. Quando se acendem aquelas luzes, os mosquitos se espalham por toda parte.

— E você acha que os vizinhos vão gostar de ter uma área do tamanho do estacionamento acesa a noite toda?

Foi então que o rabino murmurou alguma coisa.

— O que foi, rabino? — perguntou o sr. Wasserman. — Tem algo a dizer sobre o assunto?

— Eu só estava pensando — disse ele com timidez. — Há apenas uma entrada de carros no estacionamento. Por que vocês não colocam um portão ali?

Houve um silêncio repentino. Depois, todos começaram a explicar a sugestão uns aos outros.

— É claro, como é asfaltada, ninguém entraria lá a não ser de carro.

— Há arbustos e moitas cercando toda a frente. Só teríamos de bloquear a entrada de carros.

— Stanley poderia fechar o portão toda noite e abri-lo de manhã, logo cedo.

— Mesmo quando Stanley não estiver por perto e uma comissão quiser se reunir, todos podem estacionar os carros na rua.

Com a mesma rapidez que começaram a falar, todos pararam e se puseram a observar o seu jovem rabino com respeito e admiração.

O rabino estava em casa, com um grande livro à sua frente na escrivaninha, quando sua mulher chegou à porta do escritório.

— O delegado Lanigan está aqui, querido.

O rabino já ia se levantando, mas Lanigan disse:

— Não precisa se incomodar, rabino.

Então ele notou o livro em cima da escrivaninha.

— Estou interrompendo?

— De modo algum.

— Não é nada especial — explicou Lanigan. — Desde que resolvemos o caso, tenho sentido falta de nossos papos. Mas eu estava nas redondezas, então, só por hábito, pensei em dar uma passadinha para cumprimentá-lo.

O rabino demonstrou sua satisfação com um sorriso.

— Acabei de topar com uma questão complicada que poderia divertir o senhor — disse Lanigan. — A cada duas semanas, tenho de submeter a relação de salários do departamento ao auditor para fiscalização e aprovação. Enumero as horas de trabalho de cada homem, as horas extras se houver, as tarefas especiais e depois calculo o total que cabe a cada um. Está me entendendo?

O rabino assentiu.

— Bem, o relatório todo me foi devolvido — Lanigan não pôde deixar de demonstrar irritação em sua voz — porque o guarda Norman foi incluído por todo o seu trabalho de ronda.

O auditor alegou que todo o tempo depois do assassinato deveria ser descontado porque, como criminoso, não teria mais o direito de estar na folha de pagamentos da polícia. O que acha disso? Não sei se discuto com ele ou simplesmente deixo o problema de lado e esqueço essa história.

O rabino franziu os lábios e olhou de relance para o livro enorme que estava em cima da escrivaninha.

— Que tal darmos uma olhadinha no Talmude?

GLOSSÁRIO

ALEINU Recitação diária dos deveres a que estão obrigados os judeus praticantes.

AMIDÁ Trecho do ritual de oração que, tradicionalmente, pela repetição do nome de Deus, é pronuncida de pé.

BAR MITZVÁ A cerimônia e comemoração que marcam o décimo terceiro aniversário de um menino, que então assume plenamente suas obrigações religiosas.

CANTOR O cantor principal na liturgia da sinagoga. Também é utilizada a expressão *chazan*.

CHANUKÁ Comemoração judaica que dura oito dias e que ocorre geralmente em dezembro.

CHEDER Escola tradicional onde as crianças judias aprendem hebraico, religião etc.

DIA DO PERDÃO Dia de jejum completo, celebrado dez dias após o ano novo. É a comemoração mais importante do calendário judaico. Chamado também Yom Kippur.

FILACTÉRIO Pequena caixa de couro contendo pedaços de pergaminho onde estão inscritos textos religiosos utilizados por homens judeus durante as preces matinais.

GAON Palavra aramaica que significa sábio, pessoa versada na tradição judaica.

GRANDES FESTAS Comemorações que ocorrem por volta de setembro ou outubro e que incluem o ano novo judaico (Rosh Hashaná) e o Dia do Perdão (Yom Kippur).

HADASSAH Entidade filantrópica feminina.

KADISH Antiga prece litúrgica usada na data de aniversário de uma morte e durante o período de onze meses de luto após um falecimento.

KASHER Comida preparada de acordo com as leis da culinária judaica. Há restrições principalmente à carne de certos animais.

KOCHLEFEL Expressão iídiche que significa pessoa que gosta de fazer intriga, faladeira, fuxiqueira.

MAIMÔNIDES Filósofo, médico e teólogo judeu, nascido em Córdoba (1135-1204).

MINIAN O número de pessoas presentes necessárias, de acordo com a lei judaica, para um serviço religioso, isto é, no mínimo dez homens com mais de treze anos.

PESSACH Festa da Liberdade, comemorada em março ou abril.

REBBITZIN Expressão iídiche que significa esposa do rabino.

SHABAT Dia do descanso, em que qualquer atividade é proibida por injunção bíblica. Começa na sexta-feira ao entardecer e se prolonga por todo o sábado.

SHEMÁ A declaração dos princípios básicos da fé judaica, que proclama a unidade absoluta de Deus. É a principal oração do ritual judaico.

TALMUDE Livro que contém a lei e as tradições judaicas.

TORÁ Os cinco primeiros livros da Bíblia. É o guia espiritual de cada judeu.

1ª EDIÇÃO [1991] 2 reimpressões
2ª EDIÇÃO [2004]

ESTA OBRA FOI COMPOSTA PELA HELVÉTICA EDITORIAL EM NEW
BASKERVILLE E IMPRESSA PELA GEOGRÁFICA EM OFSETE SOBRE PAPEL
ALTA ALVURA DA SUZANO BAHIA SUL PAPEL E CELULOSE PARA A EDITORA
SCHWARCZ EM SETEMBRO DE 2004